Derrière le pseudonyme de Vonnick de Rosmadec se cache un homme aux multiples talents, à la fois écrivain (auteur notamment de la série érotico-policière *Miss Flic* parue aux éditions Vaugirard, et de pièces de théâtre), nouvelliste pour Radio France, parolier de chansons de films, adaptateur d'une série japonaise de dessins animés pour enfants, comédien prêtant sa voix à de nombreux documentaires pour la télévision et premier rôle dans deux courts métrages.

LES BONHEURS DE SOPHIE

VONNICK DE ROSMADEC

LES BONHEURS
DE SOPHIE

POCKET

© Pocket, 2005.
ISBN 2-266-14214-3

CHAPITRE 1

Antoine, mon beau Tonio, hier, alors que je t'avais en bouche et qu'entre deux baisers profonds je contemplais en souriant de bonheur ton dard gonflé d'ardeur, tu m'as demandé à quel âge j'avais vu mon premier sexe d'homme. Je t'ai répondu : « à treize ans ». Tu m'as traitée de « petite cochonne » et cette information a fait prendre encore un bon centimètre à ta queue et l'a durcie. Je t'avais menti. Ce n'est pas à treize mais à neuf ans que j'ai vu, épié et admiré ma première bite d'adulte. Pourquoi te l'avoir dissimulé ? Sans doute pour préserver, pour garder inviolé le jardin secret de mon enfance.

À peine ai-je écrit cette expression « jardin secret » que j'ai envie de rire car à chaque fois que j'entends quelqu'un l'utiliser pour désigner, avec un sérieux de circonstance, la facette la plus cachée, la plus intime et donc la moins connue d'une personnalité, un artiste par exemple, je pense à mon propre jardin secret : mon con qui depuis qu'il est cultivé par les langues et les socs de mes amants n'a plus rien de caché.

Si pourtant, car ce con, ah, que j'aime ce joli petit mot de trois lettres ! a un secret : sa jouissance, ma jouissance que, jusqu'à présent, je n'ai pu ni dévoiler, ni transmettre, ni partager. Car, même si je l'exprime par mes cris, mes pleurs, mes gémissements, mes feulements, qui, à juste titre, te remplissent de fierté, il reste une partie de moi, au fond de mon ventre dont je ne puis décrire l'émotion quand elle se met à battre comme un cœur lorsque le plaisir la submerge. Mais je m'égare et ces pensées me donnent envie de te sentir ici, solidement fiché en moi. Oui, j'ai envie de m'empaler, de m'asseoir sur ton pieu, de descendre et de monter lentement d'abord, puis vite, de plus en plus vite jusqu'à l'explosion...

Mais, comme tu n'es pas là, ma main gauche soulève ma jupe écossaise, écarte l'élastique de ma culotte, dit bonjour au passage à mon clito d'amour et va doucement effleurer mes lèvres « d'en bas », comme dirait un homme politique, alors que ma main droite court sur le papier, pour te confier mon premier souvenir de membre viril.

J'avais donc neuf ans. Seulement neuf ans et je n'avais pour expérience de sexe masculin que les minuscules zizis, bien raides il est vrai, des petits copains de mon âge.

Mon père était alors, depuis un an, après nos années parisiennes, directeur commercial ou quelque chose comme ça dans une conserverie de Concarneau, dans le Finistère, et nous habitions une ferme rénovée à la Pointe de la Jument. Cet été-là, mes parents avaient pris en pension un très lointain cousin anglais de dix-neuf ans qui voulait améliorer son français. C'était un grand garçon bien balancé dont j'étais tombée dès le premier jour amoureuse. Mais peut-on l'être à neuf ans ? Je me le demande encore. Toujours est-il que j'étais fascinée, ça, je m'en souviens très bien, par la longueur de ses jambes et par ses pectoraux.

À son arrivée, ma mère m'avait demandé de lui montrer le chemin de la plage et je l'avais guidé à travers champs jusqu'à la mer. Je me retournais de temps en temps pour voir s'il me suivait bien sur ce sentier qui ondulait à travers les ajoncs. Oui, il mettait ses pas dans les miens et allait de sa démarche souple. On aurait dit qu'il dansait.

— C'est encore loin, darling ? me disait-il en me lançant un sourire qui me faisait mal au ventre. J'accélérais alors le rythme, pressée de découvrir à quoi il ressemblerait une fois en maillot de bain.

Je me revois encore, sur cette plage déserte, étendre avec précaution ma serviette et défaire ma jupe pour apparaître dans ce vieux costume de bain rose que j'aimais tant. « Vieux », c'est une façon affectueuse de parler car il ne devait dater que de l'été précédent. Mais ce déshabillage me mettait le feu aux joues. C'était la première fois que je ressentais une émotion de ce genre. Étonnante gamine qui regardait par-dessous ce grand benêt, pas si benêt que ça, nous le verrons tout à l'heure !

Vingt ans ont passé, mais je revois la scène comme si c'était hier. Je m'étais étendue sur le ventre et faisais semblant de bronzer en toute sérénité, comme une grande, alors que je guettais entre mes cils ce cousin anglais qui m'émouvait. Il avait un short en jean bleu délavé avec des franges qui lui caressaient les cuisses. Je le vois encore dénouer le gros ceinturon en cuir, défaire un à un les cinq boutons de sa braguette, descendre son short en se tortillant des hanches et se présenter dans le plus indécent des mini-slips rouges qui bâillait quelque peu, laissant apparaître une couille ronde et pleine qu'il ne se souciait pas le moins du monde de remettre dans son nid. Je la regardais donc en me répétant, je me souviens de mes termes, « oh, qu'elle est grosse, qu'elle est grosse, sa couille, couille, couille ! ».

— Tu viens baigner toi avec me dans la sea ? me demanda-t-il et il me tendit la main. Je m'en emparai et me dressai d'un bond avant de le suivre en courant vers l'eau. Nous nous y explosâmes en riant et je lui montrai que je savais nager longtemps sous l'eau.

Était-ce en toute innocence ou avec quelque perversion qu'il me proposa de plonger sous ses jambes écartées ? Je ne saurais le dire. « Tu vas passer sous mes fourches caudines ! » s'exclama-t-il en riant. Évidemment, je ne savais pas le moins du monde ce qu'il voulait dire en parlant de ces fourches caudines et il me fallut attendre des années, celle de mon Bac littéraire et mes études de latin pour savoir qu'il y avait là sujet à humiliation. Mais ma jeunesse ne voyait aucune soumission, seulement un jeu, à se précipiter entre ces grandes cuisses dont les poils blonds et frisés m'émouvaient. Je relevai donc le défi et plongeai entre ses jambes et frôlai de mon dos ses bourses et son sexe tandis qu'il m'aidait à me glisser sous cette arche en me poussant cavalièrement d'une main posée sur mes fesses. Après, il me proposa de monter sur ses épaules en se laissant couler. Je mis mes pieds sur ses clavicules et, comme il se redressait brusquement, je me retrouvai propulsée dans les airs et effectuai en hurlant de rire plongeon sur plongeon. Nous étions devenus amis.

Trois minutes plus tard, nous regagnions nos serviettes et, comme je l'avais vu faire aux grandes, je roulai sur mes hanches le haut de mon costume de bain, dévoilant au soleil et aux regards de mon grand cousin mes mamelons d'enfant. Ah, que n'aurais-je pas donné pour lui présenter une vraie poitrine de femme ! Mais, y pensais-je déjà ou n'est-ce pas plutôt aujourd'hui que j'y pense ? Difficile de savoir choisir entre le rêve d'enfant et celui que l'on aurait souhaité vivre.

Ce dont je me souviens parfaitement c'est qu'une fille, une horrible pimbêche évidemment, était venue sur cette immense plage déserte s'installer à deux mètres de MON cousin et prenait des poses de star, faisant semblant de ne pas le voir mais se tournant, roulant d'une hanche sur l'autre pour mettre bien en évidence tour à tour, son cul rebondi ou son petit minou soigneusement épilé « maillot ».

Et c'est à ce moment que je vis, et pour la première fois, l'importance que pouvait prendre le sexe d'un homme s'il était stimulé par une émotion, une situation, un regard...

Alors que je faisais semblant de goûter la chaleur du soleil sur ma peau comme si je m'en souciais ! je vis le maillot de bain de mon cousin gonfler d'une façon insolite (insolite pour la petite fille que j'étais alors, cela s'entend). Bientôt, alors que la voisine de plage nous présentait son cul en ayant pris soin de faire ressembler son slip à un string en resserrant l'étoffe dans sa raie, je vis sous mes yeux, là, tout près, à le toucher, le sexe de John devenir une sorte de bâton dont l'extrémité, le gland, dépassait de moitié de son caleçon pour rejoindre son nombril. Il surprit mon regard fasciné par cette pine tendue qui semblait me dire coucou et jeta dessus sa serviette, la dissimulant à ma curiosité. Voulait-il mieux l'aiguiser ?

Mon Antoine, pour répondre à ta question, amour de mon sexe, homme de mes seins, de mon ventre et de mes reins, ce n'est pas à ce moment que j'ai vu de mes yeux vu ma première bite d'homme en liberté mais une demi-heure après.

Nous avions regagné la maison et j'entends encore ma mère, en toute innocence, nous crier : « Prenez vite votre douche, le barbecue est prêt ! »

Avec un geste un peu cérémonieux qui signifiait « À vous l'honneur », John me désigna la salle de bains où je m'engouffrai pour une douche rapide. J'en sortis et rejoignis ma chambre toute nue sous un peignoir en tissu-éponge bleu. Pourquoi se souvient-on de la couleur d'un peignoir ? Je frappai à sa porte et l'avertis que la place était libre. Il avait, autour des reins, un drap sous lequel il était nu à n'en pas douter et je le vis s'éloigner d'un pas nonchalant vers la salle d'eau. Que se passa-t-il alors dans ma petite tête de Lolita ? Allez savoir... Toujours est-il qu'après m'être rapidement habillée, je me retrouvai à pas furtifs devant la porte de la salle de bains et collai mon œil de petite fille peu sage dans la serrure. Aucune clef ne l'entravait puisqu'un simple verrou à glissoir, que l'on poussait quand on y pensait, permettait de s'enfermer.

Je collai donc mon œil à l'huis pour découvrir MON John intégralement nu qui sortait de sa douche et s'essuyait avec une certaine vigueur. Aujourd'hui, je me demande s'il ne repensait pas alors à cette odieuse salope aperçue sur la plage car il bandait, mais bandait ! Évidemment, je préférais imaginer que j'étais à l'origine de l'état magnifique de cette énorme queue, car elle était énorme. Je n'avais d'ailleurs pas forcément tort car il releva brusquement la tête vers la porte quand, excitée comme mille puces, je la cognai doucement de mon front. Mon souffle s'était fait rapide et un peu bruyant et je le vis prendre plaisir à s'exhiber, à se présenter à moi de profil et de face, s'approchant négligemment en se décalottant et en se masturbant pour notre seul plaisir. Car si, à l'époque ou du moins ce jour-là, je ne savais pas s'il avait détecté ma présence, je sais aujourd'hui, puisqu'il me l'a avoué quand, dix ans plus tard nous sommes devenus amants, qu'il était parfaitement conscient de ma présence et de mon émoi. Il s'approcha donc tout près de l'endroit où j'étais tapie et me présenta son gland, comme s'il voulait le fourrer dans la serrure pour que je puisse le détailler, presque l'embrasser. C'est à ce moment où, les jambes molles, haletante, j'avais envie de tendre la langue vers cette jolie tête rose et satinée, que maman crut bon de crier dans la cage d'escalier pour nous convier à table.

Brusquement, il s'écarta de la porte tandis que je dévalais l'escalier, le corps, enfin, mon jeune con, secoué, pincé, tordu par une émotion inconnue mais ô combien délicieuse. J'avais vu ma première queue d'homme et je te prie de croire qu'elle n'avait rien de ridicule : une trois étoiles ! Mais ce sont là souvenirs de petite fille.

Je t'entends me demander : « Plus belle que la mienne ? » Je te répondrai : « Plus longue, mais moins grosse, moins épaisse » et cela t'excitera tant que, je te connais, tu me pétriras les fesses d'une main et, d'un pouce violent, tu me perforeras le cul.

Mais revenons, puisque c'est là le sujet du début de ces mémoires, à ce premier sexe masculin, cette pine d'homme et ces testicules, que j'ai eu le bonheur, un de mes premiers plaisirs, de contempler. Comme j'aurais aimé toucher cette queue, la secouer, la tirer vers moi, la maltraiter en fait pour la mieux posséder !

Je n'avais que neuf ans... neuf ans mais la perception déjà du plaisir et de la jouissance que pouvaient m'apporter non seulement mon corps mais aussi les curieux cheminements empruntés par mes rêves et mon esprit.

Quand John nous rejoignit sur la terrasse où mon père s'activait autour du barbecue, j'aidais ma mère à mettre la dernière main au couvert. Elle me trouvait d'une stupéfiante efficacité. Je l'entends encore :

— Mais tu es une vraie fée du logis ! Est-ce la présence de ton grand cousin qui te donnes des ailes ?

Bien évidemment, ce genre de commentaire me fit rougir jusqu'aux oreilles, d'autant que mon cousin me regardait avec insistance et, m'ébouriffant les cheveux, il m'embrassa sur le front.

— Sophie est une excellente nageure, dit-il. Elle m'a présenté sa plage...

— On dit « nageuse » le reprit mon père. D'ailleurs, je donne à Sophie le rôle d'institutrice et je lui recommande de te reprendre à chaque fois que tu feras une bourde.

— Une quoi ?

— Une erreur, expliquai-je aussitôt.

13

Il plongea ses yeux gris-bleu, ses yeux de mer dans les miens, tendit le bras vers moi, paume ouverte et je tapai aussitôt ma petite main contre la sienne. Est-ce moi ou lui qui approcha son genou de l'autre ? Je n'en sais rien, mais je crois être celle qui prit l'initiative. Toujours est-il que nos genoux s'entrechoquèrent et que je ressentis à nouveau une vive douleur au ventre. J'avais envie d'allonger mon pied nu pour le loger entre ses jambes et constater si son sexe tout à l'heure aperçu répondrait à l'appel. Mais je n'en fis rien. Je préférais rester dans l'incertitude de cette première scène muette de la salle de bains, en n'ayant qu'un désir : qu'elle se reproduise à l'infini. J'avais bien vu, scruté sa queue, mais je voulais la voir encore et encore.

Quand je repense à ce désir si fort de petite fille et à la gentillesse, je dis bien « gentillesse » de mon grand cousin anglais qui prenait plaisir à me la montrer, je me dis qu'aujourd'hui on dirait, et on aurait raison, que ce grand adolescent de dix-neuf ans était un pédophile de la pire espèce alors que j'étais non seulement consentante mais provoquais sciemment ce genre d'exhibition. Attention ! Cela ne veut pas dire que je justifie son attitude, mais je l'absous davantage que la mienne, cette petite gamine impubère qui faisait tout pour se faire remarquer.

Tu veux des exemples de mon impudeur, mon Antoine chéri ? J'en ai à la pelle. Ce même jour, un samedi, alors que mes parents étaient partis faire des courses à Concarneau, ils en avaient au moins pour deux heures, je retirai ma petite culotte et allai faire du trapèze sur le portique dressé à deux mètres de l'endroit où John lisait le journal à haute voix en s'efforçant de mettre l'accent. Oui, je faisais le cochon pendu ou plutôt la petite cochonne pendue sous ses yeux, exhibant mon cul et mon con en toute... innocence. C'était pas de la provoc', ça ? Comment un honnête cousin aurait-il pu résister à ce genre d'offrande ? Pourtant, il résista

14

et, à ma grande déception, plia son journal et s'en alla en sifflotant, comme s'il n'avait rien vu.

Commençait alors entre nous le jeu de la petite chatte que j'avais entre les jambes et du gros rat que j'avais admiré entre les siennes. Dans l'après-midi, je ne manquai pas une occasion de me frotter à lui et quand mes parents revinrent de leurs courses et s'étonnèrent de nous voir là et non à la plage, j'attrapai mon cousin par la main et l'entraînai en courant vers la mer...

CHAPITRE II

Demain, j'ai vingt-neuf ans, toutes mes dents, je vous remercie, et quelque dix jours de vacances que ma boîte de relations publiques m'a demandé de prendre.

Avec mon Antoine d'amour, nous avions profité de cette parenthèse de boulot pour faire un tour en Égypte. Seulement, des contrats ont retenu l'homme de ma vie à Paris, la veille de notre départ.

Faisant contre fortune bon cœur, j'ai décidé de profiter de cette escale pour écrire mes mémoires. Des souvenirs qui vont remuer ma petite enfance et que je vais vous ouvrir comme un album de photos.

Tiens, voici que je reconnais le bruit de ta voiture crissant sur le gravier de notre jardin de Montrouge. Je sais qu'en passant tout à l'heure devant la maison où Doisneau a habité tant d'années, tu as eu une pensée pour lui et pour les milliers de photos qui y sont actuellement conservées par ses filles. Dans un instant, tu vas pousser la porte et te pencheras sur mon épaule pour lire ce que j'écris. Oui, te voilà... Tu montes l'escalier en courant, comme à ton habitude, tu t'approches de moi. Tu poses tes mains carrées sur mes épaules, m'embrasses dans le cou, me mordilles l'oreille et commences à lire ce que je viens d'écrire en glissant ta main gauche sous mon T-shirt. Tu t'empares d'un de mes seins, le soupèses, et bientôt, entre ton pouce et ton index, tu flattes et tournes mon tétin qui aussitôt se raidit sous ta caresse. Je relis avec toi les lignes que je viens d'écrire et cela me met dans tous mes états, d'autant que tu répètes, tu fredonnes devrais-je dire, les lèvres serrées, des insultes qui me mettent en joie : « Petite salope », « Petite chienne perverse », « Dévergondée, je dirais même « dévergeondée », tant tu étais déjà, à neuf ans, folle de la verge ou des verges ! »

Et voilà que tu mets ton autre main, pourquoi n'en as-tu pas cent ? sous ma jupe où tu rejoins la mienne que tu écartes aussitôt presque brutalement en me soufflant dans l'oreille : « Ton con est à moi, rien qu'à moi aujourd'hui, pas à ce grand cousin exhibo. Pourtant, j'ai envie que tu redeviennes ce soir la gamine d'alors. Viens... »

Tu m'entraînes vers notre salle de bains, me fais mettre à genoux devant la porte que tu claques derrière toi.

— Regarde !

Je colle un œil à la serrure. Tu défais ton pantalon sans te presser et apparais en caleçon. Un caleçon qui déjà se tend sous ta queue en bandaison.

Tu ne dis pas un mot tandis que tu te mets nu et présentes ton sexe raide, debout, face à mon regard de petite fille femme. Tu te flattes d'une main amicale. Je mouille, je dégouline, l'œil rivé à la serrure comme je l'avais, vingt ans plus tôt, en Bretagne, face à la bite de mon cousin.

Tu commences à faire aller et venir ton prépuce, à deux centimètres de moi, te tenant de profil. Tu donnes des petites tapes à ta queue qui grandit et, la saisissant, tu fais mine de la dompter en me contant une anecdote de Jarry, vous savez, cet Alfred, créateur du Père Ubu.

— Un jour, Jarry se trouvant dans le jardin du Luxembourg, à Paris, est pris d'une furieuse envie de pisser. N'écoutant que ce besoin somme toute naturel, il sort sa queue et la dirige vers le premier marronnier venu. Entre parenthèses, pourquoi un homme a-t-il besoin d'un arbre pour se répandre ? Mais à ce moment, survient dans son champ de vision une femme, une bourgeoise respectable à défaut d'être respectée par cet olibrius. Elle a un haut-le-cœur, porte un mouchoir à sa bouche pour s'empêcher de crier, fait un écart, prend peur... Alors, Jarry, frappant à grands coups sa bite de la main, s'écrie en la contemplant : « Du calme, fringante ! » Puis, se retournant vers la passante, fait un grand geste de son bras libre et tente de la rassurer en s'écriant fort civilement : « Passez, Madame, je la retiens ! »

Aurais-tu perdu la mémoire ? Il me semble bien que tu m'as déjà conté l'anecdote en l'attribuant à un autre Alfred, de Musset celui-ci, qui aurait joué cette scène dans les jardins des Champs-Élysées. Où est donc la vérité historique ? Jarry ou Musset ? Au Luxembourg ou aux Champs ? Au lecteur averti de me le dire. Mais pour l'instant, pas question de distraire mon amant d'une occupation si attrayante. Voici en effet qu'Antoine se retourne vers mon trou de serrure pour me montrer la plus grande, la plus raide, la plus magnifique des queues. Celle que j'aime. Je ne puis résister plus longtemps, j'entrouvre la porte. Aussitôt, il m'interdit de l'ouvrir davantage et la laissant entrebâillée, il me présente dans l'interstice sa bite que j'apprécie tant et que j'emprisonne aussitôt dans mes lèvres, sans y porter les mains, comme il aime. Sans brutalité mais avec fermeté, il coince ma tête dans le battant, se plaçant de telle sorte que je ne puisse voir que son sexe et ses couilles. Sa main droite s'appuie sur mon crâne, glisse vers ma nuque et se met à lui imprimer le rythme qui lui convient.

Je suis une petite fille admirative qui, enfin, a le droit de sucer, de mordiller, de téter le sexe d'un adulte avec l'appétit d'une mouflette gourmande léchant et dégustant une cuillerée de confiture.

Ma bouche s'active le long de cette hampe et j'obéis en gloussant de plaisir aux ordres qu'Antoine me donne : « Ferme les yeux et suce sans faiblir ! Maintenant, ouvre-les et regarde bien ma bite ! Sors ta langue, oui, promène-la le long, jusqu'aux couilles. Prends-en une dans ta bouche, engloutis-la, doucement. Aïe ! tu me fais mal, tu vas me faire débander, petite sotte ! Oui, très bien, comme ça, enfonce ton index là où tu sais, doucement, humecte-le d'abord. Doucement, j'ai dit ! »

J'aime me comporter ou du moins faire semblant de me comporter en femme soumise. Chacun son tour. Nous alternons les rôles selon les circonstances et notre bon vouloir. La prochaine fois, c'est moi qui lui donnerai les ordres. Je le ferai marcher à quatre pattes ou l'obligerai à faire le beau comme un petit chien obéissant. Mais pour l'instant, c'est lui le maître, mon maître et je m'en trouve bien. Si bien même que discrètement, alors que je suis à genoux devant ce sexe érigé et que son propriétaire ne peut me voir, je glisse ma main gauche sous ma jupe et me touche le bouton en frémissant d'aise. Il a dû sentir que je ne m'intéressais plus seulement à lui mais aussi un peu à moi, car il se retire brusquement de mes lèvres et me pousse en arrière et comme je suis à croupetons, je tombe cul par-dessus tête. Mon rire répond au sien car il vient de claquer la porte et de plaquer son postérieur contre la serrure avant de s'en écarter légèrement pour m'en faire admirer les muscles durs et ronds couverts d'un léger duvet blond et frisé. Soudain, une idée folle me traverse l'esprit. Je me saisis d'une aiguille à tricoter abandonnée sur un fauteuil crapaud, l'introduis dans la serrure et la jette en avant lui piquant le derrière pas trop fort mais assez pour qu'il hurle de douleur mais surtout de surprise. Il passe devant moi toujours accroupie et sans même me jeter un regard, il jappe :

— Rejoins-moi à la salle de gym avec ta jupe plissée bleu marine de gamine. Ton crime mérite une punition exemplaire et tu l'auras, crois-moi !

Cette salle de gym où il passe parfois quatre heures par jour est son œuvre personnelle. Il l'a construite de ses mains. Ce n'était, lorsque nous avons acheté la maison, qu'un banal sous-sol, une cave de trois mètres de haut. Son seul intérêt à l'époque était qu'elle ouvrait par des soupiraux sur la pelouse de notre jardin. Difficile à imaginer quand on voit aujourd'hui les trois grandes et hautes baies vitrées qui les ont remplacés.

N'écoutant que son entêtement, et il est têtu comme cent mules, Antoine s'était mis en tête, mais surtout en bras, de creuser et d'évacuer la terre battue du sol, pour gagner deux mètres sous plafond. Un travail de Tantale ou plutôt ressemblant à celui de Sisyphe car chaque pelletée déblayée devenait un tas à dégager lui aussi.

Un jour qu'il était à l'œuvre dans la cave et que je lui tendais une bière j'émis quelque doute sur la réussite de son beau projet « Ça va prendre des années de ta belle jeunesse ! lui dis-je en redoutant déjà toutes ces heures à venir où je n'aurais pas le droit de le serrer entre mes bras, contre mon ventre, de le sentir y entrer avec son manche, non de pioche ou de pelle de cantonnier, mais avec son manche tout court, enfin pas si court que ça !

Il me répondit avec une évidence désarmante :

— Quand j'étais adolescent et que j'habitais Paris, au quartier latin, rue des Canettes, cette ruelle qui joint la place Saint-Sulpice à la rue du Four ou inversement, j'allais souvent. « Chez Georges », un bistrot ouvert jusqu'à plus d'heure. Il y avait là un type qui, les mains noires de terre, mais ses yeux bleus brillant d'espoir, venait boire un ou plusieurs coups. Nous étions devenus amis. Bien vite, il m'avait confié ses rêves, enfin, son unique rêve d'existence : trouver le trésor des Templiers. Dans ce but, il creusait depuis cinquante ans dans le fond de sa cave, de cette même rue où nous nous trouvions, un tunnel orienté vers l'église pour atteindre enfin son fameux trésor qui, c'était une certitude, n'était plus très loin...

Il lui fallait évidemment évacuer la terre au fur et à mesure. C'était le plus difficile et le plus désespérant. Quand il se confiait à Georges et à moi, le patron le regardait de son œil très bleu et ne faisait aucune remarque, très respectueux de ce client peu banal. Mais les autres consommateurs du bar se tapaient sur les cuisses et se vissaient un index sur la tempe pour signifier sa folie. Eh bien moi, je sentais qu'il y avait en ce bonhomme quelque chose de magnifique, de riche, d'instructif et de jouissif, oui, je dis jouissif au sens charnel. Son regard limpide et innocent pénétrait mon cœur de jeune homme et lui communiquait son espoir de vie, son acharnement à ne jamais désespérer. Il me tapait sur l'épaule et je lui payais une tournée en lui disant qu'il réussirait, que j'en étais sûr. Alors, il me promettait une part de son magot : « Car toi, tu y crois aussi », me lançait-il comme une sentence. Avait-il plus ou moins de chances de gagner que les joueurs de Tiercé et de Loto qui rêvaient, accoudés au bar en se pétant la tronche ? Certainement, parce que lui, contrairement à eux, n'investissait pas seulement son pognon dans un pari, mais son corps et sa mythologie personnelle. Parfois, en tendant l'oreille pour comprendre les paroles qu'il marmonnait dans sa demi-ébriété, j'en saisissais quelques bribes :

— ... Je le trouverai, je sais qu'il est là, mon ami, mon frère, mon dieu, enfin mon refus de la mort, vois-tu ? Il me fait des signes au fond des trous que je creuse à chaque fois que j'ai avancé de deux mètres. Je sonde, comprends-tu, je regarde s'il ne serait pas là, par hasard. Évidemment, ces trous-là, je les rebouche. Toujours ça que je n'ai pas à déblayer... J'sais bien qu'un jour, il sera là au fond d'une fosse profonde qui se dérobera sous mes pieds. Et je tomberai dans ma fosse et je mourrai là la tête éclatée contre l'un des innombrables coffres qui contiennent et protègent mes merveilles d'or et de pierreries, mon amour, mon trésor. Je mourrai heureux d'avoir bien vécu avec un ami et de l'étreindre au moment du passage. Avant de pousser mon dernier soupir, je brandirai cette petite clef que j'ai trouvée en creusant et l'enfouirai dans la serrure d'un coffre et la ferai tourner. Et j'entendrai un clic, celui de ma fin dernière, celui de la fin, non pas de mes illusions mais d'une vie bien remplie...

Quand j'avais fait remarquer à mon Antoine, à la fin de ce joli conte de fées tiré de ses souvenirs de jeunesse, que cette action, creuser un trou dans notre propre cave le plus vite possible et en tirer des conclusions métaphysiques concoctées par un vieux sage, pourrait servir de scénario à un épisode de Fort Boyard, Antoine, lui d'ordinaire si doux, avait failli s'emporter.

— Ce sage, comme tu dis, a passé sa vie à creuser son trou, voire sa tombe, animé par l'ESPOIR, non de devenir riche, mais de ne s'être pas trompé, ni d'existence ni de but. Alors, moi, je peux bien passer quelques mois à creuser notre cave puis y créer un gymnase en souhaitant que les muscles que j'aurai acquis lors de ces exercices quotidiens te plaisent et que tu prendras encore plus de plaisir à utiliser à ta guise mon corps d'Apollon athlétique.

Nous avions éclaté de rire. Il me bascula et me prit sur un tas de terre car nous nous trouvions alors dans la cave, au début des travaux, et, sans même se déshabiller, ni même me retirer ma culotte en en écartant seulement l'élastique. Je me souviens encore de sa fougue et des paroles qu'il lâchait avec une violence mal contenue.

— Je suis un terrassier et je te terrasse à même la terre des fondations de notre maison. Ne comprends-tu pas (et il me ramonait de plus en plus fort, de plus en plus vite) que nous fondons, sous ton fondement justement, un nouveau lieu de nos plaisirs ? Tiens, tiens et tiens !

J'enfouissais mes mains dans la terre avant de les glisser sous son pantalon et massais ses fesses avec cette glaise. Sa queue s'ornait elle aussi de terre et je la sentais qui me grattait l'intérieur de la chatte, la chatouillait comme l'aurait fait un papier de verre ultrafin. Il répondit à mon attaque en me couvrant le visage de cette boue marron et m'embrassa en même temps, faisant pénétrer volontairement des parcelles de ce limon brunâtre dans ma bouche. Était-ce sa façon de m'affirmer qu'il nous faudrait devoir compter désormais avec cette terre à laquelle il avait décidé de livrer bataille ? Sans doute. Une sorte de baptême de terre... Je me souviens que je jouis la première et que je criai en lui crachant au visage cette poussière âcre qui m'altérait la bouche. Il s'autorisa à prendre alors son plaisir, rugissant comme un fauve, me tenant fermement aux fesses et lâchant quelques phrases plutôt bizarres : « Terre, terre de feu à ton cul, terre de feu à ton con que je laboure et labourerai jusqu'à ma mort, en toutes saisons, sous le soleil ou sous la neige. »

Une bien curieuse déclaration d'amour dans laquelle je comprenais sa détermination à creuser sa cave tout en continuant à m'aimer et à ne pas me priver d'exaucer mon désir de lui aussi souvent que possible. Nous remontâmes alors à la surface de notre rez-de-chaussée et prîmes un bain, nous lavant l'un et l'autre avec un sérieux inhabituel.

Dix mois plus tard, Antoine avait gagné : notre cave était devenue une immense salle de sports avec un por-

tique, des barres parallèles, un cheval d'arçon, et divers appareils de musculation : un vrai palais pour culturistes ou seulement sportifs. Le sol était en parquet et un mur entier était couvert d'un gigantesque miroir comme dans une vraie salle de danse. Il y avait aussi un coin sauna et une immense baignoire circulaire et des robinetteries qui propulsent des jets d'eau de toutes parts.

C'est donc dans ce lieu, son domaine auquel il a consacré des centaines d'heures d'efforts et qu'il aime tant, qu'il me convie aujourd'hui. Pour obéir à ses ordres, je passe un corsage blanc dont je défais le premier bouton du haut afin qu'il s'aperçoive que mes seins sont libres, sans l'entrave d'un soutien-gorge. Je jette au loin ma culotte et enfile à la hâte « la robe bleu marine de gamine »,

Une douce appréhension me gagne alors que j'emprunte l'escalier qui mène à l'antre de mon Antoine. Que fait-il dans sa salle à ce moment précis ? « Pousse-t-il de la fonte » ? son expression favorite quand il parle d'haltérophilie.

Non, rien de tout cela. Il est assis dans un fauteuil juste en face du portique et... lit le journal. Imprévisible amant ! Il m'a entendue approcher car mes tennis grincent sur le bois vernissé du sol. Sans même se retourner, et sans lâcher son journal, il me désigne d'un doigt le trapèze.

— Fais la cochonne pendue en me tournant le dos !

Je saisis la barre cylindrique polie par nos paumes, lance mes pieds entre mes bras et replie mes mollets sur mes cuisses. Je lâche alors mes mains et descends doucement mon buste vers le sol. Ma jupe, bien entendu, suit le mouvement et vient me recouvrir la tête. Je me sens tout à coup extrêmement vulnérable ainsi : le cul et le sexe exposés et mes yeux aveuglés par les pans de mon vêtement.

M'observe-t-il au moins ? Je n'en suis pas si sûre d'autant que je l'entends tourner les pages de son journal. Ah, je comprends ! il veut me voir rejouer la scène de mon enfance où je m'exhibais au regard de mon grand cousin anglais. John, lui, avait boudé ma nudité et était parti lire sa revue plus loin. Mon Antonin allait-il faire de même ? Serait-ce là ma punition ? Me traiter par le mépris et l'indifférence ? Non, je l'entends qui jette son journal et s'approche de moi. En me tordant le cou, je ne puis voir que ses pieds et un peu de ses mollets tant cette jupe plissée est longue. Il s'immobilise derrière mon cul qui d'après mes calculs se trouve exactement à la hauteur de ses yeux. Il doit le contempler car il ne bouge pas, ne dit pas une parole. Cependant, à l'oreille, j'ai l'impression que son souffle se fait plus court. Il tourne lentement autour de moi. Nouvelle station face à mon sexe cette fois. Il s'en approche, je sens son haleine chaude sur ma chatte qui ne l'est pas moins. Je sais qu'il la regarde de très, très près. Malgré cette position peu confortable, ma tête va éclater, c'est sûr, je me sens humide, ouverte et pas seulement à son regard. Je me mords les lèvres pour ne pas le supplier de « faire quelque chose pour moi ». J'ai tellement envie, tant besoin de ses mains sur ma peau, de sa queue en moi ! Et puis, je ne vais pas tenir longtemps. J'ai l'impression que ma tête est une outre de sang. Mais que fait-il, que fait-il donc ? Soudain, au moment où je pense que je vais m'évanouir, il donne à mon sexe un grand coup de langue, puis deux, puis trois, puis en accélère le rythme. Il boit mon intimité si offerte, à la cadence infernale d'un chat lapant son lait. Vu ma posture, c'est mon clitoris qui le premier est en contact avec sa caresse. Curieuse et délicieuse impression. Mais voici qu'il cesse son lapement pour me vriller de sa langue devenue sexe, l'intérieur du vagin. C'est trop bon, je n'en puis plus, je vais jouir. Je crie.

— *Oui, vas-y, mon amour, je viens !*

Il s'écarte aussitôt de moi.

— *Non, petite cochonne ! Je vais t'apprendre à montrer ton cul à ton cousin anglais !*

— *Mais, Antoine, je n'en puis plus ! Je vais tout lâcher, m'évanouir, j'ai la tête en feu,*

— *Eh bien, c'est ton cul qui va être en feu aujourd'hui !*

La première claque sur mes fesses me surprend plus qu'elle ne me fait mal. La deuxième m'amuse, la troisième n'est pas si désagréable. Il est vrai qu'il mesure sa force. Une fessée, voilà sa punition à la gamine impudique que j'étais. Il est vrai que je l'aurais cent fois méritée et sans nul doute reçue si mon père avait surpris mon manège. À la dixième claque, au lieu de serrer les fesses pour amoindrir la douleur, je cambre ma croupe bien ouverte vers la main qui la frappe. J'en redemande. Mon postérieur doit être rouge cerise. Hélas, devinant mon plaisir, mon bourreau suspend aussitôt son geste. Après une dernière tape bien appuyée accompagnée de quelques insultes émises les dents serrées, alors que je crois mon « supplice » (bien anodin le supplice) terminé, voilà qu'Antoine entreprend de corriger mon sexe de la même façon. Seulement, l'entreprise est plus difficile, car si mon mont de Vénus est gentiment rebondi, il ne forme pas une protubérance suffisante pour que les claques puissent « s'exprimer » à loisir. Cependant, mon amant réussit à me frapper au con, de haut en bas, cette fois, contrairement à ses coups de langue de tout à l'heure, si bien, que ce sont mes grandes lèvres qui s'empourprent tandis que mon clitoris est épargné. « C'est déjà ça, mais est-ce bien sûr ? N'ai-je pas comme un regret ? » me dis-je, alors que je sens un orgasme violent descendre ou plutôt monter de ma nuque pour m'envahir tout entière. Je lâche le trapèze et tombe dans les bras musculeux d'Antoine qui me rattrape au vol. J'ai juste le temps de voir avant de m'évanouir qu'il bande d'une façon honteuse. Pourquoi « honteuse » ? Parce que, j'en suis sûre, il a honte de m'avoir frappée et honte aussi d'en être ému physiquement.

Deux minutes s'écoulent, il me le confiera plus tard, avant que je n'ouvre les yeux pour apercevoir mon « tortionnaire » à genoux devant moi. Il m'a déposée dans son fauteuil, me caresse le visage avec douceur et me sourit. Il m'agite sous le nez un verre afin que l'alcool qu'il contient m'éveille tout à fait. Il me le tend, m'invite à en boire une gorgée. C'est de la vodka russe de la meilleure qualité. Celle qu'il ne sort que dans les grandes occasions. Et c'est une grande occasion que de m'avoir donné ma première correction de petite grande fille. Je lui souris, l'attire à moi, l'embrasse. Je prends une gorgée de vodka et colle ma bouche à la sienne. Nos langues se noient ensemble dans l'alcool que nos bouches retiennent. Après, j'ai une autre idée : je lui baisse brutalement son survêtement. Il se présente en caleçon échancré par-devant. Déjà sa bite relève la tête. Toujours assise dans le fauteuil, le bas du corps nu mais ayant gardé mon corsage, je fais jaillir son outil et sans hésiter un instant je le trempe dans mon verre de vodka où je le noie quelques secondes. Il sur- saute surpris par le liquide glacé. Mais c'est moi qui commande à présent.

— Je vais te faire une pipe russe, mon petit Anto- novitch.

Je prends une gorgée dans le verre où sa queue bai- gne et s'imprègne et l'embouche goulûment. Il est là, debout à mon côté et moi, les avant-bras confortable- ment installés sur les accoudoirs du siège, je commence à le pomper doucement, lentement, en prenant bien soin de ne rien perdre du précieux breuvage. De temps en temps, j'avale une petite gorgée et goûte alors un étrange plaisir. J'ai l'impression d'avaler du sperme alcoolisé, même s'il n'a pas encore éjaculé. À dire vrai,

28

ni lui ni moi n'avons envie que nos jeux se terminent trop vite. Maintenant, sa pine s'est bien réchauffée dans ma bouche. Je pose mon verre sur le parquet et, lui faisant face, je l'aspire et le repousse en de longs et lents mouvements de va-et-vient. De temps en temps, je lève les yeux vers lui et lui montre mon regard le suçant. Je sais qu'il apprécie. N'est-ce pas lui qui un jour m'a expliqué qu'une fellation se faisait autant avec les yeux qu'avec la bouche et les dents ? Je le regarde donc puis reviens à sa queue. Je la sors de mes lèvres pour la contempler. Je l'admire, la lèche tout du long jusqu'aux couilles que j'emprisonne dans une main. Me voici revenue à son gland. Je ferme si je puis dire son prépuce entre le pouce et l'index et ma langue doit se battre un instant avec mes deux doigts pour qu'ils consentent à lui laisser la place. Alors, sans me presser, à petits coups de ma langue pointue et sortie comme un dard, je décalotte entièrement ce beau gland rose clair et en roule le bourrelet sans oublier de mordiller le frein. Je l'enfourne à nouveau. Cette fois, je lui fais face et, laissant ma bouche faire seule son travail, j'emprisonne ses fesses à deux mains en y enfonçant mes ongles un peu plus brutalement que d'habitude. Il bouge le bassin d'avant en arrière et je n'ai aucun mal à glisser un index curieux dans le centre de son cul. C'est lui alors (il faut bien lui laisser prendre quelque initiative) qui rythme la cadence d'avant en arrière. D'un côté il s'enfonce dans le trou de mon visage, de l'autre il s'empale sur mes deux doigts. Je dis deux parce que, sans trop de mal, le médium a suivi le chemin que lui a ouvert l'index.

Afin d'augmenter son plaisir, je défais le deuxième bouton de mon corsage et exagère le mouvement de mes seins qui dansent libres sous ses yeux. Bientôt, il ne se contente plus de les regarder, il les prend à pleines mains et en tord brusquement les bouts. Il m'a fait mal, ce crétin ! En guise de représailles, je le sors de ma bouche et lui frappe la queue de plusieurs tapes bien fermes. Mais au lieu de calmer son ardeur, cela l'amplifie. Je profite de cet intermède pour reprendre une bonne gorgée de vodka et lui tends mon verre dont il boit le restant cul sec.

Je m'apprête à tirer à nouveau sur ma pipe russe, mais il me prend par le poignet et me fait me lever. Il m'entraîne à nouveau vers le portique et me désigne cette fois la balançoire.

— On va s'éclater en plein ciel ! Amusant, n'est-il pas ?

On va voir. Ce type n'est jamais à court d'idées. Quand j'entends parler à la télé, dans certaines émissions, de la routine qui s'installe très vite dans la plupart des couples, ça me fait doucement rigoler.

Voici donc mon Antoine qui s'assoit sur la planchette, la bite dressée vers le plafond. Il m'invite à m'enfiler sur lui de face.

Facile à dire, difficile athlétiquement à réaliser.

— Pose tes jambes sur mes avant-bras, à l'intérieur des cordes, laisse-toi descendre doucement vers moi. Tu mouilles, au moins ?

— Non, je ne mouille pas, je ruisselle !

Je commence par mettre un pied au milieu de la planche, juste sous ses couilles, ce qui le fait rire et se trémousser puis, me cramponnant en traction aux cordes, je suis ses instructions et prends appui sur ses avant-bras avant de me laisser descendre vers son pieu.

— Ne me loupe pas ! Vise bien ! Impossible de lâcher une main pour te guider !

— T'occupe, ma chatte connaît le chemin !

Autant de dialogues qui accentuent notre désir de nous accoupler. Heureusement que moi aussi, je suis une assez bonne gymnaste et que je monte mes cinq mètres de corde lisse en équerre. Cet entraînement m'est bien utile aujourd'hui. Il me permet de me maintenir à la bonne hauteur, de humer, de chercher le gland qui lui aussi cherche l'orifice tellement aimé. Et ça y est, je m'enfonce tout doucement sur cette hampe tendue vers mon cul et mon bas-ventre. Oui, ça y est ! Il est en moi, au fond de moi. Nous crions notre joie. Je lâche les cordes pour entourer son torse de mes bras et m'y tenir. Nos bouches aussitôt s'unissent pour saluer cette première étape de nos exploits. Le tenant d'une seule main derrière la nuque, j'ouvre entièrement mon corsage et plaque mes seins contre ses pectoraux. Il approuve d'un grognement.

— Maintenant, le grand jeu, envoyons-nous en l'air !

Il commence, nous commençons, veux-je dire, à faire aller en avant, pour l'un le bassin, pour l'autre les fesses puis, à l'autre extrémité, nous faisons le contraire avec un bel ensemble. Nous sommes parfaitement synchrones, unis par nos sexes qui donnent la cadence. Je n'ai jamais ressenti une émotion pareille. Nos balancements se font de plus en plus forts, nous allons de plus en plus haut. Difficile d'imaginer le plaisir que nous ressentons quand, arrivant en bout de course avant, je me soulève et monte littéralement sur sa perche avant de redescendre et de peser sur elle qui s'enfonce en moi jusqu'au fond avant que je m'échappe à nouveau. C'est fou ! Nous sommes absolument fous de joie. D'autant qu'Antoine a sorti de je ne sais où, notre bouteille de vodka. Nous en buvons de longues lampées au goulot sans cesser de jouer les acrobates érotiques.

Les cirques se plaignent de ne pas joindre les deux bouts. S'ils nous prenaient dans leur troupe, c'est par milliers que les spectateurs viendraient voir notre numéro de haute voltige. On pourrait nous baptiser « Les amants de l'air » ou « Les anges du septième ciel » ou... Non, pour l'instant j'ai mieux à faire que de nous imaginer sous un chapiteau. Notre balançoire à deux me suffit. Je jette un coup d'œil à droite pour apercevoir dans l'immense miroir mural notre couple dément qui, accouplé, s'envole. D'un coup de menton, je nous désigne à Antoine. Ce spectacle l'excite encore davantage.

— Bon, alors, on y va, tu es prête, tu le sens venir ?

— Oh oui, mon vagin n'en peut plus, mon clito crie au secours. Viens, mon amour acrobate, viens !

Avec les muscles de mon sexe, je serre sa queue à l'étrangler et la sens durcir encore. Nous accentuons nos balancements. Nos coups de bassin, de bite et de reins se font plus intenses. Nous crions ensemble. Je perds toute notion de l'espace et je lâche mon partenaire de haute voltige pour me laisser aller en arrière sous la pression de mon corps qui veut se détendre. Heureusement Tonio me rattrape d'une main et me rassied sur ses cuisses. Du coup, il a lâché la bouteille qui miraculeusement tombe sur le fauteuil et rebondit sur le plancher sans se casser. Embouchés, les ventres palpitants et agités de soubresauts, nous laissons la balançoire perdre son élan. Je suis heureuse. Je le lui dis à l'oreille. Il me répond par un simple « merci » qui me fait venir les larmes aux yeux.

Tendrement enlacés, nous nous dirigeons vers la salle d'eau. Nous montons dans la baignoire circulaire où l'on peut se tenir à six. Mais aujourd'hui, c'est à deux et à deux seulement que nous avons vécu, joui. Ces souvenirs-là, nous les garderons dans nos corps et dans nos cœurs à jamais.

CHAPITRE III

Ce matin, avant de partir pour ta boîte de pub, tu m'as dit en m'embrassant dans le cou : « Continue d'écrire tes mémoires de petite fille dépravée, non, de petite fille tout court. Et n'hésite pas à dire la vérité, toute la vérité. N'aie pas peur de me choquer. Seuls le mensonge et la fausse pudeur hypocrite me révoltent. N'oublie pas les détails, ces petites notes qui n'ont l'air de rien mais qui sont tout. L'érotisme a besoin de finesse, de délicatesse d'esprit, de doigté si j'ose dire et de charme. Écris, ma Sophie, écris. Ce soir, quand je t'aurai lue, tu récolteras les fruits de ta propre histoire... et moi aussi ! Mais surtout, n'écris pas en imaginant la façon dont je pourrais actualiser tes souvenirs de gamine. Surtout pas ! ça fausserait le jeu. À ce soir, amour de mon corps.

Tu m'as donné une foule de petits baisers sur le visage et sur les lèvres, m'as caressé les seins et les fesses en remontant ton médium dans ma raie, comme tu aimes et comme j'aime et tu es parti en chantant.

Avant de franchir la grille, comme à ton habitude, tu as passé un bras par la fenêtre de ta voiture pour me dire au revoir. Merveilleux amant, attentionné, tendre mais vigoureux.

Je reste un instant rêveuse en regardant notre pelouse envahie par les feuilles mortes. J'aime ces

33

débuts d'automne où les arbres prennent selon leur espèce des tons bien différents allant du rouge pourpre au jaune pâle. Certains semblent pressés de se dépouiller, d'autres rivalisent de lenteur comme s'ils voulaient montrer le plus longtemps possible qu'ils sont bien vivants.

Des vers de Chateaubriand, sont-ils bien de Chateaubriand ? Mais non voyons, de Lamartine, j'en suis sûre, sûre, sûre, tournent dans mon cœur. Un peu grandiloquents peut-être mais bien balancés, bien tristes aussi et de saison :

Salut ! bois couronnés d'un reste de verdure !
Feuillages jaunissants sur les gazons épars !
Salut ! derniers beaux jours ! le deuil de la nature
Convient à la douleur et plaît à mes regards !

Mais il va me faire pleurer, ce mélancoliquoman ! Me voilà seule avec mes pensées et les photos mentales de mon enfance. À propos de photos, j'en ai des tonnes ! Peut-être certaines raviveront-elles des situations, des lieux, des visages oubliés qui nourriront ce drôle de journal posthume de mes jeunes années. J'y aurai recours si je suis à court d'inspiration, mais pour l'instant, je sais quoi raconter. Cela me démange depuis que j'ai laissé mon grand cousin aux belles jambes, y compris celle du milieu, dans notre ferme du Finistère. Je ferme les yeux, renifle et reconnais l'odeur sucrée du tas de purin, celle iodée qu'exhalent les algues gluantes et luisantes échouées sur le rivage. Je hume avec une certaine volupté les exhalaisons et senteurs putrides qui s'échappaient de la porcherie quand on en ouvrait la porte. On a la petite madeleine qu'on peut. Qu'on se rassure, me reviennent aussi en narines le parfum douceâtre et enivrant du chèvrefeuille.

Où ai-je laissé John ? Ah oui, ma mère nous encourageait à aller nous baigner en cette fin d'après-midi. Alors j'y vais...

Brusquement, me voici dans le sentier qui court vers la mer...

John à nouveau marchait à mon côté. Je baissais souvent les yeux pour voir les muscles de ses jambes bouger différemment selon les irrégularités du chemin. Et je me disais, je m'en souviens très bien : « Tout à l'heure, je vais le voir en slip, en slip et je devinerai son gros paquet, son gros paquet. Slip-paquet, slip-paquet. »

Étais-je une petite fille perverse, obsédée par le sexe ou étais-je, comme toutes les gamines de mon âge, simplement curieuse d'apprendre et de comprendre, à défaut de pouvoir prendre ou d'être prise ? Quand j'en parlais avec mes copines, toutes avaient le même désir de savoir « comment ça se passe », « si ça nous fait mal leur gros truc dans notre si petit trou ». Toutes, sauf une, Marthe Delatour qui se sauvait les mains collées aux oreilles, dès que nous abordions devant elle ces sujets passionnants. En y repensant, je me demande si elle n'était pas la plus troublée, la plus avide de connaissances sexuelles de nous toutes. J'aurais bien voulu savoir ce qu'elle pouvait avouer comme péché de chair à notre confesseur de l'église de Trégunc. Quand nous la voyions s'enfuir ainsi, nous ne manquions pas de nous moquer d'elle en chantant, nous servant de son patronyme : « La tour, prends garde, la tour prends garde de te laisser abattre ou séduire. »

Jeunes garces joyeuses !

Mais revenons à ma promenade du jour avec John.

Nous étions précédés par Nénette, une affreuse bâtarde, rencontre fortuite d'un fox-terrier et d'un caniche femelle (dixit mon père, je n'ai jamais su s'il plaisantait ou non) et par Tarzan, un chien-loup de trois ans affectueux et joueur. Ils formaient un couple plutôt mal assorti mais extrêmement efficace pour la chasse qu'ils menaient aux lapins. Comme ils allaient nous le prouver sur-le-champ. Cela faisait un bout de temps que Nénette suivait une piste sinueuse, le museau collé au sol. Soudain, elle se mit en arrêt devant un gros bosquet de genêts. Aussitôt, j'allais dire « sur un clin d'œil de la petite chienne », Tarzan bondit de l'autre côté du fourré, se tenant prêt.

Je posai mon doigt sur ma bouche et immobilisai mon bel Anglais en lui étreignant l'avant-bras.

— Regarde, John !

Ma main ne le lâchait pas. J'adorais le contact de ces poils blonds et frisés qui caressaient ma petite paume. Ou, pour être franche, c'était ma main qui le caressait. J'aurais souhaité que cette chasse aux lapins de nos deux fauves durât une heure. Mais Nénette n'était pas du genre à tenir compte de mes désirs, elle ne pensait qu'au sien, la chienne ! Elle fonça sous les branches, le lapin surgit de l'autre côté et d'un coup de mâchoire, clac ! Tarzan lui brisa la nuque. Belle complicité ! Je lâchai le bras de mon grand cousin et applaudis l'exploit. John me regarda, horrifié.

— Mais c'est horrible, Sophie ! Comment peux-tu te réjouir d'un tel atrocité.

— On dit « d'une telle atrocité ». Mais c'est la nature, John, la nature...

À dire vrai, je ne suis pas sûre d'avoir répondu cela. Ce n'est pas la réplique d'une petite fille de neuf ans, mais ce que je lui répondis exprimait sans doute le même sentiment. Cette deuxième année que je passais dans la campagne profonde m'apprenait à ne m'étonner de rien et à admettre le monde animal. Mon père d'ailleurs était très content que je puisse découvrir « en vrai » cette formidable leçon de choses qu'est la vie dans une ferme. Comme il avait raison !

Cent mètres après l'acte de barbarie, selon John, auquel les deux chiens s'étaient livrés avec astuce et maestria, je cueillis des prunelles et en tendis une dizaine dans le creux de ma main à mon compagnon qui apparemment n'en avait jamais vu. Il m'observait tandis que je les mordais et malaxais avec bonheur. J'aimais et aime toujours d'ailleurs la fermeté de leur chair si âcre et acide qu'elle vous fait venir la chair de poule jusqu'au cuir chevelu.

John prit une prunelle, la porta à sa bouche, la mordit et me la recracha au visage en faisant semblant de se fâcher.

— Tu veux ma mort, Sophie ? Après le spectacle du lapin égorgé, ce fruit immangeable ! You are a silly girl !

Le spectacle de mes lèvres et de leur pourtour que les fruits avaient violacés le fit éclater de rire.

— Si tu voyais tes lèvres, on dirait une girl de cabaret.

Je pris un air pincé alors que j'étais très fière qu'il puisse me comparer à une vraie femme.

Il posa une main sur mon épaule nue, me tapota gentiment le dos et reprit sa marche sans me lâcher. Oui, « SANS ME LÂCHER ! » Oh, comme j'aimais sa chaleur, cette espèce de fluide envoûtant qui courait sous ma peau ! J'aurais voulu que le chemin ne finisse jamais. J'étais heureuse. Une enfant heureuse.

Je ne l'étais pas moins quand nous nous retrouvâmes pour la deuxième fois de cette première journée sur ma plage. Elle était déserte. La grosse pimbêche au beau cul de ce matin ne nous avait sans doute pas encore repérés. Je sautai dans le sable et m'y roulai en riant.

John, sans se soucier de mes galipettes, entreprit de se déshabiller. Comme ce matin, il m'apparut dans ce même slip rouge assez indécent puisque à nouveau je pouvais apercevoir ses grosses boules et deviner sa verge. (Cela faisait très peu de temps que j'avais appris qu'une bite s'appelait aussi une verge.) Son indécence était-elle voulue ? Je ne le crois pas. Il ne la remarquait pas, c'est tout. Tant mieux, cela me permettait de me rincer l'œil, ce dont je ne me privais pas.

À nouveau, nous avons couru main dans la main vers la mer où, ensemble, nous avons plongé en criant notre joie de vivre. Nous avons recommencé nos jeux de la matinée : plongeons, « bataille de mer » comme nous appelions ce jeu idiot qui consiste à aveugler l'autre en lui envoyant de l'eau. Moi, je le faisais assez maladroitement en soulevant l'eau de mes deux paumes tournées vers le ciel. Lui, caressait la surface de sa main tendue, paume vers le bas, et la poussait vers moi, me cinglant le visage et la poitrine. Jet d'eau très efficace et somme toute pas si désagréable que ça. À dire vrai, c'est son rire de victoire qui me faisait le plus de plaisir. Après, comme au matin, j'ai poursuivi mes reconnaissances sous-marines en passant sous ses jambes écartées. Cette fois, je dois avouer, je me suis enhardie. Quand j'ai plongé sous lui, au lieu de me faufiler en m'efforçant de ne pas le toucher pour lui faire admirer la subtilité de ma technique, j'ai pris soin de m'immobiliser entre ses cuisses. J'ai fait mine d'être coincée, ce qui m'a permis d'arrondir mon dos pour qu'il vienne se frotter contre son fourniment sexuel. Je venais d'apprendre ce mot « fourniment » et l'adaptais d'une façon très libre à ce qu'il portait au bas de son ventre. Étant, comme je vous l'ai déjà confié, une très bonne apnéiste, je me frottais et me frottais à lui en le tenant aux cuisses et en glissant même mes petits doigts agiles là où ils n'auraient pas dû se trouver. Pour se dégager, John fut obligé de bondir en arrière et de fuir cet arapède qui lui collait à la peau. Il partit vers le large dans un crawl long et puissant. Au bout de cinquante mètres, il s'arrêta et fut très surpris de me voir à deux mètres derrière lui. Mes entraînements intensifs à la piscine du Racing de la rue Éblé, à Paris, avaient porté leurs fruits. Cette performance lui fit oublier l'agacement que je lui avais procuré en abusant de mon séjour sous-marin sous son sexe. Aussi, c'est en copains et en riant que nous avons regagné le rivage. Seulement, mon cher cousin n'était pas encore à l'abri de ma dernière facétie. Alors qu'il avait de l'eau jusqu'aux genoux, je poussai un cri.

— Oh, John, regarde le cormoran ! Il vient de plonger.

Et pendant qu'il guettait un oiseau sorti tout droit de mon imagination, je m'agenouillai devant lui, me saisis des deux mains de son slip que je baissai d'un seul coup jusqu'aux chevilles.

Résultat : je pris une baffe et dus entendre ses insultes indignées.

— Dirty little girl ! What a nastiness ! A sow, you are a sow !

Vite rajusté, il sortit de l'eau et marcha d'un pas nerveux vers sa serviette en continuant de m'injurier. Ce dont je me foutais totalement : je riais nerveusement, les avant-bras pliés sur le ventre en me répétant comme une comptine : « J'ai vu sa bite et ses couilles ! » Cependant, une chose m'intriguait : Où était la grande et belle pine qui se prélassait ce matin dans la salle de bains ? Je n'avais aperçu là qu'un petit tas rabougri de chair. Était-ce le même homme ? Je ne connaissais pas encore les méfaits de l'eau froide sur les sexes de ces messieurs.

Je m'étendis à côté de lui, comme si de rien n'était, mais, dressé sur ses coudes, il regardait la mer en maugréant.

— Je me demande si je ne devrais pas en parler à ta mère. Tu mérites une punishment.

Il tourna la tête vers moi, l'œil furibard. Je pouffais de rire dans ma main en le regardant. Il hésita quelques secondes entre la colère et le rire avant de choisir le second. Il se leva d'un bond, me saisit aux chevilles et me tira vers la mer sans ménagement. Mon dos se frottait douloureusement aux tas de varech et aux galets mais jamais ces grattouillis ne m'avaient semblé si agréables. J'étais tirée par un homme et plutôt que de refermer les jambes et les tordre en tous sens comme aurait fait une jeune personne de bonne famille pour montrer sa résistance et son indignation, je les écartais plus qu'il n'était nécessaire, ni convenable, et m'abandonnais à mon « tracteur humain ».

Nous nous sommes rincés cette fois fort chastement et avons à nouveau rejoint nos serviettes pour prendre le soleil encore assez chaud en cette fin de journée de septembre.

Pour reconquérir tout à fait mon cousin, je décidai d'aller chercher des bigorneaux.

— Tu aimes les bigorneaux, John ?

— Je ne sais pas. Je ne vois pas quoi est-ce.

— Pas : « quoi est-ce », on dit : « ce que c'est ».

Je le laissai en compagnie de sa serviette et partis sur la droite de la plage vers la pointe de la Jument. Je ramassai dans un tas de goémon un seau en plastique échoué à demi déchiré et délavé par ses séjours répétés dans l'eau et retrouvai facilement « le rocher de papa », que nous appelions ainsi parce que c'était lui qui l'avait remarqué. Un rocher qui, à marée basse était une mine heureusement encore peu exploitée. Nous l'appelions aussi en prenant des airs de conspirateurs : « notre rocher de marée basse ». Comme à cette heure il n'était pas complètement découvert, et que je n'avais pas de masque, je devais plonger le bras jusqu'à l'épaule et aller au jugé, ce qui rendait la récolte plus lente. Je restai bien vingt minutes à gratter le rocher dans ses moindres failles avant d'avoir rempli un demi-seau. Je grelottais et courus, joyeuse, vers l'endroit où j'avais abandonné mon grand cousin.

Ma serviette était bien là, sagement étendue sur la plage, mais de John point.

Éplorée, profondément déçue de ne pouvoir lui faire admirer ma récolte, je regardais de tous côtés quand j'aperçus sur le sable mouillé des traces de pas, celles de deux personnes. Des grandes qui pouvaient bien être celles de John et des plus petites qui...

Non, ce n'était pas possible ! Il ne m'aurait pas fait ça à moi, son amoureuse !

Tête baissée vers les empreintes, éperdue, serrant mon seau crevé contre mon ventre, sentant les larmes me piquer les yeux, je devais donner l'impression de porter sur mes frêles épaules tous les malheurs du monde.

Le malheur, le vrai, pas celui des autres, mais le mien, m'attendait entre quatre blocs de rochers. cinquante mètres plus loin. Je connaissais cet antre pour m'y être souvent tapie avec mes copines quand nous jouions à cache-cache avec les garçons. C'était une langue de sable prise entre des amas de granite de quatre mètres de haut. Il fallait faire un peu d'escalade pour y accéder. Mais une fois dans ce lieu, on se sentait chez soi, en sécurité et surtout à l'abri des regards du monde extérieur... C'était là sûrement que John s'était caché.

Sans faire de bruit, pieds nus, je grimpai la cloison en utilisant des prises que je connaissais par cœur. J'arrivai au sommet et plongeai mon regard dans le gouffre. Horrible spectacle ! L'épouvantable pimbêche, ma rivale, étreignait MON John, se pressait contre lui, haletait, posait ses mains partout sur son corps, ce corps qui était MA propriété. Ah, elle n'avait pas perdu de temps pour le conquérir ! Car c'était elle bien évidemment qui, profitant de mon absence, l'avait entraîné dans cette cache dont il ignorait l'existence. Ah, la traînée ! J'avais envie de lui jeter des pierres, des fragments de rocher que j'avais à portée de main. Non, j'aurais pu blesser mon John. Idée impossible à supporter.

Ils se tenaient pour moi de profil et eux se faisaient face. Ils ne pouvaient donc m'apercevoir au-dessus d'eux. Mais je supposais que cette position n'allait pas durer, que bientôt, ils allaient rouler l'un sur l'autre et que l'un d'eux, regardant le ciel ne manquerait pas de me découvrir. Je me reculai donc aussitôt et redescendis de mon perchoir. Je connaissais une cavité à la base d'un des rochers, une sorte de tunnel qui finissait en impasse à cinquante centimètres de la langue de sable où ils se tenaient... si mal ! Je rampai dans le conduit et me retrouvai bientôt aux premières loges. Je les voyais en entier tout près de moi, à les toucher. Je pouvais les observer sans qu'ils puissent me voir ni deviner ma présence. Décidément, je me retrouvais un peu dans la même situation d'espionnage que celle de la salle de bains de ce matin. Ah, la sale petite voyeuse que je faisais ! Cette fois, pourtant, je n'avais pas une once de mauvaise conscience : c'était mon « mec », non mais sans blague, qui se faisait violer par la pute des grèves à défaut d'en être la fée !

Mais la même question qui me harcèlera au long de ces mémoires, j'en suis sûre : n'est-ce pas seulement aujourd'hui, en écrivant ces lignes, que je me prête ces réflexions ? Avais-je les mêmes alors ? Peut-être, mais non exprimées. Elles s'agitaient dans mon inconscient de gamine humiliée. Et, soyons honnêtes, je ne pensais qu'à une chose : voir comment les grands faisaient ça. Et de ce côté, je fus gâtée. C'était cent fois plus réaliste que les films porno vus en cachette sur le magnétoscope des parents d'une de mes copines. Là, c'était du « live », du vrai. Chaude, chaude du devant et chaude du derrière, la Proserpine ! Car sur-le-champ, c'est le surnom dont je gratifiai celle qui répondait, je l'appris plus tard par ma copine Charlotte, au doux prénom de Marie-Ange. Pourquoi ce surnom ? Parce que c'est ainsi que Bertrand, l'un des valets de ferme, parlait de toutes les filles faciles qui servaient à tout et à tous. Savait-il que Proserpine était la déesse de l'Agriculture chez les Romains et aussi la reine des Enfers ? Sûrement pas. Et moi non plus d'ailleurs. C'était plutôt le suffixe « pine » qui l'émoustillait et le faisait désigner ainsi celles qui étaient friandes de ce qu'il évoquait. Mais revenons à nos amants.

Jusqu'alors, ils étaient encore habillés, enfin si peu ! Elle portait un affreux deux-pièces noir agrémenté d'anneaux dorés, un anneau entre les seins pour le soutif et des anneaux aux hanches pour la culotte. Lui était toujours dans son slip rouge qui paraissait prêt à éclater...

Évidemment, c'est elle qui dirigeait les ébats. Elle qui l'embrassait, lui caressait le dos avec frénésie, glissait une main curieuse vers ses fesses blondes et pressait ses seins contre son torse. MON John semblait un peu pataud, un rien emprunté. Il ne me serait pas venu à l'idée que mon héros, mon Apollon pouvait être puceau. Or, il me le dit plus tard, il l'était ! Il n'avait connu que des flirts très poussés, mais rien de plus. Elles n'avaient pas été toutes à lui, jusqu'alors, les petites Anglaises. Cette gourgandine avait dû le sentir et se faisait fort de lui faire passer le Rubicon. N'était que de la voir s'asseoir tout à coup et de le regarder par-dessous en lui désignant ses seins.

— Tu veux les voir, mon bel English ?

Mon cousin restait assis à son côté, la bite tendue, sans rien dire.

Sans le lâcher des yeux, elle fit sauter le fermoir de son soutien-gorge et le balança au loin.

— Regarde !

Et elle lui présenta en en flattant les bouts ses seins de jeune fille de seize ans, ronds, fermes et, je dois le dire, superbes.

Pendant que John contemple cette poitrine fascinante que je jalousais, qu'il y porte timidement la main, laissez-moi vous décrire ma rivale en tentant d'être le plus objective possible, ce qui m'est difficile... Proserpine est aussi brune que je suis blonde. Je ne vous ai jamais parlé de mes cheveux couleur « blé d'or », comme dit papa et de mes yeux marron clair « couleur sépia », ainsi que dit maman pour paraître originale mais sans pour autant m'expliquer ce que signifie cette nuance.

Oui, je suis blonde, élancée, longue « comme un jour sans pain », ainsi que dit ma grand-mère de Paris. Bon, arrêtons là mon portrait, enfin complétons-le en disant que je suis jolie et que mon sourire est un rien « canaille », comme dit encore mon père, ce qui, je l'avoue ne me fait ni chaud ni froid, ne sachant pas ce que cela veut vraiment dire.

Revenons à cette Proserpine qui rime avec pine : elle est cuite au soleil comme une olive. Elle a de très longs cheveux noirs qui lui tombent jusqu'aux fesses. Son visage est, comment dire, joyeux. Oh, que ça m'est pénible de reconnaître ces qualités ! Oui, elle sourit, non seulement avec sa bouche aux lèvres gonflées qui révèlent par moments des dents très petites mais très blanches, mais aussi avec ses yeux. Elle a des yeux rieurs et un petit nez qui se plisse en voyant l'air ravi et un peu bêta de mon cousin. Ses jambes ? Pas mal. Un peu lourdes comme sa taille plutôt grassouillette. Mais j'arrête : je vais être de mauvaise foi.

— Tu peux les toucher, et même les embrasser, tu sais.

Elle prend la main droite de John, la pose sur ses seins. Il les caresse. Elle se tient assise, bien droite, bien cambrée. Elle le saisit derrière la nuque et enfouit le visage de « l'English », comme elle dit vulgairement, entre ses seins. Je vois son autre main se plaquer, paume bien ouverte sur le sexe-bâton de MON amoureux. Il a un mouvement de recul, comme s'il avait peur de cette caresse trop précise. Elle l'abandonne aussitôt, le fait asseoir à côté d'elle et pianote sur son ventre puis sur ses cuisses, en évitant la queue qui, échappée du slip, fait un clin d'œil à son nombril.

— Si tu as peur, on peut juste se regarder, tu veux ? Tu me montres ta prick et moi, je te montre mon minou, my sex. You want ?

Hébété il est mon John. Ses copains de Chippenham (dans le Whilshire) lui avaient bien dit que les petites

44

Françaises étaient de fieffées salopes (c'est ce que se disent les puceaux pour se donner du courage dans le même temps qu'ils se font peur), mais tomber sur une telle aubaine le premier jour de son séjour breton, il fallait le faire ! Hébété mais plein de désir. Il hoche la tête frénétiquement, répète des « yes, yes, yes » un peu ridicules mais qui ne le serait à sa place ? en fixant désormais le triangle d'étoffe qui couvre encore le sexe de Proserpine.

— Alors, qui est-ce qui commence ? C'est toi qui me la montres ? Ou moi ? Tu veux voir ma chatounette ? dit-elle en se la caressant sans la moindre gêne à travers le tissu avec un air salace, mais salace !

Elle saisit d'autorité la main droite de mon grand cousin, la pose sur son propre sexe et, la tenant au poignet, la fait aller et venir sur son con. Mon cœur bat à se rompre. Elle encourage les doigts de John à se glisser sous son slip et à aller l'explorer. Tiens, il a l'air de se réveiller et se met à fourrager dans cet entrecuisse offert. Au même moment, sans même m'en apercevoir (est-ce bien certain ?), j'écarte le bas de mon maillot, y glisse l'index de ma main droite, mon préféré pour ce genre d'exercice, et le pose sur mon bouton. Et l'autre continue son monologue lubrique.

— Hé là, doucement ! C'est fragile, tu sais, ces petites bêtes-là ! Oh oui, comme ça, doucement, c'est bon, oh que j'aime que tu me touches. Tu sens comme je mouille ? Tu veux la voir maintenant, hein, tu veux la voir ? Tu n'en as jamais vu ? C'est la première, ton premier abricot poilu, eh bien regarde !

D'un geste très sûr, elle défait les anneaux qui maintiennent son slip sur ses hanches, l'arrache et exhibe sa chatte très noire, couverte de poils drus et bouclés. J'ai beau haïr cette fille, je dois reconnaître que je découvre, grâce à elle et en même temps que John, mon premier sexe féminin d'adulte. C'est curieux comme il est rebondi au sommet du triangle. John est fasciné. Il me tourne le dos. Mais Proserpine n'a pas fini sa leçon de choses et lance ses recommandations, j'allais écrire ses ordres :

— Mets-toi entre mes jambes, non, pas comme ça, agenouille-toi en face de moi. Tu vois, je mets mes chevilles sur tes épaules pour que tu puisses mieux la contempler, la détailler. Là, tu la vois bien ? Ça c'est mon clito avec son tout petit gland car moi aussi j'en ai un. Regarde comme il redresse la tête, il bande comme le tien. C'est un petit bouton qui me donne beaucoup de plaisir. À la prochaine leçon, tu auras même le droit de l'embrasser. Tu le suceras comme un bonbon... Ça, ce sont mes grandes lèvres, my big lips, you know, mais regarde ! Et là, my little lips, you see ? Tu vois comme c'est rose et mon trou, grand cochon, c'est lui qui t'intéresse, je le sais, j'y entre un doigt, deux doigts, ils entrent tout seuls tant je suis excitée. Non pas le droit de toucher, il y a trop de sable, ça m'irriterait... Ce soir, si tu viens me rejoindre dans ma chambre, oui, tu pourras. Et même...

Elle ouvre son sexe de ses deux mains. John s'approche, s'approche. C'est sûr, il va y mettre son grand nez. Je profite, en me déplaçant un peu, de la même vision que mon cousin. Ah, s'il se doutait que je suis si près de lui et que je contemple ce qu'il contemple ! Au moment où il la hume, elle replie ses jambes brusquement, les resserre et lui fait signe de s'étendre à côté d'elle.

— Allez, à ton tour de me montrer à quoi tu ressembles ! lance-t-elle joyeusement.

Quand j'y repense aujourd'hui, je me dis que du haut de ses seize ans, cette Proserpine avait un aplomb certain. Ça ne devait pas être la première fois qu'elle regardait une queue tant elle était à l'aise. Mais en y réfléchissant bien, je me dis qu'à son âge, que j'atteindrais sept ans plus tard, je n'étais pas, moi non plus, à proprement parler une oie blanche. Loin de là ! Mais je vous conterai ces belles années quand mes mémoires seront arrivés à cet âge béni : seize ans ! Seize ans et mes amants !

Pour l'instant, je n'ai que neuf ans et j'ai là, tout près de moi, une « grande » qui s'intéresse de très près à l'entrejambe de mon cousin d'outre-Manche. Ah, parlons-en de son manche ! Et regardons ce qu'en fait cette joyeuse Bretonne effrontée et apparemment experte en dépucelage.

— Allonge-toi sur le dos, comme ça, oui, enfin pas tout à fait. Mets-toi sur tes avant-bras, oui, et regarde ma main...

John obéit. Il penche la tête vers son bas-ventre et voit la main de la fille faire des tours cabalistiques au-dessus de son bâton qui une fois encore laisse passer sa tête hors de son maillot, cherchant à atteindre son nombril. Il fait une petite moue, voire un sourire crispé en suivant les dessins que fait cette main étrangère au-dessus de lui. Proserpine, nue et bronzée intégrale, se tient sur le côté, plantée sur un coude. Elle me fait face et je puis détailler tout à loisir ses seins qui se tiennent magnifiquement et le triangle noir que j'envie tellement, moi la petite fille désespérément sans poil. Pour combien de longues années encore ? Deux, trois ? Dans cette position, le creux de sa hanche est plus perceptible. On dirait même qu'elle a une taille ! Est-ce aujourd'hui en écrivant ou il y a vingt ans que je me fais cette remarque somme toute sympathique ?

Après ces tours de passe-passe autour du slip de MON John, elle se décide à passer au niveau supérieur. Avec un geste plein d'aisance qui dénote une habitude certaine, elle glisse la main gauche sous ce mini-slip rouge que j'aime tant et en sort d'un coup de poignet très réussi la queue, la bite, le membre, la pine de MON grand cousin. Elle pousse un petit cri admiratif.

— Oh, qu'elle est belle et grosse ! Et grande ! (C'est

47

bien mon avis). Jamais je ne pourrai la faire entrer dans ma petite chatte.

La menteuse ! Même si je me fais une semblable réflexion, je sais qu'elle ment pour le flatter. Lui, en écoutant ces compliments, se sent plus sûr de lui tout à coup et, très fier, regarde cette main inconnue qui se saisit de son sexe et commence à monter et à descendre, doucement, savamment au long de lui.

— Qu'elle est belle ! What a beautiful cock ! répète Proserpine, le souffle court, en plongeant sa main disponible vers son propre sexe qu'elle commence à caresser en ronronnant.

Elle sourit, la salope, en contemplant la queue de mon cousin. Voici qu'elle se saisit de ses couilles maintenant. Quel culot ! Elle les fait rouler dans sa paume, et quoi ? Mais qu'est-ce qu'elle fait ? Sans lâcher John qui, béat, les mains calées sous les fesses, soulève le bassin pour se tendre davantage vers elle, la voici qui balance ses longs cheveux sur son ventre. Une caresse que paraît apprécier son compagnon. Il lève les yeux vers le ciel et prend, à mon avis de petite fille, un air parfaitement idiot. Je trouve qu'il ressemble à ce moment-là à Guitou, le simple de la ferme d'à côté, quand il jette en gloussant des petits bouts de bois aux canards, à l'étang du Grand Pin.

Après la caresse de sa chevelure, c'est une autre caresse que Proserpine veut infliger, je dis bien infliger, car il la redoute, à son « English ». Brusquement, sans crier gare, comme si elle n'en pouvait plus d'attendre ce moment, elle approche ses lèvres du gland énorme, gonflé et du même joli rose que j'avais noté dans la salle de bains, et le couvre de petits baisers.

— No, no, no ! It's too much ! Je vais... Arrête ! Mind !

Cause toujours, my rabbit ! Elle n'a aucune raison d'arrêter en si bon chemin et, malgré ma fureur de gamine jalouse, je ne puis que comprendre la fougue avec laquelle elle s'occupe de cette verge magnifique. Mais elle est folle ou quoi ? D'un seul coup, elle a avalé le dard dressé. Comment fait-elle ? Je pense à un avaleur de sabre qui m'avait fascinée sur le port, à Concarneau. Quelle gorge profonde ! Son autre main, celle qui s'occupe de son sexe devient frénétique. Elle la fait aller à toute vitesse de bas en haut, virevolte de ses grandes lèvres à son clitoris avec une vivacité qui me laisse pantoise. Quel cours magistral de masturbation ! J'en oublie même de me chatouiller !

John, lui, est sur une autre planète. Il se mord les lèvres et plisse son front comme s'il avait mal. Soudain, il est pris de soubresauts. Ses fesses bondissent et rebondissent tandis qu'il pose une main sur la tête de la pompeuse. Il pousse des cris, lance des avertissements, des « mind ! » répétés, mais l'autre ne s'en soucie guère, elle accélère ses va-et-vient buccaux en le regardant bien en face. Elle semble s'amuser de sa mine affolée. Il veut lui échapper, la repousse, mais elle le tient fermement par la queue et ne le lâche pas. Elle consent pourtant à se désemboucher et à faire exploser ce dard survolté sur son visage tout en cueillant sur ses lèvres quelques gouttes. C'est un vrai jet qui est sorti de mon Antoine. Il a jeté la tête en arrière et contemple le ciel tandis qu'elle parachève son œuvre en léchant à petits coups de langue les gouttes qui perlent encore sur le gland de mon cousin.

C'est donc ça, le sperme ? On dirait du yaourt ou plutôt du shampoing. Pendant des années d'ailleurs, je ne pourrais mettre du shampoing dans le creux de ma main sans penser à la semence de John. Oh, quand je raconterai tout ça à Charlotte et Béa, mes meilleures copines, la tête qu'elles vont faire ! Je les entends déjà m'abreuvant de questions précises. Je jouerai les blasées, les connaisseuses...

Mais pour l'instant, la pièce étant terminée, il faut que je m'éclipse avant qu'ils ne sortent de leur planque.

Inutile qu'ils m'aperçoivent. Je repars en marche arrière dans mon tunnel, m'efforçant de ne faire aucun bruit. J'ai le temps de les voir se rhabiller et d'entendre Proserpine indiquer où se trouve la demeure de ses parents.

Je vois très bien où elle est sur la route vers Trévignon. Je pourrais y emmener John les yeux fermés. Non, mais ça va pas ? Je ne vais quand même pas lui servir de guide pour aller me tromper avec ma rivale ! Tout en m'éloignant furtivement, je saisis des bribes de phrases : « Minuit... ma chambre est au premier sur l'arrière... lumière... échelle au pied... Tu ne le regretteras pas... »

Je me retrouve dans la lande, courant vers la maison. Je m'arrête, m'assieds sur un tronc abattu, saute sur mes pieds. Je ne sais pas quoi faire. Dois-je l'attendre et rentrer avec lui comme si de rien n'était ? Impossible. Je décide de revenir toute seule. Tiens, pour la première fois de ma vie, j'ai quitté le rivage sans regarder la mer. C'est mon père qui m'a appris ça. « Il ne faut jamais quitter un rivage sans dire au revoir à la mer. C'est une politesse que nous devons à cette grande dame. » Ce John, mais surtout cette Proserpine – car c'est elle la coupable, la débauchée – m'ont fait perdre la tête. Je suis paumée, complètement perdue et je ne sais trop pourquoi, la tension nerveuse accumulée sans doute, j'éclate en sanglots et je pleure les épaules secouées par mon chagrin. Moi qui tout à l'heure sur ce même chemin étais si heureuse de marcher au côté de mon grand cousin, me voici désormais la plus triste des petites filles. Mais je ne vais pas me laisser démonter plus longtemps. Surtout qu'il ne s'aperçoive pas de mon désarroi. Je vais être comme avant. Avant sa trahison. Je renifle, me mouche dans ma serviette de bain et me mets à danser d'un pied sur l'autre en pénétrant dans notre cour. Ma mère s'active autour de la table sous la tonnelle.

Elle me jette un coup d'œil.

— Je file prendre ma douche et je viens t'aider.

— Tu es seule ? Qu'as-tu fait de John ?

— Ah bon, il n'est pas rentré ? Je crois qu'il voulait faire une balade, revenir par Pouldohan. Il a dû se perdre.

John est rentré (j'allais écrire la queue basse) et est aussitôt monté prendre sa douche « avec un drôle d'air », a dit maman. « Qu'est-ce que tu racontes ! Il est un peu sonné par sa première journée à la mer, c'est tout », lui a répondu papa.

Moi qui mettais le couvert, je riais (jaune) sous cape. Je tenais mon secret de l'été. Et ce n'était pas fini ! Cette nuit...

Au dîner, papa était très excité par l'acquisition qu'il venait de faire à Concarneau d'un vieux Vaurien en bois de 1952, autant dire un ancêtre. Ma mère trouvait ça ridicule.

— Pour ce prix-là, il doit être tout pourri ! Tu aurais au moins pu en prendre un en plastique !

Mais mon père ne voulait pas qu'on lui casse son jouet. Il parlait gréement, barres de flèche, se montrait très connaisseur.

— Sur ce modèle en contreplaqué marine construit par Costantini, à La Trinité-sur-Mer, il porte le numéro 132, il y avait encore des galhaubans, ce qui lui donnait une allure plus élégante que ses successeurs en plastique...

Ni maman ni moi ne l'écoutions. John, en revanche paraissait s'intéresser beaucoup au discours de papa. Il évoquait ses régates sur des dériveurs légers, parlait tirant d'eau, safran relevable, génois, trinquette ou foc-ballon et paraissait si passionné que papa lui proposa de le prendre pour équipier quand il ramènerait son Vaurien demain de Concarneau. « Si la mer le permet, bien sûr. On ne va pas le maltraiter pour sa première sortie. » Maman les conduirait là-bas à la première heure (à cette précision, je vis mon grand cousin ciller.

Tiens, pourquoi donc ?) et ils seraient rentrés pour le déjeuner. « Seulement, il va falloir partir tôt, moussaillon ! » continuait papa sans s'apercevoir que la folle nuit d'amour qu'avait prévue Proserpine laisserait sans doute son amant sans forces au petit matin. De voir sa tronche s'allonger, de l'imaginer dégueulant tripes et boyaux sur ce mouille-cul après une nuit de folie amoureuse, me mit en joie et je pris un fou rire.

— Qu'est-ce qui t'arrive, Sophie ? demanda maman.

— Rien, rien, j'imaginais seulement le bateau qui prenait l'eau dès la sortie du port et qui faisait naufrage sur la plage du Cabellou...

— Très drôle en effet, dit mon père en prenant un air qui se voulait pincé.

En fin de repas, je pris prétexte d'une légère fatigue pour aller me coucher. Je fis le tour de la table, embrassai mes parents et, arrivée derrière mon cousin, je l'embrassai sur la joue et dans le même temps, lui pinçai le bras assez cruellement. Il sursauta, mais ne dit rien. Se sentait-il coupable vis-à-vis de moi ? Sans doute. Mais il était bien évidemment à cent lieues d'imaginer que j'avais été témoin de ses tripotages et que j'étais bien décidée à en voir davantage pour en savoir davantage dans les heures qui allaient suivre.

Je grimpai donc dans ma chambre, m'étendis sur mon lit et me remémorai les différentes étapes de ma journée amoureuse. Plus j'y pensais, plus j'avais les joues en feu. Comme j'aurais voulu mettre Charlotte et Béa dans mes confidences ! Mais il ne m'était pas possible d'utiliser notre téléphone. Trop dangereux.

En écrivant ces lignes, je me dis que les petites filles d'aujourd'hui ont bien de la chance de posséder un portable. À toute heure du jour ou de la nuit, elles peuvent – et elles ne s'en privent pas – se confier leurs petits ou grands secrets, rêver ensemble au prince charmant, partager leurs émotions, frémir pour un baiser reçu ou désiré.

J'entendis mon cousin gagner sa chambre mitoyenne avec la mienne. En bas, mes parents avaient allumé la télé. Je partageais l'angoisse que je supposais être celle de John : à quelle heure allaient-ils aller se coucher ? Il y a des rendez-vous d'amour qu'on ne peut manquer, à moins d'être un lâche ou un impuissant. Mon cousin n'était ni l'un ni l'autre.

Encore toute frémissante de ce que j'avais vu en cette fin d'après-midi et excitée par ce que j'espérais découvrir cette nuit, sans même sentir venir le sommeil, je m'endormis.

Le bruit, je devrais plutôt écrire le vacarme que faisait le robinet du lavabo de la salle de bains me réveilla. Ma montre affichait minuit moins le quart. Tiens, tiens, on fait une dernière toilette avant le grand saut. J'entendis John descendre l'escalier à pas de loup, ouvrir et refermer doucement la porte d'entrée. Il n'avait rien à craindre, mes parents dormaient sûrement du sommeil des justes dans leur chambre, « celle qui donnait sur la mer » qui se situait de l'autre côté de la maison, au bout d'un long couloir coudé. Cher papa, il devait rêver qu'il était en tête d'une régate de Vaurien, entre Bénodet et les îles Glénan !

Je passai un ciré pour me protéger d'un crachin toujours possible et partis dans la nuit, sans me presser, en laissant à mon cousin une avance raisonnée à défaut d'être raisonnable. Proserpine avait dû lui faire un plan qu'il avait appris par cœur au cours de la soirée car il marchait d'un pas sûr vers elle, vers ses seins et son ventre. La lune éclairait par moments sa haute silhouette, trois cents mètres en avant. Je n'avais pas besoin d'elle, je savais très bien où cette garce habitait. Je pris un raccourci et arrivai en même temps que John au pied de la villa. Je me cachai derrière un massif de roseaux, ceux qui ont des feuilles étroites et coupantes et des fleurs qui ressemblent à de grands plumeaux ridicules que nous appelions plumets.

Au premier, la chambre de la garce était allumée comme prévu. Je vis John se pencher vers le sol et dresser le long du mur une échelle qui se trouvait là, non par l'opération du Saint-Esprit mais par le corps avide de plaisirs de cette truie.

Elle se pencha à la fenêtre, apparemment nue sous un peignoir de satin bleu. Elle fit un petit signe de la main, encourageant son Roméo à la rejoindre. Tu parles d'une Juliette !

Il grimpa et enjamba bientôt la balustrade. J'étouffai un fou rire, en pensant que je pourrais très bien enlever cette échelle. J'hésitai puis renonçai. Peut-être tout à l'heure...

Je leur laissai au moins trois minutes de solitude à deux avant de gravir tout doucement les degrés qui me menaient vers eux. Heureusement, la salope avait en partie fermé ses volets, ce qui les sécurisait, mais me laissait la possibilité par un interstice de voir sans être vue. Et ce que je vis ne me surprit pas beaucoup ; ils étaient là pour ça et j'étais venue pour voir ça.

Proserpine debout, le peignoir largement ouvert sur son corps nu embrasse à pleine bouche mon beau cousin et, dans le même temps, défait sans se presser les boutons de sa chemise. Lui, un peu moins balourd que cet après-midi, lui prend les seins à deux mains et les caresse, en titille les tétins. Voici qu'il se penche vers eux et les tète. Il doit y mettre les dents car elle sursaute en riant et lui tape gentiment sur la tête. C'est qu'il progresse, mon Antoine ! Pour un peu, j'en serais fière. Sa chemise va se poser en planant sur le bras d'un fauteuil. Proserpine se met à genoux et entreprend de défaire son ceinturon. Il la regarde s'activer avec cette moue un peu douloureuse qu'il a affichée sur la plage. Il se contente de lui caresser les cheveux et le visage.

Le ceinturon est débouclé et les doigts de la fille s'énervent sur la fermeture éclair de son jean en toile écrue. Elle marque une pause cependant et couvre de petits baisers le ventre de son futur amant. Elle fait jaillir sa langue et l'enfouit dans son nombril.

— Mais c'est qu'il est poilu, mon English !

À nouveau, elle s'affaire sur le pantalon et le baisse d'un coup jusqu'aux genoux. Ça me rappelle ma blague de l'après-midi quand j'ai descendu son slip dans la première vague. Avec cette seule différence qu'Antoine, cette fois, ne se fâche pas, mais encourage Proserpine à aller plus loin. Il a ce soir une sorte de caleçon muni d'une braguette par laquelle s'échappe sa queue tendue à la verticale. Mon cœur bat de plus en plus vite, de plus en plus fort quand je vois Proserpine s'en emparer, l'engloutir dans sa bouche mais juste pour un baiser de bienvenue. Elle lâche ce sexe cambré, énorme, MON sexe et pousse son propriétaire sur son lit où il tombe à la renverse. Elle entreprend alors de lui retirer ses baskets, son pantalon et son caleçon qu'elle balance derrière elle. Il est intégralement nu et se relève sur le lit pour bien caler sa tête dans les oreillers. Proserpine nous présente son dos et son cul lorsqu'elle se penche pour mettre un disque sur la platine de son électrophone, ce qui nous (je dis nous car je m'associe aux regards d'Antoine, à tous ses regards) permet de bien voir sa moule par-derrière. Oh, qu'elle est grosse et grassouillette. Et pleine de poils ! Rien à voir avec le petit et fragile sexe de porcelaine de ma copine Béa quand je le contemple dans cette position.

Proserpine se retourne et saute sur le lit en rugissant de désir et de joie.

Une musique sirupeuse s'élève dans la chambre tendue de velours rose où sont accrochés des petits miroirs dorés et une vue de la ville close de Concarneau où des Bretonnes se baladent sur les remparts en costume traditionnel avec leurs coiffes impeccablement amidonnées. Elles font semblant de regarder la mer, comme si elles attendaient leur marin de mari « parti là-bas sur les flots bleus » : « Femme de marin, femme de chagrin, femme d'infortune... » Quel goût de midinette elle a, cette Proserpine ! Même pas un poster d'Higelin ! Pourvu que cette musique ne couvre pas leurs dialogues. Je veux entendre ce qu'ils se disent. Ça fait partie des plaisirs de la petite voyeuse que je suis. Je veux les entendre dire leurs cochonneries. Peut-être vais-je enrichir mon vocabulaire.

Bon, voilà que la séance commence pour de vrai. Ma rivale – et quelle rivale ! je dois le reconnaître – prend les choses en main au sens propre comme au figuré. Elle a envie de lui donner des cours de rattrapage en accéléré à mon grand cousin de dix-neuf ans et de le renvoyer en Grande-Bretagne nanti d'un sacré bagage érotique. Alors qu'il la serre dans ses bras et s'efforce de la faire rouler sous lui pour la prendre à la classique, elle l'oblige à demeurer sur le dos, se met à genoux au-dessus de son sexe, le saisit d'une main et le guide en elle. Cambrée, dressée sur ses bras tendus de chaque côté de John, elle se met à monter et à descendre sur la hampe magnifique qui luit de sa mouille. (Si j'utilise ce mot aujourd'hui, c'est parce que je me souviens parfaitement que c'est le terme que nous utilisions petites filles, même si malgré nos efforts et nos caresses, nous désespérions d'en voir nos cuisses inondées, guettant une première goutte qui ne voulait pas venir.)

— Tiens-moi les fesses, oui, enfonce un peu tes ongles. Très bien. Regarde-nous, look your big piece in my vagina. You are a man, now !

... Et moi, une gamine qui ne comprends rien à son anglais qui doit être de cuisine mais qui ouvre ses yeux tout grands et ne perd pas une miette de ce festin des corps en folie. Je me cramponne d'une main au dernier barreau de l'échelle et de l'autre, je me chatouille mon petit bouton. Plus d'une fois, je me laisse tellement prendre par le spectacle que je manque lâcher mon échelle à laquelle je me rattrape de justesse.

John se met à agiter la tête de droite à gauche, de plus en plus vite. Aussitôt Proserpine s'arrache à lui.

— Du calme, du calme ! Pas le droit de jouir avant moi. Tu veux boire quelque chose, darling ? dit-elle en jouant les vamps des années cinquante.

— Yes, your pussy, con (il prononce « conne »). I want drink, lick your lips and the little button.

Et voilà que, d'autorité, il la bascule sur le lit, se met à genoux sur le tapis et la saisissant sous les cuisses, il les écarte, l'attire vers sa bouche. Il s'enfouit le visage dans sa toison et se met à la lécher de bas en haut avec une détermination qui m'étonne et stupéfie sa jeune compagne. Elle ne dit rien, se laisse aller et commence à se trémousser et à pousser des petits cris que je trouve stupides mais qui disent bien son plaisir. Elle tient John à la nuque et presse son visage contre elle. Mais c'est lui qui décide dorénavant. Il se dégage et observe l'objet de son désir méticuleusement. De là où je suis, je le vois par-derrière et il me présente ses fesses blondes de poils.

Brusquement, il se redresse et fait pénétrer sa verge bien raide dans le ventre de Proserpine qui lève aussitôt les jambes en l'air (on dirait un scarabée retourné), lui empoigne les fesses et l'encourage à aller de plus en plus loin, de plus en plus fort.

— Allez, vas-y, déchire-moi, salaud, brute, violeur !

Je me demande vraiment pourquoi elle insulte mon John alors qu'il semble la satisfaire. Et pourquoi voudrait-elle qu'il la déchire ? C'est une malade ou quoi ? Mais ce n'est plus elle qui commande. C'est lui, le chef, lui le maître. Il se retire brusquement d'elle et avec une certaine brutalité la tourne sur le ventre et la fait mettre à quatre pattes. Il s'enfonce en elle en la tenant aux hanches et en grognant de plaisir. Je vois entre ses jambes ses grosses couilles qui battent contre ses fesses avec un bruit qui me ravit, à chacun des coups de bassin qu'il lui donne. Ses mains lâchent les hanches pour emprisonner ses seins qui ballottent et semblent plus gros encore sous l'effet de la pesanteur. Il la saisit aux cheveux qu'il tire vers lui, l'obligeant à redresser la tête en arrière. Mais où a-t-il appris tout cela ? Ce n'est plus le puceau de cet après-midi qui fait marcher son piston bien huilé dans cette chatte ouverte, consentante qui en veut encore et encore. C'est un super amant.

Sans doute met-il en pratique les cours théoriques appris en voyant des films X. Toujours est-il qu'il y va et pas qu'un peu ! De mon côté, j'ai le sexe en feu et mon petit cœur qui bat la chamade.

Les coups de boutoir de mon cousin se font de plus en plus violents, de plus en plus rapides aussi. L'autre crie des « oui, oui, oui ! » qui vont crescendo. Soudain l'un et l'autre hurlent ensemble en tremblant. John s'affaisse sur le dos de Proserpine qui s'effondre sous lui. Ils halètent l'un et l'autre.

Je les envie.

J'hésite à les quitter. J'en ai certes vu et entendu assez pour la soirée, mais, je suis curieuse de savoir ce que les amants font après l'amour. S'embrassent-ils encore à bouche que veux-tu pour se remercier ? Ou au contraire se tournent-ils le dos déjà loin l'un de l'autre ?

Eux se couchent sagement l'un à côté de l'autre sur le dos et allument une cigarette. Elle a posé la main sur le sexe tout dégonflé de John, il a posé sa main sur sa chatte. Ils se jettent de temps en temps des petits regards complices qui m'exaspèrent. Pourtant ce qu'elle dit maintenant ne fait pas que m'agacer, ça me vexe et me met dans une colère noire car elle a le culot de parler... de moi ! Oui, de moi !

— Qui est-ce, la gamine avec qui tu te trimballes ?

— Ma jeune cousine. Elle est drôle. Je l'aime bien. C'est mon prof'de français, elle me reprend tout le temps.

— J'espère que tu vas pas te la farcir tous les jours !

— Farcir ? Comme a turkey-hen, farcie comme une dinde ?

— Mais non, farcir, en argot, ça veut dire supporter ou baiser. Tu vas pas supporter cette petite conne toute la journée. Moi aussi je peux te donner des cours de français. Sûrement mieux qu'elle d'ailleurs. Elle va pas nous suivre partout. Je déteste les pisseuses de cet âge. C'est curieux, toujours dans vos pattes. On ne peut pas s'embrasser sans qu'elles vous épient, pour prendre des leçons sans doute. J'ai envie d'aller à la plage seule avec toi. Demain, je t'emmènerai dans ma crique. Un endroit isolé où l'on peut se mettre à poil. Tu verras. Nous irons mais sans ta cousine qui te colle partout.

Et John qui ne répondait rien, le lâche ! En haut de l'échelle, je tremblais d'humiliation, de colère et d'un chagrin tout neuf. Ma première déception amoureuse. J'avais envie de sauter dans la chambre et de battre cette garce toute nue. Je restai à les regarder fumer encore quelques instants mais, quand je la vis recommencer à caresser John, je fus prise d'un dégoût profond. J'en avais assez vu et entendu. Elle avait remis de la musique. Cela couvrirait ma fuite. Je descendis et, arrivée en bas, sans plus réfléchir, je fis glisser doucement l'échelle le long du mur et la couchai sur le gazon, là où John l'avait trouvée. Puis je plongeai dans la nuit. Deux cents mètres plus loin, prise de nausées, je m'écartai du chemin et rendis tout le repas du soir, composé de la cuisine de maman mais surtout de celle, infecte, de Proserpine et de mon grand cousin.

*

Le lendemain, je me levai d'un bond à l'appel de ma mère pour le petit-déjeuner. Pour rien au monde, je n'aurais manqué ce rendez-vous. Papa était très excité par cette « grande traversée » de quelques milles marins qui séparait notre plage de Concarneau. Il se tourna vers maman, en se brûlant les doigts au grille-pain d'où il extrayait des tartines.

— Tu as bien réveillé mon moussaillon ? Il ne va pas me faire faux bond ? Il faut que nous sortions du port à marée haute. Après, on se laissera pousser au grand largue...

Le moussaillon apparut, pas très frais. Il boitait bas. Tiens, tiens se serait-il foulé la cheville en sautant du premier étage de sa salope ? Je ne le quittai pas des yeux. Maman remarqua sa claudication.

— Tu t'es fait mal, John ? On dirait que tu boites.

Il piqua un fard et bredouilla.

— Dans l'escalier, il y a un instant, je me suis pris le pied dans une marche et crac, je me suis fulé la ankle.

Sans même lever les yeux de mon bol de chocolat, je le repris :

— On dit : « Je me suis foulé la cheville en sautant d'une fenêtre. »

Il me regarda, ouvrant des yeux ronds. Je m'empressai d'ajouter :

— C'est seulement un exemple. J'aurais pu dire, comme toi : je me suis foulé une cheville en dévalant l'escalier, mais cela aurait sonné plus faux.

Mes parents et John me regardaient. Ils étaient totalement hors course. Qu'est-ce que je voulais bien dire ? Je tenais là ma vengeance. Je l'avais mis mal à l'aise et peut-être, dans une certaine mesure, avais-je gâché un peu sa première nuit d'amour. C'était tout ce que je voulais. Mais je savais déjà que je ne m'en tiendrais pas là. Ma vengeance serait terrible le moment venu. J'avais déjà un plan machiavélique en tête.

Mes parents et John partirent pour Concarneau et la régate du siècle. Mon père était comme un gosse allant chercher son jouet sous le sapin de Noël. Je l'aimais ainsi avec ses enthousiasmes enfantins. Je débarrassai la table et fis la vaisselle du petit-déj' avant de téléphoner à Béa à laquelle je confiai mes émotions de la nuit. Elle voulait en savoir plus, toujours plus et me demandait des détails qui me parurent obscènes.

Maman réapparut vers onze heures.

— Tu devrais aller à la plage, ils vont bientôt arriver...

J'y allai sans grand enthousiasme. Mais quand je vis le Vaurien de mon père doubler la pointe de la Jument, toutes voiles dehors (entendons-nous, huit mètres carrés seulement de surface de voile), je fus heureuse pour lui. Il renouait avec les joies de son adolescence. Il était à la barre, penchant le buste en avant pour repérer et éviter les écueils, ne cessant de border et de déborder l'écoute pour prendre le vent au mieux. Il voulait faire une arrivée triomphale et magistrale sur cette plage dont j'étais la seule occupante. La seule ? Pas si sûr. Il me semblait bien qu'à quelque deux cents mètres sur la gauche, Proserpine était là, assise sur sa ridicule serviette rouge, scrutant l'horizon, elle aussi.

Mon père était heureux en lançant à John ses ordres de manœuvre. Je l'entends encore : « Lâche l'écoute, moussaillon ! Je me mets face au vent. Vas-y, relève la dérive. On va accoster tout doux. Impeccable... » Et lui sortait le safran et continuait à diriger en maintenant le gouvernail à peine plongé dans l'eau, en surface.

Je me revois encore tenant le Vaurien par le nez, son foc me fouettant le visage et mon père qui criait toujours des ordres inutiles. Après... Après, mon père passa au moins une heure à effectuer des réglages « indispensables » et brusquement décida de regagner la maison pour aller y chercher un boudin en caoutchouc qui nous permettrait de remonter notre dériveur en haut de la plage, jusqu'aux herbes. « Car la Météo annonce un coup de vent. » Il suggéra à John de m'emmener « faire un tour avant que la mer ne moutonne ». Il partit, nous laissant seuls à nous cramponner aux voiles qui faseyaient et à nous demander si oui ou non nous souhaitions faire une sortie.

Nous allions partir quand Proserpine arriva en bougeant du cul dans un maillot d'une pièce vert émeraude : une horreur.

— Il y a une place pour moi ?

Comme elle était belle sa chérie et donc, pour moi, comme elle était moche et vulgos, ma rivale !

Je la regardai. Une fois de plus, elle cassait mon jouet, je veux dire mon beau cousin qui m'appartenait. Je décidai de faire un clash, genre femme fatale. Alors qu'elle répétait en minaudant « il y a une place pour moi ? », je jetai l'écope que j'avais en main et lui répondis du ton le plus glacial que je pouvais prendre :

— Oui, la mienne.

Je partis en courant, foulant les pieds nus goémon et galets sans ressentir la moindre douleur. John me rattrapa en haut de la plage.

— Qu'est-ce qui t'arrive, petite Sophie que j'aime ?

Ce qualificatif de « petite Sophie que j'aime » me fit fondre mais, dans le même temps, me poussa à inventer la pire des saloperies.

— John, ne va pas avec cette fille ! Tout le monde la connaît dans le coin, c'est une pute... enfin une nana malade. Elle a attrapé une merde sur le port, à Concarneau avec un matelot asiatique... Crois-moi, c'est pas une fille pour toi !

Qui avait bien pu me dicter ces paroles ? Qui m'avait soufflé ces recommandations de prudence ? Un dieu moralisateur ou une déesse, la déesse des mineures frustrées de ne pas être grandes ? Qu'importe ! Mon mensonge avait ça de bon que je voyais mon grand cousin se liquéfier littéralement sous mes yeux et me prendre la main et me dire et répéter, regard perdu et bouche sèche, des « merci, merci » anxieux.

Quelle vilaine joie s'empara alors de moi quand je le vis redescendre lentement la plage, les yeux rivés au sol et embarquer avec mollesse et sans le moindre enthousiasme cette « créature » qui, désormais pour lui, était le symbole même de la honte, du péché et du danger surtout. Sans trop m'en douter, j'avais mis dans la tête de mon grand cousin le binôme conceptuel amour-mort bien connu des imbéciles ou du moins de ceux qui croient philosopher en l'évoquant et en le prenant pour une valeur inépuisable d'investigation.

Je ne le savais pas, mais est-ce bien sûr ? j'avais réussi à écarter Proserpine du chemin érotique de mon amant fantasmé. Allez savoir ce qui se passe dans le cerveau-corps d'une préadolescente qui brûle d'aimer, n'en a pas le droit et ne l'est pas en retour alors que... alors qu'elle a tant à offrir, à donner !

Le dîner se passa, surtout entre mon père et John, à commenter la « formidable traversée » qu'ils avaient faite et à chanter les louanges de ce Vaurien qui « virait sec et remontait au vent mieux qu'un 420. » « Au plus près serré, il est imbattable ! »

Après le repas, en ce samedi soir de septembre, mes parents étaient partis au cinéma. John avait prétexté une promenade en solitaire sous la lune alors que j'étais sûre qu'il allait rejoindre Proserpine. Pour la sauter une nouvelle fois ou pour lui dire que tout était fini ? En tous les cas, moi je restais seule et heureuse de pouvoir enfin téléphoner en toute liberté à mes jeunes copines pour leur décrire tout, tout, TOUT ce que je savais désormais de l'amour.

*

— Tu viens faire un tour en bateau, Sophie ?

Il avait lâché ça d'un ton si détaché, si gentil surtout, que je ne voyais pas pourquoi j'aurais refusé.

Main dans la main nous avons descendu le sentier qui allait à la mer. Les chiens nous suivaient. J'étais à nouveau heureuse. Cela faisait bien trois jours que John était chez nous. Avait-il rompu ou du moins déjà oublié Proserpine, celle qui lui avait appris la vie ? Bof !

L'important pour moi, c'est qu'il soit là dans ce sentier qui va vers la mer en me tenant la main. Il me la serre si fort parfois que je crois y deviner comme une sorte d'appel ou de reconnaissance. Je suis folle, c'est sûr, je suis folle, comme me l'affirme Béa. Folle peut-être, mais de joie de sentir cette main qui emprisonne la mienne me la pétrit, la fait vivre.

À nouveau je suis heureuse, tout simplement heureuse. Et lui, en le regardant en douce, j'ai plutôt l'impression qu'il n'est pas le plus malheureux des hommes. Il me tient par la main et soudain, sans crier gare, il se met à courir à toute vitesse, m'entraînant dans une course démente vers la plage. À ce rythme, nous y parvenons en quelques minutes. Le Vaurien est là, juché la proue vers nous, fier et aimable, sa voile sagement brassée sur la baume et le foc enroulé autour de l'étai. Avec un bel ensemble, nous le faisons pivoter pour l'amener face au vent. C'est à ce moment que nous remarquons un bouquet de chardons bleus déposé sur le caisson étanche de tribord. J'explique à mon cousin que ce bouquet est une façon laïque de souhaiter longue vie à ce petit bateau.

— Ça doit être la mère du diable noir, une vieille de par là-bas qui nous a déposé ça en guise de baptême païen.

Je jette le bouquet dans le haut du cockpit et nous voilà bientôt en mer. Je prends mon premier cours de navigation mais, brusquement, je sens mes fesses piquées par mille dards. Ce sont les restes du bouquet de chardon qui me sont entrés dans les chairs. Je pousse des petits cris en me dressant d'un bond et en me tenant le cul à deux mains. Intrigué, John rétablit d'un coup de torse l'équilibre du bateau et a ce mot qui devient aussitôt pour moi le plus beau mot de la langue française. Il me dit :

— Montre !

Or, comme il s'agit de mon cul criblé de piquants, vous pensez bien que je ne me sens pas responsable mais vraiment encouragée par ce délicieux « montre ! ». N'écoutant que son ordre, je me mets à côté de lui sur bâbord, m'allonge comme je puis et, brusquement, descends mon maillot de bain en dessous de mes fesses.

— Shocking, Sophie ! Tu es folle ! Rhabille-toi, wicked, perverse girl ! You are a sly little puss, une petite rusée !

D'une tape gentille sur les fesses (Oh, cette tape ! Oh, la chaleur fugitive de sa main sur ma peau !), il me fait comprendre qu'il n'est pas question qu'il s'occupe de mon cul. Il remonte d'ailleurs mon maillot de bain sur mes hanches.

— Nous rentrons, c'est à ta maman de te soigner. Pas à moi.

En chemin, il entreprit de m'apprendre une chanson anglaise, mais le cœur n'y était pas.

CHAPITRE IV

Il est deux heures du matin et tu n'es toujours pas rentré. Tu m'as appelée à vingt heures pour me dire que tu étais coincé, que tu devais t'occuper d'un groupe de clients japonais. Où les as-tu emmenés ce soir ? Au Lido ou à Pigalle ? Que m'importe, d'ailleurs ! Je sais en tout cas que tu ne m'as pas trompée. Nous nous sommes promis fidélité et nous avons toujours respecté notre serment... Enfin une certaine forme de fidélité. Nous pouvons fort bien faire l'amour, toi comme moi avec un autre ou une autre mais en notre présence. Chacun de nous doit être consentant et là quand l'autre éprouve du désir pour un autre ou une autre et passe à l'acte, comme on dit. Donc, je puis dormir sur mes deux oreilles. La seule question qui me préoccupe alors que je sombre dans le sommeil est capitale : Te souviens-tu que, demain, c'est mon anniversaire ? Oui, sans nul doute. Depuis que nous vivons ensemble, tu n'en as pas manqué un. Quel cadeau as-tu trouvé pour me faire plaisir ?

Vers six heures, j'ai senti ton corps s'encastrer au mien et aussitôt je t'ai désiré. Ma main t'a cherché : tu bandais magnifiquement. Était-ce le souvenir d'une strip-teaseuse de ta soirée ? En fait, je m'en moquais. Tu étais là avec moi et bientôt en moi. Tu as fiché ta queue au fond de mon ventre et tu n'as plus bougé. Nous nous sommes endormis ainsi. Un délice.

Vers dix heures, après un amour on ne peut plus classique, je suis allée mettre le café en route. Quand je suis revenue avec le plateau, tu étais en train de lire les souvenirs de petite fille que j'avais écrits hier toute la journée et le soir en t'attendant.

Je te vois boire ton café brûlant à petites gorgées en me jetant de temps en temps des coups d'œil assez égrillards que tu accompagnes de « tiens, tiens » énigmatiques mais qui paraissent en dire long sur les pensées érotiques qui se bousculent dans ton esprit imaginatif.

À la fin de ta lecture, tu m'as regardée longuement. Puis tu m'as souhaité un bon anniversaire avant d'ajouter :

— Je vais tenter de te faire un cadeau auquel tu ne t'attends pas, mais qui devrait te plaire. Du moins je l'espère de toutes mes forces.

Nous avons pris un bain ensemble, nous savonnant, nous caressant mutuellement comme à notre habitude mais sans aller plus loin.

— Il faut que nous gardions notre énergie pour ce soir, m'as-tu dit, mystérieux, avant d'ajouter : prépare un souper pour trois car nous serons trois ce soir. C'est bien le minimum pour fêter tes vingt-neuf ans.

Tu es parti en emportant mes écrits. Quelle drôle d'idée ! Que voulais-tu en faire ? Les montrer à un de tes amis, éditeur ? Tu as cru bon de me dire que je pouvais continuer mon histoire sur un autre cahier. Trop aimable, mon cher !

Seulement, aujourd'hui,, j'ai décidé de faire relâche. C'est mon anniversaire et je n'ai aucune envie de me concentrer sur mon passé alors que mon présent m'intrigue. Quel est ce convive que mon Antoine a décidé d'inviter. Un homme ? Une femme ? Mais qui, qui, qui ? Si cet hôte m'est donné en cadeau d'anniversaire, ce doit être une personne de qualité prête à des jeux érotiques à trois, car je connais trop mon amant pour envisager de passer une soirée sans que nos sens ne soient de la partie. Mais qui ? Un homme, une femme ? Mon Antoine ne m'offrirait pas quelqu'un de vulgaire qui me déplairait. Je fais quelques courses sans regarder à la dépense et je mets la table dans la pièce que nous appelons « le petit boudoir », un salon intime tendu de velours rouge dont le seul éclairage proviendra, ce soir du moins, de chandeliers disposés sur la table mais aussi sur plusieurs guéridons, et dont les flammes vacillantes donnent aux visages et aux objets du mystère et une troublante irréalité. C'est ce qu'a souhaité mon compagnon de vie et d'amour.

Je prépare un cocktail dont j'ai le secret et dont je ne révélerai pas ici la composition mais dont l'effet est exaltant et plus aphrodisiaque que certaines pilules dont on vante les bienfaits depuis quelques années. Ma mixture a l'avantage de troubler autant les femmes que les hommes.

Enfin, je reste deux heures dans la salle de bains à me préparer. Je choisis une robe fourreau noire, fendue jusqu'à la hanche sous laquelle j'oublie de mettre une culotte. En revanche, pour accentuer la tenue et la rondeur de ma poitrine, je choisis un soutien-gorge discret mais invisible qui rehausse encore – comme s'ils en avaient besoin ! mes seins aux aréoles rose pâle mais aux tétins plus foncés. Je m'amuse à les agacer : ils répondent tout de suite à l'appel. Je ne me lasse pas de les voir bander. J'ai rarement vu cette capacité qu'ils ont de se projeter en avant comme des petits sexes d'au moins un centimètre et demi de long. Cela impressionne toujours celles ou ceux qui ont la chance, je dis ça en me moquant un peu de moi-même, de me voir nue et excitée.

Je me jette quelques coups d'œil dans la glace, allons, soyons franche, je me contemple une bonne

69

quinzaine de minutes dans mon miroir qui me renvoie l'image d'une jeune femme grande (un mètre soixante-dix-sept) à la taille très prononcée, « une taille de guêpe », disait-on autrefois, dont les cheveux blonds assez courts encadrent un visage aux traits fins et dont les yeux ont une couleur qui hésite selon les moments de la journée entre le marron foncé et le jaune d'or. Il paraît que je tiens cette particularité de mon arrière-grand-mère maternelle. Elle aussi avait dans les yeux des reflets changeants comme la mer de Trenet.

Il est dix-neuf heures quand mon bel Antoine se pointe et me met dans les bras une superbe gerbe de roses rouges. Il fait deux pas en arrière, me contemple et pousse un cri admiratif genre hurlement de Tarzan. Ça m'amuse et me flatte. Il me caresse gentiment les fesses en murmurant des « parfait, parfait », tu es splendide. Je pense que tu vas lui plaire. Lui ? Qui se cache derrière ce pronom personnel des deux genres ? Un homme, une femme ?

On sonne.

— Tu lui ouvres ? Je me change.

Le cœur battant, je tire le battant et découvre une amie de Fac : Marianne. Le dialogue qui suit est d'une sobriété à faire frémir un dialoguiste payé par la Sacem à la longueur du texte :

— Marianne !

— Sophie !

Nous tombons dans les bras l'une de l'autre. J'en bégaie d'émotion. Cela fait au moins dix mois que nous ne nous sommes vues. Pourtant, nous étions insépara-bles, il y a seulement cinq ans. Nous nous étreignons, nous écartons l'une de l'autre pour nous mieux admirer. Elle est aussi brune que je suis blonde et a elle aussi une particularité dans les yeux : ils sont verts mais d'un vert éclatant et soutenu qui rehausse encore sa beauté féline de brune sensuelle et bien foutue. Même si nous sommes de vieilles copines, que nous nous sommes connues à vingt ans et quelques, je ne l'ai jamais vue nue. Mais pourquoi évoqué-je cela à ce moment précis ? Parce que je sais que si elle est ici aujourd'hui, ce n'est pas pour discuter avec moi des derniers soldes mais pour m'offrir une surprise, celle de son corps. Il y a bien longtemps déjà que j'avais tenté de la séduire tout à fait. Elle avait hésité à franchir le pas mais, après mes premiers baisers, elle s'était échappée de mes bras en s'excusant. Je l'entends encore :

— Désolée, Sophie, mais je crois que je préfère vraiment les hommes.

Quand je lui avais présenté Antoine, j'avais bien remarqué le trouble qui s'était emparé d'elle... et de lui dans une certaine mesure. Je lui avais recommandé de foncer, de nous la ramener, de me la livrer sur un plateau, mais, malgré son charme, il s'était heurté à une fin de non-recevoir. La moralité, ou du moins l'idée que mon amie se faisait de la morale, lui avait interdit de succomber. Les années avaient passé et Marianne avait sans doute changé d'avis car, sinon, que ferait-elle chez nous aujourd'hui ? Antoine avait dû certainement bien préciser ce que nous attendions d'elle. Et, comme elle était ô combien sensible au charme d'Antoine, elle avait accepté son plan et de jouer le jeu. Mais quel était ce plan ?

Je n'étais pas au bout de mes surprises.

Après avoir ingurgité deux de mes cocktails, nous étions elle et moi assez parties et riions de souvenirs communs. Elle ne tirait plus comme au début de l'entretien sur sa jupe, mais se laissait aller en arrière dans son fauteuil à rire à gorge déployée. Et je regardais sa gorge justement qui se soulevait et bougeait libre dans son corsage fermé très haut sur son cou. Comme j'aurais souhaité en défaire les premiers boutons !

Antoine pénétra dans le salon boudoir en chantant et j'eus la surprise de le voir habillé en vacancier ; il était pieds nus et avait passé un simple tee-shirt sur un *vieux jean délavé. Il avait l'air, comme d'habitude, très sûr de lui.*

— La scène est prête à nous recevoir. Tu veux bien te préparer, Marianne ? Je vais te montrer « notre plage ». Toi, Sophie, je te prierais de réserver cette robe dans laquelle tu es splendide pour le dîner. Avant, je te souhaite en maillot de bain. Tu attends cinq minutes avant de nous rejoindre au studio. OK ?

Je le regardai, les yeux ronds. Était-il sérieux ? Il partit derrière Marianne. Avant de passer la porte, il se retourna :

— Une pièce, le maillot, et rose si tu en as un, merci.

Non, il ne plaisantait pas du tout, je reconnaissais au léger tremblement de sa voix qu'il était déjà dans le jeu érotique qu'il avait inventé. Il était en état de « désirance ». Je le soupçonnais même déjà de bander.

Un coup de veine, je dégotai au fond d'un placard, un vieux costume de bain rose que je n'avais pas mis depuis des années. Je le passai et me regardai dans la glace. Il ne m'allait pas si mal que ça. Il me rajeunissait même. On aurait dit une petite fille...

Alors je compris le jeu qu'Antoine voulait me faire jouer : celui de cette môme de neuf ans dont il avait lu ce matin les émois. Lui allait sans doute se réserver le rôle de mon cousin puceau, laissant à Marianne celui de Proserpine, cette fille de seize ans que j'avais tant jalousée et enviée.

Je ne me trompais pas. Sa mise en scène était parfaite. Son studio de photo était transformé en plage de l'Atlantique. Je ne plaisante pas : il avait réussi avec des gros blocs de polystyrène à imaginer un décor de rochers assez proche de celui que j'avais décrit dans mon journal. C'était un endroit fermé à la base duquel il avait aménagé un tunnel. Je m'y engageai sans en être priée et parcourus quelques mètres à quatre pattes avant de parvenir à une sorte de meurtrière qui me permettait de voir sans être vue et donc de me retrouver dans l'exacte situation que j'avais connue vingt ans auparavant du côté de la Pointe de la Jument. Je regardai dans la petite fenêtre pour découvrir, étendus l'un à côté de l'autre sur une moquette beige qui pouvait ressembler à une langue de sable, Antoine et Marianne. Lui portait un slip rouge comme celui de John, mon cousin anglais et elle – mais où donc avait-elle trouvé une telle antiquité ? un maillot de bain deux pièces noir retenu par des anneaux dorés, comme celui de Proserpine dans mon souvenir. Face à eux, c'est-à-dire à ma droite sur un grand écran, des vagues venaient lécher une côte de granite, avec son à l'appui. Le couple était inondé de lumière.

Dieu qu'elle était belle, Marianne, avec son hâle de l'été finissant ! Et lui, mon Antoine n'était pas mal non plus. Je ne sais trop quel procédé optique leur révéla ma présence puisqu'ils jetèrent vers moi des regards furtifs avant de commencer à flirter. Pour respecter la vérité historique de mon récit, c'est elle qui lança l'opération séduction. Elle qui prit mon amant à la nuque et l'attira vers elle pour l'embrasser avec fougue. Elle ne paraissait pas avoir vraiment besoin de se forcer, la garce ! Tiens, voilà qu'inconsciemment j'insulte ma copine qui « pour me faire plaisir » et pour fêter mon anniversaire, a accepté de jouer les séductrices et de faire semblant de dépuceler Antoine. Dépuceler Antonio ! Je crois rêver. Autant rendre leur virginité à un troupeau de professionnelles de l'amour. Mais enfin, laissons-nous prendre à leur jeu. Un divertissement qui paraît leur plaire à tous les deux si j'en crois par le sexe de mon Antoine qui grossit, grandit dans son petit slip rouge au point de bientôt montrer sa tête mauve en dehors du maillot. Et voici que Proserpine, pardon, je veux dire Marianne, pose sa main en coupe sur ce membre gonflé et dur. Mais c'est que je vais être jalouse, moi, s'ils continuent leur manège ! Et ils le continuent avec une fougue qui dépasse allégrement la *bienséance d'un jeu de rôles. Plus étonnant encore, j'ai l'impression d'entendre Proserpine s'adresser à mon cousin alors que Marianne reprend les paroles de ma rivale bretonne.*

— Tu veux les voir, mon bel English ? dit-elle. Tu veux voir ma poitrine ?

Elle envoie promener son soutien-gorge et présente ses seins qu'elle tient à deux mains.

— Tiens, regarde-les bien ! Lèche-les, suce-les, ils sont à toi, insiste-t-elle.

Antoine ne se le fait pas dire par deux fois. Il plonge son visage – ce visage que j'aime, ce visage qui m'appartient – entre les seins, magnifiques je dois le reconnaître, de ma jolie Marianne et il les lui caresse, les lèche et les mordille. Elle, la tête jetée en arrière, poussant des petits cris de plaisir, semble apprécier. C'est un euphémisme.

Je les laisse un instant à leurs tripotages et glisse, comme quand j'étais enfant un doigt puis deux vers ma figue. Un dicton italien quelque peu égrillard qui sert de définition au bonheur me revient alors en mémoire : « Vino puro, acqua fresca, fica stretta » (« Vin pur, eau fraîche, figue étroite »). J'ai envie d'éclater de rire, un rire nerveux que je réussis à étouffer. Je ne vais pas gâcher une mise en scène si bien orchestrée. Évidemment, même si mes acteurs tiennent magistralement leur rôle, la situation n'est pas exactement la même qu'il y a vingt ans. Antoine et Marianne savent en effet que je les regarde. Leur appétit à se découvrir est si intense que je me demande s'ils ne m'ont pas oubliée, les cochonnards. Oh, mais je me vengerai, je les ferai crier de plaisir quand mon heure sera venue !

Mais qu'elle est belle, qu'elle est donc belle, notre Marianne ! Elle plonge ses grands yeux verts dans ceux de mon amant et prend un petit air mutin qui ne dissimule pas son émotion car sa voix n'est pas assurée et tremble quelque peu.

Antoine a un mouvement de recul

— Si tu as peur (en vrai, n'a-t-elle pas davantage peur que mon Antoine ?), pour une première fois, on peut juste se regarder. Tu vas explorer ma chatte et moi j'observerai ta grosse pine, tu veux ? Lequel commence ? Moi ? D'accord !

Marianne, ma Marianne comme tu m'émeus, comme je suis heureuse de te voir te prêter avec tant de naturel à cette comédie inventée par mon amoureux ! À ce propos, c'est sympa, ma chérie, de me faire ce si joli cadeau d'anniversaire ! Mais j'ai bien l'impression que tu y prends, toi la première, ton plaisir. Il me suffit de voir cette légère grimace de bonheur qui glisse sur ton visage alors que tu te libères de ton slip noir pour nous livrer ta motte plus poilue que je n'osais l'espérer. Heureusement, tu ne fais pas partie de ces femmes qui se croient des reines de volupté parce qu'elles se sont rasées presque entièrement la chatte, ne laissant qu'une vague bande d'un centimètre de large. Quelle erreur ! Autant je conçois, je l'ai fait de nombreuses fois, qu'on se rase entièrement pour mettre bien en évidence aux yeux d'un amant la nudité intégrale d'un sexe glabre, autant je ne comprends pas bien cette épilation truquée, faussée, cette demi-mesure. Tout ou rien, telle est ma devise.

Et Marianne qui a lu et relu depuis ce matin mes mémoires volés par mon compagnon, reprend presque mot à mot les dialogues utilisés par Proserpine lorsque j'avais neuf ans. C'est elle qui commande, elle qui dirige le jeu. Incroyable ! Jamais je ne l'aurais crue capable d'une telle autorité, d'une telle présence, d'une telle aisance aussi. Prend-elle du plaisir à me voler mon bel amant en cette première partie d'amour à trois ? Sans doute, mais elle arrêterait aussitôt, j'en suis sûre, si elle sentait que je souffre de leur numéro. C'est moi, après tout, qui lui avais fait des avances l'année passée, moi qui lui avais proposé une partie à trois. C'est elle qui avait refusé alors. Mais je chasse ces préoccupations d'ordre psychologique pour me laisser emporter dans leur folie : la reconstitution de la scène que j'avais épiée sur cette plage bretonne.

Ça me fait tout drôle d'entendre Marianne lancer ses ordres :

— Agenouille-toi entre mes jambes. Regarde, je pose mes chevilles sur tes épaules et je te présente mon sexe. Tu le vois bien ? Là, c'est mon clitoris, un petit bouton que tu toucheras et même que tu suceras tout à l'heure si tu es bien sage. Non, pas maintenant, gros gourmand ! On ne touche pas ! Tu ne fais que contempler. Là, tu vois ces bourrelets que mes doigts caressent, ce sont mes grandes lèvres, et là my little lips, John !

Je sens que mon amie a du mal à réprimer un fou rire en prêtant à mon compagnon le prénom de mon cousin. Antoine, lui est d'un sérieux qui me ferait presque peur. Je connais cette gravité, cette émotion qui lui fait serrer la mâchoire. Cela signifie qu'il est en état d'excitation extrême. D'ailleurs, il suffit de jeter un coup d'œil à son sexe pour le vérifier. J'y pose mon regard et l'y attarde. Sa bite, comme celle de mon cousin jadis, s'est échappée par le haut du slip trop petit. Mais dans la position où elle se trouve, Marianne, contrairement à moi, ne peut l'apercevoir. J'observe à nouveau mon amant. Le visage tendu, il contemple la chatte que Marianne ouvre de ses deux mains avant d'y introduire un, puis deux doigts comme l'avait fait Proserpine. Il s'approche, scrute ce sexe nouveau, jamais vu. Je vois sortir sa langue et la tendre vers lui. Il va le toucher, le lécher, c'est sûr, je le connais. Il y a un moment où il ne peut résister à l'appel de son corps, un moment où il n'est plus maître de ses pulsions.

Marianne doit deviner cet état d'excitation car elle referme brusquement les genoux et s'étend, jambes fermées sur la plage artificielle.

— Viens t'asseoir à côté de moi, c'est à mon tour de voir à quoi tu ressembles.

Antoine, d'un geste rapide, réussit à dissimuler tant bien que mal son membre dans son maillot et vient s'étendre à côté de ma copine. Elle se tourne vers lui et pose une main sur son ventre, puis sur ses cuisses, évitant de frôler le sexe qui tend le tissu à le rompre.

— Dresse-toi sur tes avant-bras pour mieux voir mes doigts s'occuper de toi.

Il obéit. Mon Dieu que je mouille, mais que je mouille ! C'est avec frénésie que je me touche et me caresse ; avec douceur et délicatesse cependant que j'introduis le pouce par-devant tandis que mon index suit sa course par-derrière. Je m'enfile toute seule par mes deux trous.

Quand je vois Marianne qui, d'un geste vif, d'un coup de poignet parfaitement réussi, fait jaillir le dard d'Antoine hors de son maillot, je me mords les lèvres pour ne pas crier. Jalouse ? Non. Enragerais-je d'être exclue, non pas visuellement, mais physiquement de l'aventure ? Il y a de cela mais c'est surtout mon désir qui a besoin de s'exprimer par un long hurlement ou, cela dépend, par une succession d'exclamations qui trahissent à chaque fois ma surprise de jouir.

« J'ai le désir. » Je crée cette expression comme certains ont créé « J'ai la haine ». Désir de les toucher, de les caresser l'un et l'autre, de faire courir mes lèvres dans les moindres replis de leurs corps.

Et voilà Marianne qui emploie les mêmes termes que celle qui avait dépucelé mon cousin.

— Oh, la belle et grande queue ! What a prick ! s'exclame-t-elle apparemment sincère (et pourquoi ne le serait-elle pas ? Elle est très belle, la pine de mon fiancé) en serrant entre ses doigts très fins et très longs cette verge si ferme et si tentante. : MA verge !

Elle penche la tête sur le côté et sourit à ce dard jusqu'alors inconnu et qui ne pense (parce que ça pense, une bite, mais oui !) qu'à la piquer ou à exploser dans sa bouche. C'est d'ailleurs avec sa bouche que Marianne emprisonne cette belle fleur mâle qui m'appartient. Oui, comme Proserpine avait englouti John, mon jeune cousin, Marianne orne de mille petits baisers le sommet mauve de cette arme de chair. De sa main restée libre, elle flatte tout d'abord les couilles puis, les abandonnant, cette même main va rejoindre les poils de son propre pubis où elle se noie, où elle s'affole.

Je le sens, je le vois, Antoine va exploser dans la bouche de Marianne. Va-t-il oser le faire alors qu'il sait que je le regarde, va-t-elle le recevoir, avaler sa semence sous mes yeux et « À MA PLACE » ? Oui, ils osent ! Antoine se redresse, tend une main vers le cul de Marianne qu'il caresse intensément et de l'autre la tient à la nuque pour l'inciter à mener à bien son pompage. Soudain, il bascule sur le dos en hurlant de bonheur. Un long cri déchirant qui me va jusqu'à l'âme, c'est-à-dire au con dans cette circonstance. Elle, après avoir libéré la queue de sa bouche, en dirige l'explosion vers elle. À grandes saccades, Antoine vient. Il asperge non seulement le visage de Marianne mais aussi son cou et ses seins. Ensuite, d'une main très douce, il étale son sperme sur la peau de mon amie et comme elle veut s'essuyer avec une serviette, il la lui arrache et l'en empêche.

— Non, reste comme ça, avec mon foutre sur toi. Ce sera l'apéritif de Sophie.

Ils se lèvent et disparaissent de mon champ de vision, enlacés, la tête de l'une contre l'épaule de l'autre. Ah, il faut que je les aime pour ne pas leur en vouloir à ces deux-là ! Mais mon heure va bientôt sonner, enfin du moins c'est ce que j'espère.

*

Nous nous retrouvons tous les trois dans le salon boudoir, Marianne en tailleur très strict et moi dans ma robe fourreau fendue jusqu'à la taille. Antoine, pour me faire plaisir et en signe de fête a mis son smoking bleu nuit à revers ronds. Il a choisi sa chemise en soie blanche à festons, celle que j'aime. Marianne applaudit en le voyant nous rejoindre dans cette tenue. Manifestement l'homme qui se tient sous ces vêtements lui plaît. Comme ses yeux brillent de désir contenu ! Tonio nous ressert le cocktail aphrodisiaque de ma composition et va dans la cuisine mettre la dernière main au repas que j'ai préparé. Il a de son côté apporté des huîtres qu'il lui faut ouvrir. Il nous laisse seules. Je viens m'asseoir à côté de mon amie et la regarde intensément.

— Mais qu'est-ce que tu as sur les joues, sur le nez, partout ? On dirait des perles de foutre.

— Antoine a voulu que je les garde pour ton apéritif.

Elle tend vers moi son si beau visage aux yeux verts que je me mets à le goûter, à petits coups de langue. Elle ferme les yeux et je baise ses paupières toutes brillantes du sperme d'Antoine. Mais ce sont ses lèvres qui m'attirent. Je ne puis longtemps résister à leur appel. J'approche ma bouche, lèche leur contour puis ma langue rencontre la sienne et je reconnais l'odeur et la consistance du sperme épais de mon amant qui humecte encore son palais. Nos langues se livrent le plus joli combat avant qu'à bout de souffle nous nous écartions l'une de l'autre pour mieux nous contempler. Nous nous sourions toutes deux, tendres et reconnaissantes de nous si bien entendre. J'aperçois des larmes de semence oubliées sur son cou. Je les lèche et défais les premiers boutons de son corsage.

— Oui, en cherchant bien, tu dois en trouver là aussi.

Comme si je ne le savais pas !

La voix de Marianne est devenue basse, feutrée et d'une sensualité qui me pénètre le ventre. Je découvre cette poitrine que j'ai tant espérée, tant voulu saisir à deux mains tout à l'heure alors que mon amant lui titillait les bouts. Je m'en empare à mon tour et embrasse ses aréoles très sombres et très larges, resserre ses deux globes sur mon visage, respire mon amie à pleines narines. Elle en profite pour glisser une main dans l'échancrure de ma robe vers ma hanche, vers mon aine aussi.

— Tiens, tu ne portes pas de culotte ! Même pas un string, observe-t-elle en poursuivant son exploration jusqu'à mes fesses.

Cette constatation somme toute banale me fait ruisseler d'aise et je me répète comme une comptine enfantine : « C'est la main de Marianne qui me caresse les fesses, c'est la main de... »

La voix chantante de « notre » homme m'interrompt dans mon appétit d'ogresse.

— Allons, Mesdemoiselles, un peu de tenue ! Nous passons à table. Je vous propose de ne nous autoriser que des baisers durant le repas. Nous devons retrouver nos forces...

Je le coupe en riant.

— Parle pour toi ! Personnellement, j'ai de l'énergie à revendre. J'ai envie de jouir moi aussi, comprenez-vous. C'est mon anniversaire, oui ou non ?

— Oui, mais avant de nous livrer cœurs et poings liés à tes exigences, nous avons encore une assez jolie épreuve à te faire subir.

— Encore une épreuve ? Vous ne croyez pas que celle que vous m'avez imposée tout à l'heure est suffisante ?

Ils se regardent en jouant les ahuris.

— Nous, on n'a rien fait. On a juste regardé la mer, disent-ils avec un bel ensemble. Nous sommes des amis pas des amants. Enfin, pas encore.

Nous trinquons tous les trois et nous faisons un baiser au champagne assez difficile à exécuter. Nos trois bouches se retrouvent au centre de la table et nous échangeons notre breuvage. Le plus difficile dans cet exercice est de ne pas pouffer de rire. Je caresse à nouveau les seins de Marianne mais Antoine me tape sur la main et entreprend de refermer méticuleusement le corsage de notre amie jusqu'au cou.

J'ai hâte de savoir « l'épreuve » qu'ils m'ont préparée. Mais cette fois, j'exigerai de participer aux ébats. Le dîner me semble interminable jusqu'au moment où je sens quelque chose qui me frôle sous la table. Est-ce que je rêve ? Non, c'est le pied déchaussé de Marianne qui m'effleure les genoux. Veut-elle m'avertir que j'existe pour elle en dehors de mon amant ? On le dirait bien, car elle se sert de son pied comme d'un coin de bûcheron pour m'écarter les cuisses qui cèdent bien vite à cette invite. Ce qui me surprend le plus, c'est de voir comme elle reste impassible en s'adressant tour à tour à Antoine et à moi. Et ce qu'elle nous confie m'étonne encore davantage venant de celle que je nommais jusqu'à aujourd'hui du moins « la prude Marianne ».

— Tu t'es peut-être demandé, Antoine, ce matin quand tu m'as téléphoné pourquoi j'avais si vite accepté de venir fêter cet anniversaire à trois selon ton drôle de scénario. Il y a plusieurs raisons. En fait, quand tu m'as proposé, Sophie, il y a un an je crois, de faire l'amour avec toi et accessoirement avec Antoine (elle rit et nous aussi), j'en avais très envie. Envie de toi, ma Sophie (et au même moment le bout de son pied vient caresser cet endroit où la peau est si douce à l'intérieur de nos cuisses, juste avant l'aine) et de toi aussi, Antoine. Seulement, j'avais peur. Oui, peur que votre couple ne me phagocyte et me jette après usage, comme une vieille savate...

Le « Oh ! » indigné qu'Antoine et moi-même lâchons à cette supposition est si sincère qu'elle nous prend à chacun une main et l'embrasse avec tendresse avant de poursuivre.

— Oui, j'avais peur de souffrir et c'est pourquoi j'ai pris mes distances en repoussant vos invitations répétées alors que je crevais d'envie de les accepter. C'est à cette époque que j'accueillis Francis, un designer que vous ne connaissez pas et qui est donc venu habiter avec moi, chez moi. Il était plutôt agréable, très attentionné et plein d'initiatives. Il a décoré mon appartement, lui a donné un nouveau look, plus jeune, plus dans le coup. Et puis il composait de gros bouquets de fleurs. Je vivais dans une sorte de romantisme moderne si je puis dire... Il me faisait l'amour avec tendresse mais m'imposait la sodomie d'une façon de plus en plus systématique au fil des semaines. Je n'étais pas contre, mais mon vagin avait lui aussi besoin qu'on lui dise des petits bonjours de temps en temps. Enfin, un soir, sans crier gare, il ramena à la maison un grand Espagnol, beau mec, je le reconnais et, après m'avoir fait boire plus que de coutume, Francis m'a proposé de faire l'amour à trois. Ma foi, avoir deux hommes pour soi toute seule, je n'avais jamais connu cela. J'acceptai. Je désirais savoir ce qu'on pouvait ressentir en étant prise dans le même temps par-devant et par-derrière. Deux bites, un rêve, vous pensez ! (Nos rires à nouveau s'associent au sien.) Seulement les choses ne se passèrent pas du tout comme je l'avais imaginé. Francis, comme à son habitude, me fit mettre à quatre pattes et me sodomisa. J'attendais que l'autre se manifeste et m'offre ses charmes soit pour une fellation, soit en se glissant sous moi pour s'introduire dans mon vagin, mais pas du tout, c'est à Francis qu'il en voulait, ce qui n'était pas apparemment pour déplaire à ce dernier. Dans le même temps qu'il me sodomisait, il se faisait enculer par son copain. Cela ne me plut qu'à moitié. C'était ça, l'amour de deux hommes qu'on m'avait promis ! Mais ce qui me déplut profondément, c'est de les découvrir, le lendemain en rentrant du bureau, étendus tous les deux tête-bêche sur mon lit en train de se faire une pipe. J'étais furieuse et mis tout ce beau monde à la porte. Le plus curieux, et le plus décevant surtout, c'est que, me retrouvant seule, je n'éprouvai pas une once de chagrin. J'aimais bien Francis mais c'est tout. Pas de sentiments dans notre relation, donc pas de regrets. Peut-être était-ce mieux ainsi...

(La pointe du pied de Marianne s'approche désormais très très près de ma chatte. Elle se perd dans les premiers poils qui me semblent frissonner tant ce manège m'excite.)

— ... Par dépit, je restai étrangère à tous les jeux de l'amour jusqu'au jour où, entraînée par une collègue que je ne savais pas lesbienne, je me retrouvai dans une boîte exclusivement réservée aux femmes. Et là, à ma grande surprise, je ressentis mon premier grand désir de connaître, au moins une fois, des plaisirs saphiques. À peine m'étais-je assise qu'une jolie blonde un peu dans ton style, Sophie, vint m'inviter à danser. J'acceptai et me retrouvai sur la piste serrée contre cette fille qui se frottait à moi. C'était la première fois que je sentais mes seins collés à d'autres seins, ma motte pressée contre une autre motte.

(Là, le pied de Marianne se fait fouineur. Son gros orteil se présente à l'entrée de mon vagin, pousse un peu avant de remonter vers mon clitoris. J'ai les jambes on ne peut plus écartées. D'un geste furtif, j'ai remonté ma robe sur mes cuisses pour que notre amie puisse atteindre facilement son but.) Et Antoine qui ne remarque rien ! Il me connaît pourtant mieux que personne et sait capter d'ordinaire mes moindres émotions. Il a des excuses : le récit de Marianne lui redonne, j'en suis certaine, envie de baiser.

Il faut dire que le ton détaché, dépouillé, naturel à l'excès qu'elle a choisi de prendre pour nous raconter ses émois est chargé d'une candeur on ne peut plus érotique. Curieuse, cette « candeur érotique » que j'évoque, mais ces termes pourtant ne sont pas antinomiques. Leur rapprochement les charge de cette innocence qui peut exciter l'imaginaire de ceux qui l'ont perdue.

Innocent, le pied de Marianne ne l'est pas. C'est son talon qui désormais presse mes grandes lèvres. Cette nouvelle incursion ne la fait pas ciller et elle nous livre ses confidences alors que discrètement j'emprisonne sa cheville de ma main droite, la tournant dans ma main, la remerciant de se trouver là.

— ... ma cavalière m'embrassa à bouche que veux-tu et me pelota partout sans retenue. Il faut dire qu'autour de nous les couples de femmes faisaient la même chose. J'étais troublée, certes, mais en même temps assez réticente et maladroite. La fille s'en aperçut et me questionna. Je répondis avec franchise : oui, c'était la première fois que je me retrouvais dans les bras d'une femme. Oui ça ne me déplaisait pas, mais je ne me sentais pas prête encore pour aller plus loin. Alors, elle me lâcha, partit parler à une autre fille en me désignant et revint vers moi. Elle me proposa de passer dans la pièce du fond, « la pièce d'amour », comme elle l'appelait, où on serait plus à l'aise pour s'aimer. « Tu ne seras pas obligée de participer, me dit-elle. Tu pourras, pour une première fois, te contenter de regarder. » J'acceptai et me retrouvai dans un gynécée où trois couples de femmes faisaient l'amour sur de larges sofas, très bas, en bois de palissandre et en soie cramoisie sous une lumière tamisée. En trois secondes, ma blonde et sa partenaire, une très jeune femme à la peau laiteuse se retrouvèrent nues et s'étendirent à côté des couples déjà formés. Elles commencèrent à s'embrasser tandis que leurs mains allaient tout de suite explorer le sexe de l'autre. Ma cavalière me regardait du coin de l'œil et me tendait la main, m'invitant à me joindre à elles. J'hésitais. J'étais en même temps très tentée et retenue je ne sais par trop quelle interdiction obscure. Je m'enfuis, traversai le bar et la salle de danse sans me retourner et me retrouvai dans la rue, respirant à longues goulées l'air frais de la nuit. Ce n'est qu'une fois allongée nue dans mon lit que m'apparut clairement la raison de ma dérobade. Et écoutez bien, vous deux, car ça vous concerne et nous concerne tous les trois : j'avais envie de faire l'amour avec une femme mais pour la première fois, je voulais éprouver pour cette initiatrice autre chose que de l'attrait charnel. Je voulais ressentir pour elle et qu'elle ressente pour moi des sentiments. Me revenait alors la proposition que tu m'avais faite, Sophie, et je me dis que, si l'occasion se représentait, je te dirais oui, OUI, OUI ! Et c'est pour ces raisons que je suis ici ce soir. J'ai envie que cette première amante, cette initiatrice, Sophie, ce soit toi. Avec bien sûr Antoine comme témoin de ce mariage. Un témoin actif, cela va sans dire.

Je me levai, très émue, fis le tour de la table et vins presser ma joue contre celle de Sophie. J'avais les larmes aux yeux et je répétais sous le regard tendre de mon Antoine : « Marianne, tu es mon plus beau cadeau d'anniversaire. Je ferai au mieux pour te remercier. »

Après la glace à la fraise, Marianne dépose sur la table un gâteau au chocolat de sa confection où brûlent mes vingt-neuf bougies. Comment ne pas lui faire fête en le dégustant ? D'autant que c'est mon pied cette fois qui tente de s'introduire sous la jupe de son tailleur. L'entreprise est peu commode. Il me semble découvrir un porte-jarretelles et d'autres dessous difficiles à franchir pour faire coucou à son minou. Tiens, voilà une expression qui me ravit : « faire coucou à son minou ». Le champagne, il est vrai, n'a cessé de couler et nous sommes très gais tous les trois. Enfin, Antoine, en maître de cérémonie, organise la suite de ma soirée *d'anniversaire.* Il défait les cheveux de Marianne qui tombent sur son tailleur jusqu'au bas de ses reins. Dans le même temps, il met sa main en coupe sur mon sexe et la promène de bas en haut plusieurs fois avant de me taper sur les fesses en me poussant doucement vers la salle de bains.

— *Tu* trouveras là ta tenue de petite fille pas sage. *Revêts-la.* Après tu descendras dans le jardin et iras juste *sous* la fenêtre de notre chambre. Là, je pense que tu comprendras ce que tu dois faire.

Intriguée mais me doutant un peu du scénario qu'il a *imaginé,* je m'éloigne alors que je les vois tous les deux *pénétrer* enlacés dans notre chambre à coucher. On a *beau* être rompue aux divertissements amoureux et même en raffoler et avoir grande envie que celui de ce *soir se* passe au mieux, ça fait un drôle de choc de voir son compagnon pénétrer avec sa meilleure amie dans *son* territoire affectif et érotique : sa chambre. Notre chambre à Antoine et à moi et d'en être momentanément exclue.

Je me déguise donc en vitesse en petite fille pas si modèle *que* ça : mon habituelle jupe plissée bleu marine *sous* laquelle au lieu de la culotte habituelle en cotonnade blanche qui me prend bien les fesses, j'ai le droit, *voire le* devoir, de passer le costume de bain rose que je portais avant le repas, mon maillot de petite fille. *Au-dessus,* Antoine m'a préparé un corsage blanc *sous* lequel mes seins sont libres car je suis censée être une gamine impubère et donc dépourvue de poitrine. Des petites socquettes blanches et des souliers plats achèvent ce portrait on ne peut plus classique, conventionnel et usé. Mais que voulez-vous on ne rajeunit pas les fantasmes au rythme des saisons. Ils sont inscrits en nous, ou du moins en Antoine assez profondément pour qu'il réclame encore et encore ces stéréotypes de son imaginaire adolescent, je suppose. À vingt ans, il était étudiant et donnait des cours particuliers à une *jeune pensionnaire d'un collège religieux. Il ne l'avait pas touchée mais en avait eu, paraît-il, bien envie et, d'après lui, l'adolescente n'aurait pas dit non, bien au contraire. Était-ce cet amour inassouvi qu'il voulait rattraper en me déguisant ainsi assez fréquemment ? Un coup de chance : cette comédie et cet accoutrement ne me déplaisaient pas, loin s'en faut !*

Je dévale donc l'escalier de notre villa et me retrouve sous la fenêtre de notre chambre fortement éclairée mais dont Antoine a laissé les volets entrouverts. Le nez en l'air, je manque me flanquer par terre en butant dans une échelle sagement (est-ce l'adverbe qui convient ?) rangée le long du mur. Mes soupçons se confirment : il veut me faire rejouer le rôle de la petite curieuse qui vient épier son grand cousin et le voir perdre son pucelage. En un rien de temps, j'ai dressé l'échelle le long du mur tout près de la fenêtre de ma chambre et j'en gravis les échelons le cœur battant. Oui, mon cœur bat comme celui d'une gamine car si je suis excitée, je redoute aussi le spectacle qui m'attend.

Parvenue en haut de mon échelle, je découvre une Marianne qui se prélasse dans MON peignoir bleu en soie, grand ouvert sur sa nudité, enfin, sur sa semi-nudité car elle porte des bas retenus par un porte-jarretelles qui lui donne des allures de vamp. Comment a-t-il osé lui faire porter ce saut-de-lit qu'il m'a offert pour mon précédent anniversaire et dans lequel il aime tellement me voir onduler ? Pourquoi vouloir m'humilier à ce point ? C'est mon anniversaire, oui ou non ? Jouer d'accord, faire un jeu de rôle pour augmenter et distancier notre plaisir, soit. Mais de là à salir notre intimité, je ne puis approuver ce dessein qui rime si bien ou si mal avec malsain. Que fait-elle donc dans ce déshabillé qui m'est si personnel ? Eh bien, elle joue les initiatrices, les « dépuceleuses » (avec Antoine qui a connu des centaines, voire des milliers de femmes, je crois rêver ! mais je me répète) et lui, l'homme de ma vie, s'ingénie à jouer les adolescents boutonneux. Oh, mais c'est qu'ils ont bien lu mon journal, ces deux salopards ! Ils ont dû répéter leur jeu, pouffer en imaginant la pièce qu'ils allaient me jouer. Ce qui me gêne le plus dans cette distrayante comédie, c'est sans doute leur complicité naissante. Une complicité qui se poursuit ici dans notre maison, sur notre lit.

La voici à genoux devant lui, la chatte cambrée, resplendissant de tous ses poils lustrés, brillants, surgissant de son porte-jarretelles blanc et les seins se baladant au gré des mouvements de ses bras et de ses mains. Elle s'acharne sur le ceinturon de mon amant qui est à nouveau en tenue de vacancier, sort un peu la langue pour montrer son impatience de le découvrir, de l'emboucher, de l'enfoncer dans son ou ses trous.

Lui prend des poses d'abruti. Il pousse des petits cris qui font semblant de vouloir freiner la curiosité de celle qui le met nu. Mais, bernique ! comme je disais enfant, il n'a qu'une envie : qu'elle lui sorte la queue et lui malaxe les burnes. Je le connais, mon Antoine, je sais que même s'il peut se montrer un excellent acteur dans ce genre de situations, il sait aussi craquer en raison d'un désir trop fort. Et c'est ce qu'il fait à l'instant que j'avais prévu : il s'assied sur le lit et c'est lui et lui seul qui défait ses baskets, ses chaussettes et les lance au loin. Lui encore qui achève de se mettre nu, envoyant jean, caleçon et tee-shirt valser dans la pièce. Lui encore qui prend Marianne dans ses bras et la jette sur le lit avant de s'affaler sur elle. Mais le scénario d'après mes souvenirs doit avoir prévu autre chose. C'est elle dans cette première et courte phase qui doit diriger la partie. On dirait qu'elle m'a entendue car la voici qui refuse de se mettre sur le dos, les pattes en l'air pour se faire prendre à la missionnaire. Elle se dresse au-dessus de mon amant, s'assoit sur lui, guide sa belle pine bien raide dans son minou d'amour.

Si je qualifie de « minou d'amour » le sexe de Marianne, c'est que, protégée par mon volet, j'aime, J'AIME oui, ce minou à la saveur encore inconnue de mes lèvres que baratte la queue de mon homme chéri.

C'est elle donc, mon amie, qui a pris les devants si j'ose dire, mais il s'agit bien du devant d'Antoine et non de son derrière, pour l'instant du moins. Ce porte-jarretelles et ces bas de soie qu'elle a gardés excitent ma convoitise et ne sont pas pour rien, on s'en doute dans la dureté de la verge de mon amant. Grand bien lui et leur fasse !

Fort heureusement pour lui et pour elle aussi, il est écrit dans le scénario, du moins dans mon journal de petite fille, que brusquement c'est John qui a retourné la situation et, du puceau timide qu'il était est devenu, d'un coup de reins, un homme expérimenté et « directeur » des jeux érotiques. C'est John, mon cousin, qui, devenu audacieux et déterminé, s'est retiré de la jeune Bretonne, l'a retournée comme une crêpe sur le lit, l'a fait mettre à quatre pattes et l'a enfilée par-derrière pour son plus grand plaisir. Et aujourd'hui, c'est mon Antoine qui fait de même avec ma copine, ce qui ne semble pas d'ailleurs lui déplaire et à moi non plus qui ai en premier plan les fesses blondes de mon amant avec ses couilles qui frappent le haut des cuisses de Marianne. Elle s'offre, le cul bien tendu, la tête enfouie dans un coussin. Comme un Benhur contenant son char (oui, cette image pompeuse ou pompéienne m'amuse autant que toi, lecteur), il saisit la chevelure magnifi-que de Marianne et l'agrippe comme il le ferait de la crinière d'un cheval et caracole sa jument à grands coups de boutoir. Il la tient aux hanches puis s'empare de ses seins qui se balancent au rythme des secousses qu'imposent leurs corps. Ils se mettent à hurler de concert. C'en est trop ! Depuis dix minutes, je me tou-che et me branle, me titille et me masturbe. Je n'en puis mais : j'enjambe la barre d'appui de la fenêtre et saute dans la chambre en hurlant.

— Moi aussi j'en veux des coups de bite ! Moi aussi j'ai envie de me faire mettre et de sucer le sexe de ma copine.

Antoine sort aussitôt de Marianne qui reste, cul levé, dans la même position, ce qui me permet de reluquer sa figue bien exhibée, toute belle qui émerge d'un fouillis de poils d'une noirceur qui paraît luisante et douce. Je la lui flatte de ma main droite avant de me pencher vers cette si jolie moule et de la gober comme un fruit de mer en en faisant claquer avec un bruit mouillé les grandes lèvres que je distends en les mordant un peu. En gémissant, elle m'échappe. Mais pourquoi ? A-t-elle reçu des ordres d'Antoine ? Doit-elle se refuser à moi aussi longtemps que son directeur de conscience érotique l'aura décidé ?

Pas impossible puisque Antoine croit bon, mais il n'a pas forcément tort, de m'injurier et de me reprocher mon intrusion soudaine sur les hauts lieux de leurs ébats.

— Petite salope, petite cochonne, qu'est-ce que tu fais là ? Tu nous épiais par la fenêtre, hein ? Tu ne vois pas que ces distractions ne sont pas de ton âge ? Que tu n'es qu'une pisseuse sans le moindre poil au con ! Oh, je crois que je vais te donner une bonne correction pour t'apprendre à venir troubler les jeux des « grands ». Allez, couche-toi sur ce lit puisque tu en crèves d'envie.

Il me jette sur le lit, m'enfouit le visage dans les oreillers et appelle Marianne à la rescousse.

— Viens, Proserpine ! C'est à toi que revient l'honneur de corriger cette péronnelle de neuf ans qui nous épiait derrière cette fenêtre. Songes-tu, elle a dressé une échelle contre le mur pour nous regarder faire l'amour ! Ah, la petite perverse ! On va la punir ! Retire-lui sa jupe, ces socquettes et ce corsage de petite fille faussement sage. Allez, déshabille-moi cette chipie !

90

Je ne vois rien, la tête enfouie dans les coussins en soie rouge de mon lit. Je ferme d'ailleurs les yeux très fort pour mieux m'abandonner aux mains de Marianne. En un éclair, avant de m'enfoncer dans le mitan du lit, j'ai vu qu'elle avait revêtu à nouveau mon déshabillé et, cette fois, j'en suis heureuse et émue. C'est un peu comme si c'était moi qui allais m'occuper de moi mais à travers le corps de mon amie ! Bizarre sensation. Et des sensations, je suis là pour en connaître. Ce sont ses doigts, les doigts de ma Marianne qui défont les agrafes de ma jupe, ses doigts encore qui la tirent le long de mes jambes jusqu'à mes chevilles ; ses doigts enfin qui se glissent sous mon buste et ne se privent pas de me caresser les seins pour faire sauter les boutons de mon corsage avant de le retirer en me soulevant les bras, l'un après l'autre. Comme c'est bon ! Je me laisse aller, je me laisse soigner comme une patiente à l'hôpital livrée aux mains expertes d'une infirmière dont la mission est de faire sa toilette. Oh, l'agréable abandon de se voir explorer par des mains étrangères mais dont on aime d'amour celle qui les possède et les utilise si bien !

Me voici étendue sur le ventre dans mon costume de bain rose. Je me sens à juste titre assez ridicule. Qu'est-ce qu'Antoine a donc prévu de mettre en scène cette fois ? Il ne va pas me jeter dans notre baignoire-piscine pour me faire passer sous ses jambes écartées comme je prenais tant de plaisir à le faire entre les cuisses de John ? Non, ce n'est pas cela. C'est bien plus douloureux. Je ne m'y attendais pas mais la « punition » infligée pour avoir osé pénétrer dans la chambre de son « dépucelage » sans en être priée est pour le moins incongrue. Je reçois non pas une volée de bois vert, mais une flagellation sur mon petit cul qui n'avait pas prévu pareil supplice. Une douleur vive me brûle les chairs. Je pousse un cri en même temps que j'entends la voix chérie de Marianne se faire déchirante elle aussi.

— Mais tu es fou, Antoine ! Arrête, tu vas la blesser, lui faire mal !

Je suis bien de son avis. Il me met le cul en feu, ce con. Je me retourne et risque un regard. Il a dans les mains le bouquet de roses rouges qu'il m'a offert tout à l'heure et m'en fouette le cul une nouvelle fois avant de le replacer posément dans le vase en porcelaine chinoise où je l'avais disposé avec reconnaissance. Il prend un air faussement étonné.

— Tiens, tu t'es fait mal ? Avant de t'asseoir sur le banc de ce bateau, tu aurais pu t'assurer qu'il ne restait pas des chardons laissés là par la sorcière du diable ou de je ne sais trop où ! Alors, qu'est-ce que tu attends, petite dépravée pour nous montrer ton cul et nous supplier d'en extraire les piquants ?

C'était donc ça, la seconde partie de son plan ! Me remettre dans la situation que j'avais décrite lorsque, le cul lardé par les aiguillons des chardons, je présentais mes fesses à mon grand cousin pour qu'il s'en occupe, les touche, les contemple !

Je me concentrai un instant et me revis, petite fille sur le Vaurien de mon père baissant mon maillot pour tenter d'émouvoir mon grand cousin. Je l'entends encore crier « shocking ! » et je le vois remonter brutalement mon costume de bain sur mes fesses pour les cacher en me recommandant d'aller me faire épousseter par ma mère. Aujourd'hui, c'est avec la même impudeur que je baisse mon maillot de bain en me trémoussant du cul mais, cette fois, je sais qu'on ne me reprochera pas de m'exposer. Bien au contraire, on prendra plaisir à me voir ainsi. N'est-ce pas, Antoine, n'est-ce pas surtout, ma Marianne, toi que je désire tant ! J'attrape un coussin et le glisse sous mon ventre afin de rehausser mon postérieur. Justement, c'est toi Marianne qui te penches sur mon cul frémissant et que je cambre pour que tu le perçoives mieux ; pour qu'il te tente, pour que tu aies envie de le sentir, de le humer, de le mordre. Vas-y, ma chérie, prends-le, ce cul qui est le tien.

Je sens ton souffle sur ma peau. Oh que tu dois être proche ! Oui, regarde-moi bien. Tiens, pour toi j'écarte légèrement les jambes. Tu devines ma porcelaine, hein, Marianne ? Je suis sûre que tu la regardes et que tu as envie d'y plonger ta bouche. Mais nous n'en sommes pas là. Pour l'instant, tu extirpes ou fais semblant d'enlever des épines de rose que mon cher Antoine a fichées dans la chair fragile de mes fesses. Tiens, voici qu'il te vient en aide. Je sens ses pouces et ses index ouvrir mes fesses afin que tu perçoives mieux mon entre-fesson. Tu le vois bien, ma chérie ? Tu vois comme je bâille pour toi, comme je m'ouvre à toi. Qu'attends-tu pour enfouir dans mon sexe ou dans mon anus ton visage, ta langue, ton nez, ? N'as-tu pas envie de moi alors que je me languis tellement de toi ? Je t'en prie, Marianne, au lieu de faire semblant de me retirer ces épines de rose, embrasse-moi, caresse-moi. Tu te souviens de ce proverbe allemand : « keine Rose ohne Dorne », « nulle rose sans épines ». Mais moi, ma rose n'a plus la moindre épine puisque tu les as toutes retirées, alors prends-la avec tes lèvres, cette rose sans épine, cette feuille de rose qui attend ton baiser !

Alors que je me lamente, que je supplie mais dans ma tête, sans oser exprimer mon désir, j'entends la voix de mon amant me faire enfin le plus beau cadeau d'anniversaire. Sa voix tendre, amoureuse qui chuchote à mon oreille.

— Tu as été merveilleuse, Sophie. Maintenant, c'est à toi de diriger la fête. Fais de nous ce que tu veux, commande-nous et nous t'obéirons.

Je ferme les yeux pour mieux savourer mon bonheur et me concentre une bonne minute avant de me décider. C'est Marianne qui va subir mes premiers assauts. C'est bien elle mon cadeau d'anniversaire, pas vrai ?

Mais avant de la prendre dans mes bras, je décide de revenir une heure plus tôt lorsque nous étions encore à table, tous les trois habillés. J'ai envie de dévêtir Marianne sans me presser et la voir, elle, retirer les vêtements de mon amant.

— Eh bien, je propose que nous nous retrouvions à table pour finir le gâteau au chocolat de Marianne, dans les mêmes tenues qu'au dîner.

Je lis sur leur visage l'étonnement que suscite ma proposition.

— Ah bon ? dit l'un.

— Quelle drôle d'idée ! dit l'autre.

Ils ne comprennent pas que je veux connaître les prémices de notre partie à trois, cette émotion qu'ils ont connue en dehors de moi en allant enlacés du boudoir à notre chambre à coucher. J'ai besoin à mon tour de cette émotion-là, moi.

Je fuis cette pièce où ils se sont découverts, où ils se sont mis nus l'un et l'autre et où leurs vêtements jonchent toujours, épars, la moquette.

Je m'enferme dans la salle de bains pour repasser ma robe fourreau que j'agrémente d'un bracelet en argent ciselé de rubis et d'un collier plat en or rouge. Je me remaquille rapidement car j'avais retiré fond de teint, rimmel, rouge à lèvres et faux cils pour jouer les polissonnes impubères. Je troque mes ballerines contre des talons aiguilles car j'ai envie de dominer Marianne par la taille et de me retrouver « à la hauteur » de mon Tonio. Une écharpe blanche pour agrémenter le tout et je les rejoins au boudoir où je les surprends en train de s'embrasser. Marianne a passé un bras autour du cou de mon homme et lui, lui emprisonne un sein à travers son corsage. Ce bras accapareur, cette main entourant un sein me paraissent des signes de propriété qui m'agacent un peu. Seulement un peu car je les aime tellement tous les deux. Mais je fais cesser leurs petits jeux en frappant dans mes mains.

— Qu'est-ce que c'est que ces façons de se tenir hors de ma présence ! C'est fini, jeunes gens, l'amour en couple, nous sommes trois, je vous le rappelle et c'est moi et moi seule qui commande !

Il sortent de leurs embrassades, me regardent et émettent un murmure admiratif qui me fait chaud au ventre.

Nous reprenons nos mêmes places et à peine avons-nous trinqué une nouvelle fois au champagne en grignotant du gâteau au chocolat que je sens le pied de Marianne m'ouvrir à nouveau les cuisses. Cette fois, je ne dissimule pas le plaisir que me vaut cette prospection. Je me laisse aller en arrière en roucoulant les yeux fermés. Sans plus attendre, mon pied gauche part explorer le pantalon de smoking d'Antoine. Il a un petit sursaut de surprise avant d'ouvrir discrètement sa braguette pour mieux me sentir et pour que je le perçoive plus facilement. Marianne pouffe de rire. Intrigué, Antonio regarde sous la nappe pour apercevoir le pied de notre amie qui fourrage sous ma robe. Je regarde Marianne. Elle m'interroge du regard en désignant Antoine. Avec les yeux et son sourire en coin, elle semble me dire : « On lui avoue pour tout à l'heure ? » et je lui réponds à voix haute :

— Oui, allez, on lui dit la terrible vérité.

Antoine nous regarde curieux et amusé.

— Me dire, m'avouer quoi ?

— Eh bien que, durant tout le dîner, pendant qu'elle nous racontait sa vie de débauche, Marianne n'a cessé de m'explorer le sexe avec son pied et tu ne t'es aperçu de rien, trop occupé que tu étais à suivre les mouvements de ses lèvres et à la vouloir et la vouloir encore.

Prenant l'air pincé, j'ajoute, perfide :

— Évidemment, comme monsieur n'avait d'yeux que pour Marianne, il ne pouvait lire les émotions que ressentait sa femme ! Et Dieu m'est témoin que j'en ressentais !

Antoine reste un instant éberlué, nous regardant l'une après l'autre avant d'éclater de rire et de se lever pour nous embrasser. Il a momentanément oublié qu'il avait la braguette ouverte. Marianne et moi poussons un cri faussement indigné en découvrant sa queue déjà très honorable se dresser et balancer sa tête de gauche à droite, comme si elle hésitait entre mon amie et moi. Je donne une petite tape sur ce sexe émergeant du smoking et fais semblant de me fâcher.

— Enfermez donc, monsieur, cet instrument dans sa boîte à outils. Vous n'avez pas honte de vous exhiber ainsi devant deux innocentes jeunes femmes ? Ma pauvre Marianne, nous sommes tombées sur un exhibitionniste, un dangereux satyre. Ah, je suis vraiment désolée qu'un spectacle d'une telle débauche ait lieu chez moi, le jour de mon anniversaire et en votre présence qui plus est ! Mais nous allons nous venger toi et moi des agissements impudiques de cet énergumène !

L'énergumène en question prend un air si penaud, si niais aussi que nous ne pouvons conserver longtemps notre sérieux.

Je m'approche de Marianne, l'invite à se lever et je la prends aussitôt dans mes bras. Nos mains partent à la découverte l'une de l'autre, les siennes sous ma robe par son échancrure, les miennes dégrafent les premiers boutons de son corsage pour découvrir un soutien-gorge en dentelle blanche.

— Tiens, tu ne portais pas de soutif au dîner...

— Non, mais en arrivant, avant l'épisode de la plage, si. J'ai pensé que ça te ferait plaisir...

— ... Et tu as eu raison. Oui, ça va me faire plaisir de te l'enlever.

Antoine tourne autour de nous, tout désemparé. Il glisse une main sur les fesses de Marianne qui tressaille. Je l'écarte fermement.

— De quel droit vous livrez-vous à de telles privautés ? Suivez-nous, je vous dirai quand nous aurons besoin de vous, espèce d'étalon en rut ! Nous sommes des femmes fragiles, nous.

J'entraîne Marianne en la tenant par la taille vers notre chambre, comme l'avait fait Antoine avant de m'ordonner d'aller me déguiser en pensionnaire et de les laisser en paix. J'ouvre la porte, je fais entrer mon amie et là, j'hésite Vais-je ordonner à Antoine d'aller se percher sur l'échelle et nous laisser tranquilles ? Non, ça serait trop cruel et pour lui et pour moi car j'ai besoin de lui pour que mon cadeau d'anniversaire prenne toute sa valeur, sa saveur surtout. Je leur confie mon plan.

— Marianne, si tu le veux bien, je vais te déshabiller, cela fait tant d'années que j'attends ce moment. Toi, tu dévêtiras Antoine. Ensuite, c'est toi Marianne qui me mettras nue mais ce ne sera pas un grand travail : je n'ai que cette robe sur la peau.

Sans plus attendre, je retire sa veste de tailleur que je dépose soigneusement sur un valet à roulettes. D'un coup de menton, je lui désigne Antoine. Elle lui ôte sa veste de smoke et l'accroche à un cintre. Je dégrafe sans me presser les boutons de son chemisier et aussitôt j'enfouis ma tête entre ses seins que son soutien-gorge remonte encore. Je les couvre de baisers et elle me presse la tête contre elle. Que c'est bon de la sentir pas seulement consentante mais active ! À son tour, Marianne déboutonne la chemise d'Antoine et comme je l'ai fait avec elle, elle caresse ses pectoraux et promène ses mains sur son ventre, frôlant le nombril.

— Comment le trouves-tu, mon homme ?

— Canon !

Et elle se presse contre son torse et lui caresse le dos. Il lui répond en embrassant ses cheveux, son cou, ses épaules.

C'est vrai qu'il est beau, mon amant avec son mètre quatre-vingt-quatre de muscles longs et durs entretenus quotidiennement dans SA salle de gym où nous avons

97

parfois de drôles de jeux sur les balançoires... Certes, ses muscles sont développés mais pas trop. Il faut dire que je le surveille. Pour rien au monde je ne souhaiterais vivre avec un de ces monstres bourrés d'anabolisants, dont les veines ressortent sous la peau tendue à craquer. J'ai l'impression que si on les piquait avec une épingle, ils s'affaisseraient comme une poupée gonflable crevée. Ah non, les Messieurs-Muscles, très peu pour moi ! Et leur sexe, en ont-ils un, d'ailleurs, ces clowns de la gonflette qui prennent des poses débiles lors de leurs concours pour tarés de la muscu ? Pourquoi ne se font-ils pas gonfler leur phallus et n'organisent-ils pas des séances comparatives ? On trouverait bien des femmes volontaires ou qu'on paierait pour les exciter et les mettre en forme. Et puis une Miss-je-ne-sais-quoi passerait autour de la verge de chacun des poids de semblable importance. Celui qui soutiendrait le plus longtemps sa charge au bout de son vît en érection serait déclaré le roi du phallus. Une reine de beauté décorerait son instrument d'une lourde médaille de bronze et il aurait droit alors à une petite ou grande faveur...

Mais je m'égare. Pendant que je me moquais de ces champions des haltères, nous n'avons pas perdu de temps.

Je suis passée derrière Marianne et ai dégrafé sa jupe en laine beige que j'ai tirée vers le bas. Surprise ! Elle portait un jupon en cotonnade blanche que j'ai aussitôt descendu pour la voir apparaître en porte-jarretelles sur lequel elle avait passé une culotte en dentelle blanche assortie à son slip à volants et à son soutien-gorge. Quel charmant spectacle ! Je veux la libérer de sa culotte mais elle m'arrête.

— Et Antoine, on ne va le laisser comme ça, torse nu avec son nœud pap' !

C'est vrai qu'il a une drôle d'allure ainsi. On dirait

qu'il pose pour je ne sais quelle marque de parfum « viril ».

Marianne défait son nœud papillon et le lance sur le lit en disant entre ses dents cette phrase énigmatique : « Je crois bien que nous nous en resservirons plus tard, j'ai mon idée. » Puis, elle se met à genoux devant mon compagnon, lui retire ses chaussures et ses chaussettes avant de défaire sa ceinture et sa braguette, avant de descendre doucement son pantalon sans cesser de fixer son caleçon, un ravissant modèle écossais que je lui ai acheté la semaine précédente. Marianne en embrasse vivement l'étoffe légère qui se tend aussitôt. C'est à mon tour d'intervenir et de l'en empêcher.

— Hé ! doucement. Ne prends pas trop d'avance ! Laisse-moi te retirer ta culotte, j'ai tellement envie de voir apparaître ton petit cul !

Je m'agenouille et m'emploie à baisser lentement, très lentement son slip ajouré pour découvrir ses fesses nues. Mon cœur bat et je sens mon ventre pris de pulsations délicieuses et incontrôlables. J'ai le visage à la hauteur de la croupe de mon amie. Je découvre la douceur de sa peau très mate qui a gardé son bronzage intégral de l'été, ce qui sous-entend qu'elle est une fervente du string. Mais ça, je m'en doutais. Un si beau fessier ! Ce serait criminel de ne pas en faire profiter les regards des autres.

Je fais décrire à mes mains des cercles qui me permettent de bien avoir sa croupe en paumes. Je fais durer mes caresses au moins trois minutes. C'est long, trois minutes quand le désir est là si fort. Je me réjouis de voir Marianne écarter imperceptiblement les jambes et se cambrer le plus qu'elle peut pour me permettre de la bien voir. Elle n'a pas bougé, attendant mes ordres et se tenant toujours debout, ses longs cheveux noirs venant caresser mon visage. Je dois même les écarter afin de pouvoir mieux voir l'abricot juteux de mon amie et ses poils très épais luisant de mouille. Je jette un coup d'œil à Antoine : son sexe est sorti par l'échancrure de son caleçon. Sans qu'il ait besoin de l'aider, sa verge a jailli hors de son sous-vêtement et se dresse fière et tentante. Je lui fais signe d'approcher. Il se place derrière moi et se met à me tourmenter le dos à travers ma robe. Je demande à Marianne de se pencher en avant et de poser ses mains sur le lit. Son postérieur se tend ainsi vers nous. Alors, me tournant vivement vers Antoine, d'un coup de menton je lui fais signe d'approcher son visage du mien et de suivre mes gestes. N'y tenant plus, je glisse mes pouces dans la raie de mon amie et l'ouvre littéralement d'un seul coup.

— Regarde ! dis-je à Antoine, de tous tes yeux, regarde !

Nous apparaît alors le plus parfait des anus. Je le qualifie sur-le-champ de « trou du cul d'enfant » tant il est serré, fermé, et régulièrement plissé. Il paraît « neuf ». (J'allais écrire « Comme s'il n'avait jamais servi », ce qui bien sûr eût été risible et le contraire de la vérité si l'on se souvient des goûts prononcés pour la sodomie de son ami Francis). Sa couleur est étrange, d'un mauve soutenu teintant son pourtour sur un large cercle d'environ trois centimètres de diamètre.

Je ne résiste pas longtemps : la vue de ce postérieur dressé vers moi et encadré toujours par ce gracieux porte-jarretelles soutenant des bas de soie d'une finesse aujourd'hui exceptionnelle, me met dans tous mes états. D'autant que mon amant, sans m'en demander la permission a d'autorité roulé ma robe sur mes hanches et reproduit avec une seconde de retard les caresses que je prodigue à Marianne. C'est ainsi que lorsque n'y tenant plus, je plonge ma langue en avant et l'enfouis dans ce trou si tentant, presque simultanément, je ressens en moi, celle de mon Antoine qui me fait connaître le même sort.

Durant ces feuilles de roses, Marianne pousse des petits cris de bonheur et l'émotion et la position dans *laquelle elle se trouve aussi peut-être fait trembler ses cuisses. De mon côté, je ronronne sous la bouche experte et bien connue de mon compagnon.*

Je ne prolonge pas longtemps ce petit jeu prélimi-naire, d'autres nous attendent. Qu'est-ce qui m'a d'ail-leurs poussée à commencer ce festin de Marianne par l'apéritif de sa croupe ? Peut-être pour exorciser ce Francis qui l'avait si cruellement trompée avec un autre homme ? Je crois plutôt que c'est pour retarder encore le moment exquis que j'attends depuis si long-temps : la découverte de son con.

Je rabaisse ma robe sur mes cuisses et prie Marianne de s'asseoir sur le bord du lit, face à moi cette fois.

— Je vais te retirer tes bas et ton porte-jarretelles, même si celui-là fait ressortir magnifiquement la noir-ceur de ta touffe. J'ai envie de sentir ta peau sous mes doigts. Elle est si douce que ce serait du masochisme de s'en priver. Or, je n'ai plus envie d'être maso ce soir. J'ai envie que nous soyons tendres et passionnés, tous les trois à égalité devant le plaisir. Pendant ce temps, tu peux mettre Antoine nu et le débarrasser de ce caleçon qui freine les désirs d'expansion et de poli-tique libérale de son ministre des relations extérieures et intérieures.

Cette déclaration nous fait rire tous les trois.

— C'est bien la première fois que mon sexe se voit honorer du titre de ministre de l'intérieur et de l'exté-rieur, mais j'apprécie ta formule car il est vrai que, dans ce slip, il se sent un peu sous tutelle !

Alors que je m'affaire sur les bas et leur soutien en dentelle, Antoine s'approche de Marianne et se pré-sente, la verge lui collant au ventre et atteignant le nombril tant il bande. Je vois les mains de Marianne le prendre aux hanches et descendre son caleçon. Elle doit empoigner sa pine de ses mains longues et fines car cette dernière est si tendue qu'elle se coince dans le tissu. Et de la voir s'emparer ainsi du sexe de mon homme décuple mon émotion. J'ai l'impression de lui offrir ce à quoi je tiens autant qu'à la prunelle de mes yeux. En fait ce n'est pas une impression, c'est la réalité.

Je la remercie du cadeau qu'elle me fait de son corps pour mon anniversaire par l'offrande la plus précieuse et la plus digne d'elle : la verge si chérie de mon homme.

En la libérant du tissu qui l'emprisonne et en la voyant si près d'elle, de son visage et de sa bouche, Marianne ne peut retenir un cri d'admiration.

— Oh, quel beau ministre ! Ne serait-ce pas plutôt un Secrétaire d'État... long ? Étalon ! si vous permettez ce jeu de mots débile.

Mon amie a-t-elle senti mon léger désarroi ? La voici qui pour détendre l'atmosphère se saisit du nœud papillon, le passe autour de la queue d'Antoine et commente son habillage en prenant un air sévère.

— Un ministre doit savoir garder un minimum de respectabilité et surtout ne pas risquer d'attraper froid !

Nous rions tous les trois de ce déguisement et Antoine fait quelques pas pour se regarder dans le miroir de ma coiffeuse.

Nos plaisanteries faciles, nos babillages n'ont d'autre motivation que de cacher notre émotion de nous retrouver à trois avec pour seul motif : jouir et faire jouir, nous aimer, aimer et nous faire aimer.

Marianne et Antoine sont désormais nus l'un et l'autre et s'aperçoivent que j'ai toujours ma robe de soirée. Antoine qui, d'après notre contrat d'amour, a désormais autant de droits que moi, me suggère de m'allonger sur le lit, afin qu'ils me retirent ma robe. Pour cette opération, me veulent-ils sur le ventre ou sur le dos ? Ils choisissent de me découvrir côté ventre. Je m'allonge donc sur le dos mais en travers du sommier afin que l'un et l'autre puissent avoir davantage de champ pour bien s'occuper de moi. C'est ainsi qu'Antoine se place du côté où repose ma tête et Marianne à mes pieds. Comme ma robe s'enlève par le haut, elle sera aux premières loges pour en suivre la progression et embrasser chaque nouvelle parcelle de peau qui se découvrira.

Je m'abandonne, ferme les yeux et prends une pose alanguie. Antoine commence à tirer ma robe tout en me couvrant le visage de petits baisers frais et enjoués. Mais bientôt il ne le peut plus, ma tête étant emprisonnée sous le tissu, là où un instant auparavant se trouvait ma poitrine.

Mon fourreau a quitté mes chevilles pour grimper doucement le long de mes mollets. Marianne les emprisonne pour s'emparer de mes genoux et glisser ses doigts sous eux, à cette jointure qui chez moi est très sensible, très excitante. Le sait-elle pour s'y attarder de la sorte ? Antoine le lui aurait-il soufflé ? L'a-t-il mise au courant de mes secrets, de ce que j'aime qu'on me fasse ou de ce qui me déplaît ? Je ne le pense pas. Il lui a sûrement fait confiance estimant plus attrayant pour lui, pour elle et pour moi-même de la voir se lancer dans l'inconnu de mon corps, ce corps qu'elle baise de sa bouche au fur et à mesure qu'Antoine le dévoile. Il agit sans la moindre précipitation, prenant un malin plaisir à ralentir la progression de mon effeuillage vers la nudité intégrale. Il fait une nouvelle halte quand le bas de ma robe parvient à deux centimètres de mon con. Je ne vois rien bien sûr, je suis aveugle, ce qui rend cette sensation nouvelle très exaltante : je sens leurs regards sur moi mais je ne puis les voir. Je suis sûre que Marianne penche la tête sur le côté dans l'espoir de voir apparaître les premiers poils de ma chatte avant qu'Antoine ne la dévoile. Je sens en effet le souffle de mon amie tout proche de mon coquillage de chair. Ses mains non plus ne me lâchent pas : après les genoux et leur dessous, les voici qui s'affairent sur une zone qui ne m'est pas moins familière et privilégiée : ce lieu, tout en haut à l'intérieur des cuisses et jusqu'à l'aine, où notre peau est si douce.

Antoine fait durer l'étape, il l'éternise. Pour voir s'il ne nous a pas laissées en plan, je tends une main au-dessus de ma tête. Non, il est bien là, debout tout près de moi. Je reconnais ses jambes aux poils blonds bouclés et plus haut, sa grosse pine qui se balance. Je l'empoigne, retire ce nœud papillon qui la rend ridicule, ne la lâche plus et commence à la branler tandis que les doigts de Marianne montent, montent vers moi, vers mon sexe avant de se dérober, de s'échapper et de recommencer plus bas leur progression. Je n'en peux plus d'attendre, Marianne non plus, d'ailleurs. Car, lorsque je lance à mon compagnon : « Tire sur ma robe, dénude-moi, je t'en supplie, découvre mon sexe, j'ai trop envie qu'elle s'en occupe ! », Marianne approuve, haletante : « Oui, arrache-lui sa robe, livre-la-moi ! »

Pour l'encourager à répondre à notre demande, je le branle de plus en plus fort. Si fort, je le sens, qu'il a peur de venir trop tôt. Alors, pour que je cesse de m'occuper de son sexe avec trop d'énergie, il consent à relever ma robe sur mes hanches, jusqu'au nombril.

Marianne a un cri de reconnaissance et d'émerveillement en voyant, pour la première fois de sa vie, mon con qui frémit et s'offre à elle :

— Comme je suis émue, comme je suis émue ! Oh, le joli con blond ! le gentil, le délicat petit con d'amour ! (Elle le flatte du dos de ses doigts.) C'est la première fois que je vois une toison blonde, si blonde, c'est d'ailleurs la première fois que je contemple de si près un sexe féminin autre que le mien. Tu veux bien que je l'entrouvre, que je l'embrasse. Et comme il sent bon ! Tiens, tu l'as parfumé. Oh, comme je suis heureuse !

J'ai l'impression que c'est mon anniversaire plutôt que le tien !

Pour répondre à son gentil discours, j'ouvre grandes mes jambes et oscille du bassin avant de le soulever vers son visage.

Marianne prend son temps. Elle promène d'abord sa langue tout autour, comme si elle voulait délimiter son territoire de jouissance. Après, elle part à la découverte de mon clitoris et accompagne ses baisers de paroles qui me font vibrer :

— Oh, le joli petit gland rose ! Mais on dirait une petite queue toute ferme. Comme il est bon à sucer, ce bouton ! C'est le premier que j'embrasse depuis mes expériences d'enfant. Il est sucré et ces lèvres roses, si délicates et là au centre, cette vulve tout humide. Comme elle est gonflée ! Quel nectar, ton jus ! Je le bois, je te bois, ma Sophie.

Oui, c'est bon, mais maintenant je n'y tiens plus, il faut qu'elle me voie entièrement nue. J'ai envie de la presser contre moi, que nos moules se frottent l'une à l'autre. D'autorité, je fais passer ma robe au-dessus de ma tête. Je ne veux rien manquer du spectacle de Marianne me faisant minette. Mais j'ai envie de mieux encore. Alors que tout occupée par son exploration elle ne nous voit pas, je fais signe à Antoine d'aller la prendre. Il acquiesce et, la bite dressée, va se placer derrière Marianne qui est à genoux au-dessus de moi. Elle a un sursaut de surprise quand elle sent les mains de mon compagnon l'empoigner aux hanches et un autre quand il lui introduit sans le moindre mal, tant il est humide je suppose, son beau sexe dans le sien. Elle cesse un instant de s'occuper de moi pour poser sa joue sur mon ventre et savourer ce moment où Antoine se plante si bien et si loin en elle. Je la vois et aime ce sourire qu'elle arbore. Je prends ses mains et les pose sur mes seins. Elle relève la tête, me découvre tout entière et, pour me remercier, elle enfonce sa langue en moi et inscrit d'audacieux cercles sur les parois internes de mon sexe. Dans le même temps, elle me regarde et est secouée par les coups de bélier que lui imprime Antoine et qui font bouger et se balancer ses seins que la pesanteur rend presque lourds.

Je me suis dressée sur les avant-bras pour mieux l'observer et admirer mon homme qui caracole sur la croupe en feu de ma belle Marianne. Pour me montrer qu'il ne m'oublie pas, il me saisit aux chevilles et me caresse les pieds à travers mes chaussures. C'est à ce moment que je me souviens que je n'ai pas quitté mes talons aiguilles. C'est ma seule parure avec mes bijoux. Cela ne semble pas déplaire à Antoine, car il ne m'en débarrasse pas. Serait-il devenu fétichiste, l'espace d'une soirée ? Il me tient donc aux chevilles quelques instants comme il tiendrait les poignées d'un soc de charrue ancienne.

J'appuie la tête de Marianne sur mon sexe, lui caresse la nuque et l'écoute à nouveau commenter son plaisir. Je ne la savais pas si bavarde en amour mais comment prévoir les attitudes d'une amante ou d'un amant sans les avoir vus à l'œuvre ? Ravie, je l'écoute ponctuer ses baisers par des exclamations de joie.

— C'est la première fois que je me sens si bien en amour. Tu es ma première expérience féminine, tu es celle que j'attendais sans en être certaine. Et Antoine là, que je sens si bien en moi. J'aime sa queue, le bruit et le choc léger que font ses couilles quand elles frappent le bas de mes fesses : quelle merveille de vous avoir tous les deux pour moi seule. Merci, merci !

Je l'interromps car j'ai envie d'avoir son poids sur moi.

— Viens, remonte vers moi, je veux ta bouche sur ma bouche, tes seins sur mes seins, ton ventre contre mon ventre. Viens...

Elle rampe vers le haut de mon corps avec Antoine qui la suit, le sexe bien ancré en elle et n'ayant nulle

106

envie de lâcher les amarres. Il pistonne avec un enthousiasme plein de tendresse, le ventre plaqué à son dos,
ses mains emprisonnant désormais les beaux globes
dont il titille les tétins. Marianne immobilise son visage
à la hauteur de ma poitrine.

— Laisse-moi la contempler un instant ! Je ne la
connais pas, je la découvre. Tu as des aréoles de blonde
aussi roses que les miennes sont brun foncé... J'aurais
cru tes seins plus menus, mais ils sont ronds et tiennent
bien dans la main... Comme ils sont éveillés ! Oh, mais
j'ai jamais vu des bouts aussi longs et leur teinte foncée
les fait encore ressortir ? C'est que j'ai envie de les
pincer, ces tétins si durs, de les mordre ces jolis seins-
là. Et comme ils sentent bon ! Tiens, ce n'est pas le
même parfum que tu utilises pour ton sexe, Celui-ci est
plus doux.

Je suis heureuse qu'elle ait remarqué la différence.
C'est vrai, depuis plusieurs années, j'utilise des fra-
grances différentes pour mon sexe, mes fesses, ma poitrine, mes cheveux et mes aisselles. Le tout est de savoir
mélanger les essences, qu'elles ne se heurtent pas entre
elles, qu'aucune ne détruise une autre. Apparemment,
leurs effets agissent sur Marianne comme un philtre
d'amour.

Je fais signe à Antoine de se retirer d'elle, de me la
laisser pour moi toute seule. Il comprend et la quitte
doucement et sûrement à contrecœur. Mais que ne
ferait-il pour moi en ce si beau jour ?

Marianne ne semble pas trop regretter sa présence
en elle tant elle est prise par la découverte de mon
corps. À peine a-t-elle une moue de surprise quand elle
sent mon amant lui échapper. Je lui caresse la nuque
et les cheveux pendant qu'elle suce et me mordille les
bouts.

Une chaleur soudaine s'empare de mon con. C'est
la main d'Antoine qui s'est glissée entre nous deux et
qui s'est emparée de mon clito pour lui redonner vie à

sa façon, celle que j'apprécie le plus au monde. Mon Dieu, qu'il sait me toucher, qu'il me connaît donc bien ! Et Marianne qui, elle, me rencontre sexuellement pour la première fois est une élève (ou une prof ?) super-douée. Je l'incite à monter encore plus haut le long de moi. Nous voici enfin visage contre visage à nous sou-rire et à nous embrasser avec une fougue amoureuse auréolée de tendresse et de reconnaissance. Nos seins prennent plaisir à mêler leurs bouts tendus, à se pres-ser les uns sur les autres.

Ça y est, je sens la chatte de mon amie qui se plaque contre la mienne. Motte noire et replète contre motte blonde, longue et fine. Inutile de leur lancer des ordres à ces deux-là, on dirait qu'elles s'apprécient depuis toujours. C'est ensemble qu'elles commencent à bou-ger. Doucement d'abord, puis plus pesamment. Elles se frottent l'une à l'autre. On dirait qu'elles s'embras-sent (qu'elles s'embrasent sûrement), vulve collée à l'autre vulve, clitoris se livrant un joyeux combat de poids plume. Mais que c'est bon ! Et Antoine qui sans rien demander à personne reprend son estocade sans rien dire, sans rien faire d'autre que de baiser ce cul tendu vers lui. Je le vois porter à ses lèvres son index droit, le tremper de salive avant de l'enfoncer à petits coups dans l'autre trou, mauve celui-ci, de mon amie. Elle en grogne de plaisir et, de surprise, me mord la langue sans me faire trop mal.

— Et si nous passions à d'autres jeux, plus complets, plus égalitaires aussi ? Je vais chercher un peu d'aide pour vous satisfaire, mesdames.

Antoine s'est retiré délicatement de Marianne, a quitté la pièce la queue haute et nous a laissées seules. Un nuage d'inquiétude passe sur le front de Marianne.

— Il ne va pas nous ramener un autre homme ? Avec Antoine, je veux bien, je veux même très bien, mais pas avec un inconnu ! Ce n'est pas un piège, Sophie ?

Je lui caresse les cheveux pour l'apaiser.

— Mais non, il ne nous ferait jamais ça, sans nous demander notre avis. Il est seulement parti chercher quelques objets, une aide mécanique si tu vois ce dont je parle.

Nous partageons un petit rire de connivence, nous serrons l'une contre l'autre et roulons enlacées sur le lit, ma main sur le sexe de Marianne, la sienne sur le mien. Nous gloussons, amusées comme des gamines de nous battre « pour rire » et profondément heureuses d'être ensemble. Nous nous retrouvons bientôt assises en tailleur à nous regarder, à nous dessiner le visage du bout des doigts. C'est avec sérieux cette fois que nous nous contemplons, nous apercevant l'une et l'autre que notre relation ne commence pas plus qu'elle ne s'arrête à l'entente de nos corps. Nous sentons imperceptiblement que nous sommes peut-être en train de tomber amoureuses l'une de l'autre. Mais chut ! Nous nous gardons bien de nous le dire. C'est trop grave, une fusion passionnelle, nous le savons et nous en méfions : Ni Marianne ni moi n'avons envie de souffrir.

Nous sortons de notre courte méditation pour nous sourire à nouveau et nous empoigner de telle sorte que nous nous retrouvons tête-bêche et sur le côté. Vous dire que nous nous consultons avant d'exécuter cette nouvelle figure, serait évidemment faux. C'est tout naturellement et animées par la même joie que nous nous retrouvons ainsi, à rivaliser de curiosité et d'invention pour trouver ce qui nous plaît. Et ce qui nous plaît, c'est de nous embrasser le sexe encore et encore, de pincer ces grandes lèvres, de branler tout l'ensemble. Marianne me fait une proposition et aussitôt je lui rends la pareille. Après, c'est moi qui l'entraîne sur une autre voie de jouissance et c'est elle qui reproduit le même geste, le même baiser. Nous avons trouvé notre rythme. Notre folie des sens croît à la même vitesse.

Nos doigts jouent une symphonie sur et dans le corps aimé. Ils vont de plus en plus vite en besogne, de plus en plus profondément aussi. Nous nous faisons une « pincette », cette si agréable figure de style qui consiste à pincer entre le pouce et l'index la membrane qui sépare notre double intimité. Nous poussons les mêmes petits cris, nous adressons les mêmes exclamations, alors que nos doigts s'activent. Un feulement plaintif et long qui va crescendo sort de nos poitrines au même moment suivi par une succession de gémissements désordonnés.

Nos têtes émergent de nos cuisses entremêlées pour découvrir Antoine, qui, debout, nous regarde en souriant. Il tient un plateau qu'il pose sur le lit et nous applaudit.

— Vous étiez magnifiques de synchronisme, de beauté et de ferveur. Je vous envie. Voulez-vous un rafraîchissement ?

Nous redescendons doucement sur terre pour nous dire qu'il vient de nous parler, qu'il serait poli de lui répondre, mais l'une et l'autre nous nous sentons si divinement molles, vides et pleines de joie tout à la fois, qu'il nous faut une minute de récupération. Je remarque que la bite de mon amant a perdu sa superbe. Il surprend mon regard.

— C'est momentané, rassure-toi. De vous voir si belles, si proches et si désirables va me redonner vite fait de la vigueur, croyez-moi !

Il ne ment pas, ses compliments prouvent qu'ils sont sincères car tout aussitôt, son sexe reprend forme humaine, si je puis dire. Allongées sur le côté, nous dressant sur un coude, la tête supportée dans le creux de notre main en coupe, nous nous saisissons du verre qu'Antoine nous tend et y plongeons nos lèvres. Oh que c'est fort ! Nous manquons nous envoyer ce breuvage de feu au visage. Il nous brûle la gorge. Antoine, lui, vide son verre d'un coup.

— C'est une vodka très, très poivrée. Il paraît qu'elle a des vertus utilisées à Moscou par les dames de petite vertu justement pour requinquer leurs clients et elles aussi par la même occasion.

C'est à ce moment que nos regards, ceux de Marianne et le mien fixent sur le plateau trois godemichés de belle taille posés négligemment entre la carafe de vodka et le seau à glace.

— Qu'est-ce que c'est ? Ça se mange ? demande Marianne en prenant l'air volontairement godiche.

Antoine qui n'a pas remarqué sa mimique, est stupéfait.

— Ne me dis pas que tu ignores ce que c'est.

Marianne lui touche gentiment le sexe et l'embrasse sur les lèvres.

— Non, bien sûr, je sais à quoi ça sert, mais je vais sans doute vous surprendre, je ne m'en suis jamais servie.

Je n'en reviens pas ! Comment, à la trentaine peut-on être vierge à ce point ?

— Il n'est jamais trop tard pour bien faire, heureuse femme qui a encore ça à découvrir.

Marianne marque un temps et nous désigne tous les trois de l'index comme les enfants ânonnant une comptine pour savoir « celui ou celle qui va s'y coller ». Elle compte aussi les olisbos et s'informe.

— Mais pourquoi seulement trois ? Voyons... Mettons-en deux pour toi, Marianne (elle rit), un pour moi par ici et Antoine par là. Mais lui, Antoine, il va être en manque, le pauvre chéri !

Antoine intervient aussitôt :

— Je te rassure tout de suite, Marianne, mais mon corps et mon esprit aussi d'ailleurs ne supportent pas ce genre de complément. C'est plus fort que moi et trop fort pour moi, pour mon cul s'entend.

Ma main rejoint celle de Marianne sur son sexe.

— Tu ne sais pas ce qui est bon...

111

— *Oh si, ce que vous me faites là toutes les deux me ravit tout simplement.*

— *Nous pouvons mieux faire encore.*

Je fais étendre Antoine sur le dos et Marianne et moi, nous plaçons à genoux chacune de part et d'autre de son bassin à sa perpendiculaire. Nous entreprenons de le sucer à deux. La tâche n'est pas facile mais nous nous répartissons naturellement l'affaire. Tandis que Marianne lui pompe le gland et ne descend qu'à mibite, je m'occupe, toute langue sortie, des parties inférieures : de la base de son sexe et de ses couilles que j'avale l'une après l'autre. Toutes les trois minutes, mon amie et moi inversons nos rôles. Antoine ronronne de bonheur, chacune de ses mains nous tenant à la nuque comme pour nous remercier et nous encourager. Je crois n'avoir jamais vu son membre prendre une telle ampleur et surtout être aussi raide. Quand nous le lâchons, il va cogner contre son ventre comme le ferait le battant d'une grosse caisse frappant la peau de l'instrument.

Gentleman, Antoine ne nous ferait pas l'injure de s'abandonner à sa jouissance avant que nous n'ayons à nouveau connu la nôtre.

— *Allez, mesdames, on va faire un peu de sport... en chambre, cela s'entend !*

Avec des gestes doux et délicats, il nous fait mettre à quatre pattes, l'une contre l'autre, hanche contre hanche. Ainsi, nous lui présentons nos deux fessiers bien tendus en arrière qu'il qualifie de superbes. « Vos culs sont superbes ! Si vous voyiez ce que je vois ! »

Il me tend un gode.

— *Occupons-nous d'abord de Marianne, tu reprendras ta position une fois que nous l'aurons embrochée.*

Je me glisse sous mon amie et lui introduis avec précaution l'objet dans son con pendant qu'Antoine oint son autre trou et y enfile le deuxième instrument dont il déclenche le vibrateur. Marianne ne peut répri-

mer un cri d'étonnement ravi. Je reprends ma position première à son côté, pressant ma cuisse droite contre la gauche de mon amie. J'introduis rapidement le troisième gode dans mon vagin pour sentir dans le même temps le sexe tendu et épais de mon Antoine qui m'encule. Nous sommes prêtes pour le grand galop. Je surveille ma belle Marianne. Elle semble non seulement apprécier d'être prise ainsi par ses deux trous, mais en est folle. Elle balance la tête de droite à gauche convulsivement, laissant ses longs cheveux inonder le drap rose de notre lit. J'approche mon visage du sien. Moi aussi je monte, monte, monte vers l'orgasme. Ma main se fait plus rapide sur le gode qui me fouille. Je le lâche un instant pour aller vérifier que celui de ma compagne fait bien son office. J'encourage sa main à accélérer son rythme et à faire exercer à son assistant technique des courbes concentriques. Nos regards se croisent, éperdus d'amour et de cette souffrance exquise qui accompagne et précède l'explosion. Mes lèvres réussissent à saisir au vol sa bouche et nos langues ne se lâchent plus. Nous sommes prises de partout. Derrière moi, Antoine sentant notre plaisir monter, accélère et me pénètre de plus en plus loin, de plus en plus fort et, de sa main droite, pousse encore davantage le godemiché vibreur dans les fesses de Marianne. Nous n'en pouvons mais de désir. Nous haletons tous les trois, choisissons les mêmes intonations de cris, disons les mêmes mots. Soudain, je sens cette onde bien connue qui me parcourt avec fulgurance du bas de mon corps à ma nuque ou de ma nuque à mon ventre, je ne sais plus, et je hurle, suivie par mes deux partenaires aimés.

Après bien des agitations incontrôlées, nos corps tremblants s'affaissent et s'entremêlent. Antoine est toujours en moi et son sexe a, durant deux bonnes minutes, des soubresauts de plaisir. Mes muscles le serrent à lui étrangler le gland. Marianne, de son côté, sursaute elle aussi en cambrant encore davantage sa croupe où est fiché l'objet qu'Antoine maintient toujours mais sans le faire bouger désormais.

Nous nous délivrons de nos valets de chambre mécanisés. Marianne, dans un soupir, embrasse l'olisbos en disant « My God, what a gode ! », ce qui nous fait sourire. Nous nous retrouvons tous les trois étendus, Antoine entre « ses » deux femmes. Il se tourne vers moi, m'embrasse sur les yeux.

— Bon anniversaire, notre Sophie !

Marianne se couche sur Antoine pour m'atteindre. Elle reste ainsi un bon moment à me regarder et à me caresser le visage avant de m'embrasser en posant une main sur mon sexe.

— Oh, oui, bon anniversaire, notre Sophie et... merci !

Je lui rends son baiser les yeux grands ouverts. C'est si agréable, quand on s'aime, ce passage de l'orgasme à la tendresse, et si triste quand on prend ses distances un peu désenchantées dans les moments qui le suivent.

Antoine, le visage détendu, un sourire de jeune homme au coin des lèvres, le torse balayé par la chevelure de Marianne lui flatte les fesses, l'œil rêveur.

Amoureux de deux femmes, Mister Tonio ?

Comme pour répondre à cette question muette que je me pose, Marianne passe un bras sous chacune de nos nuques et murmure, plus qu'elle ne la clame, d'une voix empreinte de gravité, une phrase toute simple qui me fait un peu peur :

— C'est embêtant et en même temps exaltant, mais je crois que je suis amoureuse de vous deux.

CHAPITRE V

— Mais enfin, Erwan (c'est ainsi que mon papa bretonnant se prénomme), tu ne vas pas lui montrer ça ! À son âge !

— Lequel, déjà ?

— Neuf ans, notre fille n'a que neuf ans et tu voudrais lui montrer une vache qui vêle. Il y a de quoi la traumatiser à jamais... Je ne sais pas, moi, en faire une femme qui n'aime que les vaches, pardon, je voulais dire, les femmes ! Une femme qui aime exclusivement les femmes.

— Et pourquoi donc ?

— Eh bien, une mise à bas peut être très impressionnante, très traumatisante même pour une fillette. Je ne voudrais pas que la vue de ce spectacle épouvantablement animal, la dégoûte à jamais de porter un enfant et a fortiori l'éloigne de la compagnie des hommes.

Mon père contempla ma mère comme si elle était une débile mentale.

— Foutaises que tout ça ! C'est au contraire la meilleure leçon de choses qu'on puisse lui donner. En voyant une vache vêler, elle constatera combien cette action est naturelle. Elle va enfin comprendre d'où elle vient : du ventre d'une...

— ... vache ! Merci, tu es charmant !

Ils éclatèrent de rire ensemble. Mon grand cousin John et moi-même qui assistions à la scène, les imitâmes. Mon père prit la main de maman et l'embrassa. Comme j'aimais les voir terminer leurs fréquentes chamailleries par des rires et des gestes tendres !

Ainsi, j'aurais le droit d'assister à cette action si traumatisante selon maman, qu'est un vêlement. Contrairement à ce qu'elle redoutait, cette perspective ne me faisait nullement peur mais excitait ma curiosité. J'avais bien vu que « la Lou », « la bleue » avait un ventre trois fois plus gros que ses congénères. J'avais de plus assisté récemment à une visite du vétérinaire et avais tout compris. Heureusement d'ailleurs : à cet âge, il eût été triste et inquiétant que je ne connusse pas cette loi simple de la nature ! Et puis, je me souvenais qu'au printemps, mon père en voyant la fermière caresser les reins de cette vache, s'était mis à chanter une adaptation toute personnelle et irrévérencieuse du Don Juan de Mozart :

> « Ah, quelle aubaine,
> Ma vache est pleine
> Dans trente-six semaines,
> Y aura un veau ! »

Du même coup, il m'avait appris la durée de gestation des bovidés et je m'en souviens aujourd'hui encore, la chanson étant là pour me la rappeler. La leçon a donc porté ses fruits et ne m'a pas fait renoncer à porter un jour dans mes flancs le fruit de mes amours avec Antoine. Mais là n'est pas ma préoccupation présente. Nous en reparlerons le jour et le désir venus.

Les six mois de « plénitude » étaient donc écoulés et nous allions avoir un « viau ». La veille au soir (mon père devait avoir envoyé des ondes en nous en parlant quelques heures plus tôt), la vache, « pour lui faire plaisir », me disais-je dans ma drôle de tête d'enfant, avait dû l'entendre et ça l'avait incitée à mettre bas.

John et moi rentrions de la plage vers dix-neuf heures quand nous entendîmes Bertrand, l'un des garçons de ferme, sortir de l'étable en hurlant dans la cour.

— Il est là, le viau, la Lou a ses douleurs ! Elle a perdu sa rivière ! (Terme poétique pour parler des eaux.) Appelez Maturin, appelez le véto !

Et il faisait le tour de la cour à grands pas, ne sachant plus trop où aller, entrait à nouveau dans l'étable, en ressortait en poussant des Ah, oh, ça y est, il va sortir ! Le véto, le véto, nom de Diou !

Mais le vétérinaire était sur une autre vache, à trente kilomètres de là, occupé à faire une césarienne (ce qui me permit d'apprendre par mon père en quoi consistait cette opération et qu'on la nommait ainsi depuis que César avait vu le jour de la vie et non la nuit de la mort grâce à cette intervention). Merci, papa, de m'avoir appris tant de choses !

La fermière, madame Odette, que je m'évertuais à appeler « Madame Omelette » depuis ma plus tendre enfance, traversa la cour sans se presser, son gros ventre la précédant. Contrairement à son domestique, elle ne paraissait pas le moins du monde affolée.

John, mes parents et moi-même lui emboîtâmes le pas. Comme c'était bon de sentir ma menotte blottie dans la large paume de mon cousin ! Je lui caressais de l'index l'intérieur de la main et il répondait à mes appels en me pressant à plusieurs reprises la mienne. Cette connivence, ces échanges tactiles me rendaient folle de bonheur, je n'exagère pas. Car, depuis qu'il ne fréquentait plus cette salope de Proserpine, je suppose que mes mensonges concernant la santé de ma rivale l'en avaient dissuadé, il s'était rapproché de moi et me prenait à nouveau en considération. Peut-être avait-il envisagé que, quelques années plus tard, je deviendrais une femme, du moins une jeune fille désirable et « baisable », comme disaient ces cochons de garçons, mes petits copains qui tenaient cette expression de leurs grands frères.

Nous arrivâmes donc dans l'étable pour découvrir notre future mère bien droite sur ses jambes, mais tremblante de douleur et d'appréhension. C'était son premier rejeton, nous apprit madame Omelette.

Bertrand tournait autour d'elle, la palpait, lui glissait des mots doux à l'oreille pour se rassurer lui-même que tout allait bien se passer, que le vétérinaire n'allait pas tarder. Une vraie sage-femme, ce Bertrandou ! Seulement, le véto ne venait pas et il nous apprit au téléphone qu'il ne pouvait nous rejoindre dans l'immédiat. Maintenant, après sa césarienne, il consacrait son art à une jument qui avait une hémorragie sévère. Il tentait de la sauver. Il ne serait pas là avant une bonne heure. Autant dire une éternité. Heureusement, madame Omelette n'en était pas à son premier vêlement. Elle prit sa vache et son valet en main et lança des ordres avec un calme qui me rassura. D'autant qu'elle alla « parler » à sa bête tout en lui caressant l'encolure et les flancs.

La Lou se mit à meugler et je vis son énorme vulve se dilater, s'ouvrir en grand alors qu'elle frappait le sol de ses sabots pour endiguer sa douleur.

— Poussez, Madame, poussez ! crut bon de dire mon père pour faire le malin et détendre l'atmosphère.

Maman lui jeta un regard noir mais Bertrand reprit l'encouragement de mon père en ouvrant à deux mains le vagin déjà bien dilaté de la Lou.

— Allez, écoute ce que Monsieur Erwan te dit : Obéis-lui ! Ouvre-toi, ma belle.

La belle lui obéit et s'ouvrit, s'ouvrit au point de déféquer par son autre trou. J'émis un petit rire vite réprimé par la solennité de l'événement. J'étais fascinée par ce qui se passait, par cet extraordinaire sexe qui grandissait, grandissait... J'ouvrais des yeux ronds. Je sentis la main de John presser ma main à la broyer. Était-ce pour me rassurer ou parce qu'il trouvait ahurissant le spectacle que nous donnait cette malheureuse vache ?

La fermière jura.

— Il vient mal, Bon Diou ! Les pattes en avant, c'te vérole ! Faut le tourner !

Bertrand s'affairait au cul de la bête, le tâtant, s'exclamant, me semblant un peu dépassé, répétant ce que sa maîtresse avait dit.

— Oui, faut l'aider à le tourner. J'vais le faire, j'vais le faire ! Mais qu'est-ce qu'il fout cet enculé de véto ? Jamais là quand on a besoin de lui ! Mais pour se faire payer ses conseils, l'est toujours au rapport, curieux, non ?

— Tais-toi donc et va chercher le viau.

C'est alors que, stupéfaite, je vis Bertrand plonger sa main puis son avant-bras et enfin son bras en entier dans les intérieurs de la bête. Inouï ! Et la Lou qui ne bougeait pas, qui ne se rebellait pas ! John ne se contentait plus de me serrer la main, il me la broyait dans la sienne. Songeait-il à la moule de Proserpine ? Peut-être. À la mienne ? Sûrement pas, hélas ! Pour lui, je n'existais pas sexuellement. J'étais un ange, seulement un ange, autant dire un être au sexe mal défini. Lors du siège de Bysance par les Turcs en 1453, les théologiens débattaient de ce grave problème intra muros sans tomber d'accord sur l'identité sexuelle de cet être ô combien spirituel ! Aux yeux de mon grand cousin, j'étais donc un « être spirituel » ! Un comble ! Car Dieu qu'elle existait ma gentille petite chatte toute neuve ! Dieu que je savais la faire vivre et vibrer avec ou sans l'aide de mes copines et surtout de Béa ! Mais revenons à nos moutons ou du moins à notre vache qui souffre, beugle, tremble pour se libérer de ce petit qui se présente si mal.

— La corde, passez-moi la corde, on va le sortir de là ! gueule Bertrand qui, à mon avis, a bien fait de rester garçon de ferme plutôt que d'envisager de faire

119

Maisons-Alfort. Ce n'est pas très gentil pour lui ce que j'écris là, vingt ans après, mais n'y voyons pas l'once d'un mépris pour ce brave garçon incompétent, seulement une constatation qui n'a qu'un désir : préserver les animaux, les arracher aux pattes de devant ou de derrière des humains incapables. Ce n'est pas Brigitte Bardot qui me contredira. Enfin, faut faire avec ce qu'on a, comme dit mon père. Donc avec ce « Bertrandou, le fifre, ancien berger » comme l'écrivait Rostand dans Cyrano, cet homme qui plonge à nouveau son bras avec sa corde dans le ventre de la vache.

— J'vas la foutre autour de son cou et on tire. Il va bien se retourner, non ?

Mon père lui souffle un conseil.

— N'allez pas l'étrangler, non plus !

Désemparé, intimidé, le Bertrand ne sait plus que faire.

— Ah bon, vous croyez ?

Madame Omelette le pousse d'un coup d'épaule, s'affaire à son tour dans le ventre de sa vache, en ressort une main gluante et crie :

— Allez-y tous, tirez, mais tirez donc ! N'ayez pas peur !

Nous voici tous arc-boutés, tirant sur la corde comme des forçats. John m'a lâché la main, quelle tristesse ! pour se saisir de la corde. Je suis derrière lui et me saisis du bout de chanvre qui reste. Je ne vois plus grand-chose si ce n'est les fesses de mon cousin dont les muscles jouent sous son short. J'ai envie de lui toucher les fesses, de les lui pincer tant elles sont belles dans l'effort. Suis-je anormale, « coquine » comme dit mon prof de piano en me regardant par-dessous ? C'est bien possible. Mais je n'ai pas le temps de trancher cette grave question : la corde se rompt et me voici qui tombe en arrière sur un tas de purin où mon cousin me rejoint en hurlant de rire. Nous sommes l'un et l'autre couverts de lisier de la tête aux pieds. Mais qu'importe !

Je ne sais plus trop comment, par la tête ou par les fesses, le veau est sorti, le poil tout luisant, et est tombé à côté de sa mère qui le lèche. Il se met sur ses pattes en tremblant, s'effondre à nouveau, recommence à vouloir se dresser, marcher, à vouloir vivre. Curieux spectacle qui me fascine. J'ignorais qu'un veau savait marcher et devait marcher dès son entrée dans la vie sur la terre des vaches !

Je suis fière d'avoir surmonté cette épreuve, comme dirait maman et lui suis surtout infiniment reconnaissante de l'entendre nous lancer en nous regardant de la tête aux pieds : « Allez donc prendre une douche ou un bain ! John, je te confie ta cousine, étrille-la bien pendant que je prépare le dîner. »

Elle ne voit pas la tête déconfite que tire John. Lui dont la seule vue de mes fesses lardées de piquants de chardon, l'autre jour, l'avait fait rougir. N'est-ce pas là une invitation à la débauche ? Pauvre mère, bien sûr que non ! mais comment a-t-elle pu occulter à ce point ses souvenirs de petite fille curieuse ? Il ne lui viendrait pas à l'idée que de me mettre nue devant mon cousin de dix ans mon aîné me met dans un état de « désirance » absolu (oui, j'aime ce néologisme que j'ai déjà employé plus haut et tente de lancer sur le marché des mots évoquant une des étapes du plaisir). Comment ne comprend-elle pas que, depuis l'arrivée de John, je n'aspire qu'à un souhait hélas irréalisable : qu'il me touche, me caresse, m'embrasse ? Pauvre et chère maman ! Comment as-tu pu me croire un instant un bébé innocent ? C'est sans doute ce qui t'arrange de me prendre encore et toujours pour une enfant dont le corps n'existe pas. Une gamine dépourvue de désir, de sensations. Mais comment ne te souviens-tu pas de tes émois de petite fille ? Je ne comprends pas. Je ne comprendrai jamais rien aux certitudes et incertitudes, aux maladresses des adultes. Ah, si un jour je mets bas un petit d'homme ou plutôt de femme, je jure que je me rappellerai, l'heure venue, les émotions, les questions que je formulais et les troubles qui m'envahissaient lors de ma préadolescence.

Je pris la main de John et l'entraînai vers la maison. Ce geste m'était devenu si naturel que personne n'aurait songé à s'en étonner. C'était ainsi : le grand cousin anglais était plein d'affection pour sa petite cousine française qui le lui rendait bien d'ailleurs. Devant n'importe qui, à la moindre occasion, j'attrapais la main de mon cousin et ne la lâchais plus. En me voyant faire ainsi, je surpris à plusieurs reprises les regards attendris et amusés de mes parents mais celui bien plus averti de Madame Omelette, la fermière. La façon un peu enflammée, voire vicelarde avec laquelle elle plissait les yeux en nous regardant ainsi unis, devait lui rappeler des souvenirs d'enfance bien précis et plutôt salés à voir cette manière inhabituelle qui lui faisait tirer légèrement la langue.

Enfin, si de nous voir main dans la main lui procurait des plaisirs qu'elle croyait éteints et lui remuait agréablement le ventre, tant mieux pour elle après tout !

Pour l'instant, ce qui m'émouvait, c'était de me retrouver toute nue face à mon cousin dans le même appareil et avec (lui du moins) quel appareil !

C'est le cœur battant que je le tirai derrière moi vers la salle de bains. John ne semblait pas partager mon enthousiasme et les recommandations de sa tante (« étrille-la bien à fond ! » avait-elle dit) devaient l'embarrasser davantage que le mettre en transes. C'est ce que je pense aujourd'hui en écrivant ces lignes et en me souvenant de sa réaction sur le moment et ce qu'il me confia quand, dix ans plus tard, nous devînmes amants.

En riant, pour mieux cacher mon trouble, je le traînai dans la salle de bains où j'ouvris en grand les robinets de la baignoire. En un instant, j'arrachai ma jupe, mon tee-shirt et ma culotte que je jetai dans le panier à linge.

Je me penchai sur l'eau pour en vérifier la température, sachant que je lui présentais mes petites fesses hautes et rondes. Il ne pouvait pas ne pas les regarder, voire les admirer, pensais-je, en oubliant que celles de Proserpine avaient tout de même un autre intérêt. Je me retournai vers lui sans la moindre gêne, lui montrant tout de mon corps de grande petite fille. Je pris l'air faussement surpris de constater qu'il n'avait même pas retiré sa chemise, souillée de la ceinture au col. Oh, le culot que j'avais déjà !

— Tu ne te déshabilles pas, John ? Maman nous a pourtant recommandé de nous débarbouiller ensemble. Tu veux que je t'aide ?

Il évitait de me regarder. Il avait l'air vraiment très paumé.

— Mais enfin, Sophie, tu ne parles pas sérieusement ! Tu ne crois pas, sly little, que je vais me mettre tout bare devant toi !

Je haussai les épaules comme si cette éventualité me laissait indifférente et lui mentis d'une façon éhontée.

— Ah bon ! Moi, tu sais, ça m'est égal. J'ai déjà vu des hommes à poil.

Il me fit des yeux ronds et me regarda comme si j'étais un phénomène de foire.

— Qu'est-ce que tu racontes ? Tu as déjà vu des hommes tout nus ?

— Eh bien, chez ma copine Béa, tout le monde se met à poil pour se baigner dans leur piscine. Ce sont des... comment dit-on ?... naturalistes, non naturistes. Alors, tu sais, un de plus un de moins !

J'inventais cette histoire de naturistes de toutes pièces. En fait, je répétais ce que m'avait raconté une autre copine, Pascale, en me décrivant les attributs de ses frères et de leurs amis reluqués dans la pénombre de la plage après un bain de minuit.

Décidément, John ne se montrait pas très coopératif eu égard au zèle et aux aspirations que je souhaitais montrer lors de cours d'éducation sexuelle accélérés. Ah, s'il avait su que j'avais vu et admiré presque à la toucher, sa grosse « cock » quand il l'avait présentée à Proserpine sur la plage avant d'en honorer sa porcelaine rose et velue, « la fameuse nuit de l'échelle » ! Il m'aurait fessée, c'est sûr. Ce qui n'aurait pas été forcément pour me déplaire...

Enfin, je me résignai à prendre toute seule mon bain et me glissai sous ses yeux dans l'eau bleutée et moussue. Il me regarda mais pas longtemps. Il alla vers la fenêtre, contempla l'océan, bredouilla quelques réflexions sur la marée qui devait commencer à descendre et décida brusquement de quitter la pièce.

— Tu me préviendras quand la place sera libre...

Je hurlai :

— John, viens me frotter le dos, je n'y arrive pas !

J'entendis son pas hésiter puis la voix de maman, l'inconsciente ! qui, du bas de l'escalier, l'encourageait à m'aider.

— John, je crois que Sophie a besoin de toi, tu lui donnes un coup de main ?

Merci maman ! Il revint en soupirant jusqu'à moi. Il avait l'air un peu agacé et pressé lui aussi de se nettoyer. Je me dressai devant lui.

— Good, so, what can I do ? Qu'est-ce que je peux pour toi ?

Je le regardai par-dessous en lui lançant le plus charmeur de mes sourires et lui tendis une grosse éponge.

— Tu veux bien me frotter le dos ? Je n'y arrive pas toute seule.

— Mais il est clean, propre, your back...

— Non, pas partout. Vas-y, please.

Je me tournai et me cambrai le plus possible pour bien faire ressortir mon postérieur. Il se mit à frotter énergiquement.

— Pas si fort, tu me fais mal et plus bas. Oui, encore plus bas. Oh, c'est bon !

Il venait de m'effleurer les fesses et je lui manifestais mon contentement dans l'espoir qu'il allât plus loin dans la découverte de mon corps. Fort heureusement, me dis-je aujourd'hui, il n'avait rien d'un pédophile et il jeta l'éponge dans l'eau avant de s'enfuir, furieux, en me lançant des injures en anglais que je ne comprenais pas. Nerveusement, j'éclatai de rire et sortis du bain.

Enroulée dans un drap en tissu-éponge, je frappai à la porte de sa chambre et, réprimant un fou rire, je lui dis en tentant de prendre un air détaché :

— La voie est libre. Sans rancune, tu veux que je te frotte le dos, John ? Moi, ça ne me gênerait pas, j'en ai vu d'autres !

Quelle jeune dévergondée j'étais alors ! Il avait bien raison de me traiter de « vicious » et autre « sly little pussy ».

Il m'injuria à nouveau avant d'ouvrir sa porte en grognant de fureur. Je partis dans ma chambre en gloussant pour me changer de tenue. Deux minutes plus tard, à pas de louve, j'allai coller mon œil à la serrure. C'était la deuxième fois que je venais l'observer. Il était debout dans la baignoire et se servait de la même éponge que moi ! Oui, de la même éponge ! Je ne sais pourquoi, mais cela m'émut. Il me tournait le dos et j'avais une très belle vue sur ses fesses blondes aux poils très frisés. Et voici qu'il se retourna et entreprit sous mes yeux la toilette de sa « cock ». Et il la fit bien : et que je me décalotte et que je me savonne les couilles et que je me glisse une main insistante dans le milieu des fesses ! Tiens, voici qu'une petite idée me traversa, je me le rappelle parfaitement aujourd'hui : et si je « faisais » infirmière quand je serais grande ? Je pourrais voir, laver, regarder, palper les sexes des patients qui me seraient confiés. Ah ça, pour m'en occuper, je m'en occuperais et avec une conscience professionnelle qui serait appréciée, croyez-moi !

Je rêvais, je rêvais aux façons de traiter et de m'occuper du mâle dans toute sa splendeur en étant épaulée par un statut. D'infirmière, de kiné, d'urologue, qu'importe ! Mais je souhaitais exercer un métier qui me permettrait de toucher, de flatter, de palper des sexes d'hommes, fussent-ils en mauvais point. Oh, je n'invente rien, je ne me fabrique pas des souvenirs chargés de lubricité pour faire de moi une enfant passionnée de cul, prédestinée à devenir une femme de vingt-neuf ans émancipée et libre d'aimer qui elle veut et quand elle veut, celle que je suis aujourd'hui. Non, non, tout cela est rigoureusement exact. C'est cet été-là que je me suis rêvée plus âgée, cet été-là que ma sensualité s'est non seulement éveillée pleinement mais encore exacerbée.

Étaient-ce la présence de mon grand cousin et les spectacles interdits auxquels il m'avait fait participer bien involontairement et que j'avais épiés en cachette ? Étaient-ce tout simplement des interrogations normales que peuvent se poser les petites filles prépubères que la curiosité taraude ? Et si c'était à cause ou du moins grâce à la volonté de mon père de me faire découvrir la vie des animaux de la ferme qui m'avait troublée d'une façon bien différente de ce qu'il escomptait ? Ce n'est pas impossible : Si, quand il pensait me donner des « leçons de choses », comme on disait autrefois, il me mettait en tête et en corps des envies troubles ? Il faut dire que cet été de mes neuf ans fut particulièrement riche en *scènes de la vie domestique* ! Je ne résiste pas à les conter sur ce papier, tout en me demandant ce que mon bel amant Antoine pourra faire de ces souvenirs champêtres, s'il veut les actualiser et les utiliser en les adaptant, pour nos jeux sexuels d'adultes. Il ne va pas me faire meugler tout de même !

*

Pour continuer avec des scènes champêtres à défaut d'être galantes, mais vous verrez bientôt (dans le deuxième tome de mes souvenirs) qu'un verrat peut se montrer d'une délicatesse de gentleman envers une jeune truie qu'on l'a prié de dépuceler, je poursuis en la compagnie de vaches. Et dans mon souvenir, cela n'était pas triste. Pourquoi le serait-ce aujourd'hui ?

C'était une belle fin de journée de septembre. La lumière n'avait plus cette violence du mois d'août, l'air était doux, pas encore frais. Les champs de blé après la moisson piquaient mes pieds que je gardais la plupart du temps nus. C'était mon côté sauvageonne de me promener ainsi. Après trois mois de ce régime, la corne que j'avais acquise sous la plante de mes jolis petons était assez épaisse pour affronter les petits cailloux et les irrégularités d'un chemin ou d'une pâture. Je profite de cette évocation pour dire combien mon grand cousin me paraissait douillet. Sur ma recommandation, il avait bien essayé de me suivre sans la protection de ses tennis, mais cela n'était pas son truc. Il faisait des bonds ridicules en poussant des petits cris qui ne l'étaient pas moins et me firent le qualifier sur-le-champ (au propre et au figuré) de douillet, voire de femmelette. Mais revenons à nos bovins.

Un soir, donc, quelques jours après la naissance du veau (il allait très bien désormais, merci), il gambadait, encore mal assuré comme s'il était saoul dans le pré pour crâner et faire plaisir à sa mère qui le regardait de son œil placide en mâchonnant et remâchonnant l'herbe broutée, je vis dans cette prairie un spectacle étrange. Une petite vache blanc et noir, « La Rieuse » grimpait sur le dos d'une de ses congénères et faisait mine de la sauter, comme si elle disposait d'un « membrum virile » comme on dit en latin. Cela me laissa pantoise. Qu'est-ce que cela signifiait ? Existait-il des vaches qui aimaient les vaches, des vaches lesbiennes ? Je connaissais le mot depuis peu, mais savais, grâce à Béa encore,

127

que ce terme désignait les femmes qui aimaient exclusivement les personnes du même sexe qu'elles. Découverte curieuse, voire incompréhensible pour moi (à l'époque, je dis bien à l'époque) qui avais tant envie de toucher, d'embrasser un sexe d'homme.

Le soir au dîner, je racontai en toute simplicité le spectacle auquel j'avais été conviée bien malgré moi : deux vaches qui gouinaient. Ma mère frappa la table du poing.

— Comment oses-tu parler de ces choses-là devant nous ? Ton père va sans doute trouver très salutaire de te répondre pour enrichir ses « leçons de choses » !

Papa effleura de sa main celle de maman et s'efforça de parler calmement alors que je sentais bouillir en lui la rage que son épouse ne partageât pas ses conceptions sur l'éducation d'une jeune fille qu'il croyait rangée alors qu'elle ne l'était pas le moins du monde et n'avait aucune envie de l'être.

— Oui, bien sûr, Soizic (tiens, je m'aperçois que c'est la première fois que je fais apparaître le prénom de ma mère). Je ne vois pas pourquoi je n'apprendrais pas à notre fille qu'entre ces deux vaches, l'une était en chaleur et voulait le montrer à l'autre. Mais laquelle des deux suscitait cette posture cocasse ? Celle qui était dessous ou celle qui la montait ?

Maman avoua son ignorance et balaya l'intérêt de la question en faisant faire à ses mains les tournoiements que l'on exécute en mimant « les petites marionnettes ».

John, au contraire, sembla s'y intéresser et dit son point de vue.

— À mon avis, c'est celle qui est en dessous qui doit être in ardour, comment dites-vous en français ?

Je vis les yeux de maman s'écarquiller en m'entendant lui répondre avec le plus grand naturel :

— En chaleur, John, on ne dit pas en ardeur mais en chaleur, ça veut dire qu'on a envie ou besoin de l'accouplement avec un mâle.

Papa, lui, buvait du petit-lait en jugeant que ses cours d'éducation sexuelle m'avaient fait du profit.

John développa son idée.

— Je pense que c'est celle d'en dessous qui est en chaleur parce que des émanations doivent s'envoler de son corps pour avertir le mâle qu'elle est prête et n'a même qu'un désir : le recevoir et le sentir monter sur elle.

L'explication était plus poétique que juste. Ce que lui fit remarquer mon père.

— Eh bien, mon cher neveu, tu as tout faux ! C'est celle qui monte qui est en chaleur. Elle fait ce qu'elle souhaiterait qu'un taureau lui fît. C'est pourquoi on l'appelle une « vache taureaude ». Et d'ailleurs, quand un chien en chaleur emprisonne nos mollets de ses deux pattes pour s'y frotter le sexe, c'est le même désir qui le guide, celui de...

— ... baiser, suggérai-je ?

Maman cette fois jeta sa serviette par terre et quitta la table.

— Erwan, c'est indécent ! Voilà où tu en es arrivé avec tes théories stupides et dégoûtantes sur l'éducation. Tu as fait de notre fille une petite dévergondée qui ne sait plus contrôler son vocabulaire. Je suis choquée, indignée même. Tu trouves normal peut-être qu'elle s'exprime, et devant nous encore, comme un soudard ?

Mon père éclata de rire, me fit un clin d'œil et me donna une tape amicale sur la nuque.

— Comme tu es vieux jeu ! Et dans tes pensées et dans ton langage. Une « dévergondée », un « soudard », mais tu as un siècle de retard, ma chérie ! Relis tes Delly ou tes Max du vieux zizi mais laisse-moi apprendre aux jeunes la grande et belle vie de la Nature. Il n'y a rien de trouble, rien de pervers dans le comportement des animaux. Évidemment, quand on sait que la mante religieuse tue et bouffe son mâle après qu'il

129

l'a bai..., oh pardon ! après fornication, on peut être choqués ou tenter d'en tirer une théorie hautement psychanalytique, trouver « grossière » ou « indécente » une copulation animale, j'avoue ne pas comprendre. La seule question que je pose à ce sujet et qui me tarabuste serait celle-ci : est-ce que certaines femmes ne font pas la même chose une fois installées dans leur vie de couple ? Ne tuent-elles pas leur mari après l'avoir dévoré, après avoir tiré de lui sa substantifique moelle ? À savoir son sperme ou son fric, ce qui dans une certaine mesure peut être la même chose.

— Tu parles de moi ?

Ma mère haussa les épaules, habituée qu'elle était aux sorties assez provocatrices de l'ancien soixante-huitard qu'était encore son mari. Je ne comprenais pas très bien ce que mon père voulait dire. Lui non plus peut-être. Ce dont je me souviens très bien en revanche, c'est de la réaction de maman. En la regardant par-dessous, je vis qu'une fois encore elle hésitait entre la colère et le rire. Elle choisit une fois de plus la deuxième solution et regagna sa place en face de mon père qui se leva pour l'embrasser et la remercier de son attitude.

John, pour une fois, sortit de sa réserve toute britannique pour y aller lui aussi de son couplet animalier. Je traduis ici sa tirade dans un « bon français » relatif pour ne pas reproduire un charabia franco-français qui se voudrait « vrai » mais ne le serait pas.

— Nous rejoignons là le problème des dominants et des dominés, commença John. Certains enfants sont mis au ban de leur famille parce qu'ils sont plus faibles que les autres, moins performants. C'est horrible, mais c'est comme ça. Dans le monde animal, cela peut aller jusqu'à la mort du rejeté. Ce que vous évoquez, mon oncle, me fait penser à un clan tribal assez curieux : il existe en Écosse un peuple de bovins qui vit à l'état sauvage depuis le milieu du quatorzième siècle. Personne ne s'occupe d'eux, ils naissent grandissent, copulent en toute liberté sur un territoire de quelques centaines d'hectares. Ils ont leurs lois qui sont parfois très « sélectives » (oh, comme il était intelligent mon grand cousin chéri ! Je buvais littéralement ses paroles, oui, je les buvais à la source en suivant le mouvement de ses lèvres charnues que j'aurais souhaité mordre). Ainsi, quand une vache est en passe de mettre bas, elle va se planquer dans un coin et doit se débrouiller toute seule.

Papa crut bon de mettre son grain de sel.

— C'est encore le cas de certaines femmes de nos jours. Il arrive qu'il y en ait une qui accouche toute seule dans sa voiture, dans une grange entre le bœuf et l'âne gris, dans un ascenseur, voire dans le confessionnal d'une église... J'en ai même connu qui bouffaient leur placenta pour se régénérer. Des dingues, je vous le concède.

John regardait mon père sans comprendre. Je ne saisissais pas moi non plus le sens de son intervention. À l'époque, maman était la seule à savoir que son mari et mon père de surcroît supportait difficilement de ne pas être au centre du débat. Depuis lors, j'ai eu maintes fois l'occasion de m'apercevoir à quel point il voulait être celui qui sait, celui qui apprend aux autres, le chef, quoi ! Il fit néanmoins un petit signe protecteur à son neveu l'encourageant à continuer. Ce que John fit sans se faire prier.

— ... Donc, je racontais que la vache de cette société moyenâgeuse mettait son petit au monde, toute seule dans un coin, loin du troupeau. Le veau ou la génisse faisait ses premiers pas tremblants, tombait, se remettait debout comme on l'a vu faire au petit de la Lou, et tout de suite après, il allait se présenter au chef du clan. Le mâle dominant du troupeau le testait, le bousculait, le faisait tomber, estimait ses qualités de récupération et donnait son avis qui était parfois terrible : tout

131

simplement une condamnation à mort. En effet, quand le test passé par le veau n'était pas concluant, quand le patriarche estimait qu'il n'était pas digne du clan, qu'il était trop faible, il le jetait à terre et s'en détournait. Alors, le reste du troupeau savait qu'il avait le droit de repousser, pis, de piétiner et de tuer à coups de sabots, le malheureux freluquet.

En écrivant ces lignes, je m'aperçois que je tente de remettre en français à peu près correct, les phrases de John. Ponctuer ses paroles maladroites par des anglicismes ou de mots d'anglais, serait, on le conçoit, particulièrement fastidieux et pour l'esthétisme de la phrase et pour sa compréhension. Je ne reviendrai pas sur ce point que j'ai d'ailleurs déjà évoqué il y a un instant et me contenterai de laisser dans sa bouche quelques incongruités naturelles si je puis dire ou folkloriques correspondant à certaines nécessités de la conversation.

Mon père n'en pouvait plus de lui avoir laissé un si long temps de parole sans la lui couper. Il avait besoin de reprendre, si j'ose dire, la conversation « en main » ! Pour montrer par ailleurs qu'il ne regrettait pas un mot de ce qu'il avait dit quelques instants plus tôt, et qu'une fois de plus, en bon macho, il se devait d'imposer à ma mère son pouvoir de décision, mon père crut bon de revenir et d'insister sur le comportement qui me paraissait bizarre de cette vache qui chevauchait l'autre.

— Je suis au courant de l'état de cette vache, j'en ai parlé encore ce matin avec Odette. Nous la présenterons au taureau dès demain et je veux que mon neveu, mais aussi ma fille assistent à cet accouplement. Une excellente leçon des choses de la vie...

Ma mère baissa les yeux, contenant sa fureur puis elle les posa sur moi. Je pris l'air le plus innocent, le plus angélique que j'avais à mon répertoire pour lui faire entendre que rien de ce qu'avait dit mon père ne me choquait. Je jouais les petites filles indifférentes aux scènes instructives auxquelles on me conviait, alors que, dans mon for intérieur, des pensées assez hardies m'envahissaient.

Mon père, ce soir-là, (et tant d'autres !), avait décidé de se montrer intarissable. Quand il tenait un sujet, il lui était difficile de l'abandonner.

— J'ai envie de te surnommer « mon ara » ou « mon beau parleur » en analogie avec ce perroquet, bavard intarissable d'Amérique du Sud et... des mots croisés, disait ma mère avec humour, pour une fois.

Mon père donc entreprit de broder sur ce thème des comportements animaux en matière de sexualité. Après une rapide évocation des copulations des baleines et d'autres mammifères marins qui s'entraidaient pour copuler, deux mâles soutenant un troisième pour que son membrum virile ne s'égare pas dans l'eau mais atteigne bien son but, c'est aux ovins qu'il consacra ce soir-là son cours magistral.

— Odette, notre fermière, m'a raconté de curieuses observations qu'elle avait faites quand elle élevait des moutons, il y a de ça quelques années. Elle m'a affirmé que des agnelets de deux jours, dès qu'ils savaient gambader, se montaient les uns sur les autres, mimant l'accouplement. Étonnant, non ? Ils n'étaient bien évidemment pas en âge de sentir quelque attraction sexuelle que ce fût pour un mâle ou une femelle, mais ils montraient leur instinct ! Personnellement, ça me stupéfie et je ne me l'explique pas.

Il prit un air rêveur avant de poursuivre, pensant à voix haute :

— Il est vrai qu'un bébé d'humain, à seulement quelques mois, qu'il soit garçon ou fille, se masturbe allègrement et « naturellement ». C'est pourquoi ma grand-mère conseillait à ma mère de nous attacher les mains à moi et à mes frères et sœurs pour que nous ne nous adonnions pas à ce genre de pratiques plus que déconseillées par la religion.

Il regarda ma mère, lui fit un clin d'œil et crut bon d'ajouter rigolard : « Péché de chair ne fera que cinq fois le jour hardiment ! »

Maman leva les yeux au ciel voulant crier au blasphème. Quant à moi, pour aller dans le sens de mon père, je la regardai bien en face et pris mon air le plus ingénu pour lui poser une question qui, je le savais, allait la mettre dans tous ses états.

— Mais dis-moi, maman, quand j'étais bébé, est-ce que je me...

Elle ne me laissa pas finir ma phrase, se leva et s'enfuit vers la cuisine en lançant des « Bravo, Erwan, bravo ! ».

Mon père, lui, riait aux larmes et mon cousin ne savait trop quelle contenance prendre. Et moi, je m'amusais follement.

Mon père raconta ensuite des histoires de moutons, de brebis et de béliers que lui avait contées Madame Omelette.

— Elle m'a affirmé que, dès quatre mois, les jeunes se tapaient leur mère et les engrossaient. Ça donnait de jolis agneaux frêles au museau pointu. Curieux, non ? Ah, et puis il faudra que tu lui demandes, Sophie, de te raconter l'histoire du bélier qui a voulu la tuer. Elle prend un air effrayé en revivant la scène pas vraiment bucolique qui t'amusera ou te fera peur, c'est selon. Autant un bélier ou même une brebis est capable de piétiner à mort, comme le troupeau de bovins évoqué tout à l'heure par John, un petit dont l'aspect ne leur revient pas, autant, ils peuvent défendre ceux qu'ils ont « sélectionnés » avec une violence mortelle. Un jour qu'Odette, pardon Sophie, « Madame Omelette » était à s'occuper d'un agneau qui venait de naître, le bélier, qui croyait qu'elle agressait le nouveau-né, sortit du troupeau et fonça à une vitesse folle sur elle. Il bondit et la frappa à la tempe. « J'avais l'impression qu'il m'avait mis la tête en demi-lune tant le choc avait été fort. C'est bien simple, mon mari qui travaillait dans son atelier, de l'autre côté de la cour, a entendu le choc, c'est dire ! »

Demande-lui de te raconter, tu verras... Et à propos de bélier, sais-tu qu'il peut ensemencer quarante brebis en une nuit ? On l'enferme dans la bergerie avec les femelles, et vas-y mon kiki, fais marcher ton kiki ! Certains éleveurs mettent au bélier un « harnais marqueur » une sorte de gilet attaché à son ventre et à sa poitrine qui diffuse de la peinture rouge. Ainsi, après sa folle nuit, on repère les brebis qu'il a montées à la tache rouge qui s'est imprimée sur leurs reins. Quarante femelles ! Tu te rends compte, John ?

— Pas vraiment.

Et ils riaient mais riaient ! Ces soirs-là, papa se levait et allait chercher dans le vieux lit clos transformé en armoire un alcool blanc qu'il posait sur la table avec le contentement d'un homme qui est fier de posséder une bonne bouteille et de la faire goûter à ses hôtes. À peine débouché, l'alcool embaumait la pièce. Parfois, il m'autorisait juste à respirer et à tremper ma langue dans son petit verre. Ça me brûlait le palais et la gorge mais je faisais semblant d'apprécier en claquant la langue.

Je fis, cette nuit-là, je m'en souviens parfaitement, des rêves bizarres et violemment érotiques où une sorte de Minotaure chevauchait et s'acharnait sexuellement sur une toute jeune fille (était-ce moi ?) avant qu'un Thésée rusé et athlétique qui avait les traits et le corps de mon cousin John ne vînt la délivrer en tuant le monstre. Que se passa-t-il après entre le jeune homme et la jeune fille que je souhaitais être ? Pour être honnête, je ne sais trop. Mais je pense que le cauchemar mythologique dut se transformer en rêve romantico-érotique et qu'une happy end me fit retrouver un sommeil réparateur après tant d'émotions.

C'était un dimanche. Il n'y a pas de jours fériés, que des jours « ouvrables » pour les vaches. Et celle-ci, la Rieuse, ne demandait qu'à s'ouvrir pour laisser pénétrer ce gros et lourd taureau qu'on lui avait amené. Ce mâle n'était pas d'une vivacité folle, c'est le moins qu'on puisse dire. Il était plus proche dans son caractère d'un bœuf mélancolique que d'un taureau de combat. Nous nous amusions même, mes copines et moi, à monter sur son dos et à y rester le plus longtemps possible alors que celles qui étaient restées à terre lui tapaient sur la croupe avec des baguettes afin de l'exciter. Au bout de quelque temps, Basile, c'est ainsi que là fermière l'avait baptisé, consentait à prendre un air un peu furieux, frappait du sabot et se secouait. L'une d'entre nous chronométrait alors le temps que la cavalière tenait sur le dos de la bête avant d'en être délogée. Et tandis que nos pères jouaient au tiercé ou au Loto dans l'espoir de faire exploser la banque à leur profit, nous, petites filles sages, nous pariions vingt centimes de nos euros actuels sur celle qui tiendrait le plus longtemps sur Basil.

Il était neuf heures du matin, ce dimanche. Après le petit-déjeuner, maman était partie à bicyclette pour Trégunc y entendre la messe. Nous étions donc « entre nous », c'est-à-dire papa, Bertrand, John et moi. « Entre nous », cela veut dire entre personnes qui ne voient pas le mal partout mais sont curieuses de la « Natuuuuuure » sous tous ses aspects. Or, ce jour-là, il s'agissait d'amener la vache au taureau ou, pour être plus exacte, d'amener le taureau à la vache. Bertrand, le valet de ferme (comment les appelons-nous de nos jours ? « Techniciens de surface agraire ? » oui, ça doit être quelque chose d'aussi « cucul » comme dirait mon père), avait ancré la Rieuse à un piquet planté dans un pré à l'abri du regard perturbant de ses congénères. Il voulait que cet accouplement soit le plus réussi possible. « Il faut qu'elle prenne son sabot, comprends-tu ? » me disait-il le plus sérieusement du monde. Pour lui qui était un célibataire endurci rêvant toujours d'une pucelle qu'il aurait déflorée après une grand-messe, un festin de six heures et un bal qui aurait duré autant, il n'était pas concevable qu'une fornication animale soit dépourvue de sentimentalisme. Il y croyait, Bertrand, en l'amour ! C'est pourquoi, il se montra si délicat en amenant notre vieux Basile à la Rieuse qui n'attendait que lui. En humant l'air, elle lâcha un petit meuglement de désir auquel son futur géniteur répondit très poliment par un long soupir lancé vers le ciel, la tête retournée, comme s'il exhortait le dieu des bovins à lui donner la force d'honorer sa compagne d'un jour. Bertrand prit la direction des opérations. Il s'adressa à mon père et à John.

— Va falloir que vous m'aidiez à le soutenir. Il est trop lourd pour la Rieuse. Si on n'allège pas, il va lui casser l'échine. Alors, placez-vous chacun d'un côté de Basile et, quand il grimpera sur la Rieuse, vous lui attraperez une patte pour soulager la vache. Moi, pendant ce temps, je le guiderai car, non seulement il est maladroit mais il éjacule tout de suite. Ça va aller très vite.

Cela a en effet été très rapide. Je me tenais juste à côté de mon père, bien décidée à l'aider dans la tâche qui lui était impartie. Basile s'approcha, huma le cul de la vache comme s'il voulait d'abord vérifier que c'était bien elle qui était en chaleur et pas une autre. Je saluai au passage sa conscience professionnelle. Et brusquement, il grimpa sur la Rieuse. John et mon père attrapèrent chacun une patte et la maintinrent à la hauteur de leur torse. Je m'aperçus que j'étais trop petite pour me rendre utile, alors je me contentai de regarder. Je dévorai donc des yeux le pénis de Basile et allai de surprise en surprise. D'abord, je fus étonnée de sa taille. Rien à voir avec la longueur et l'épaisseur de celui d'un cheval (j'en avais observé plus d'un). Celui-ci n'avait pas plus de trente centimètres de long mais c'est surtout sa minceur qui m'étonna. On aurait dit un long doigt prolongé par un gland très pointu et d'un rouge très vif. Je n'eus pas le temps de le contempler davantage car Bertrand l'empoigna et l'enfonça dans la vulve de la vache. Elle ne bougea pas, ne souffrit apparemment pas et je fus frappée par son inertie, j'allais écrire son détachement. Elle semblait être ailleurs, dans ses rêves de vache peut-être. Basile lui était là et bien là. Ses flancs étaient pris de tremblements, de secousses alors qu'il donnait de puissants coups de reins à sa congénère. Une minute plus tard, l'affaire était jouée. Bertrand frappa sur le cul de la vache pour la faire avancer et se dégager. Basile retrouva l'usage de ses quatre pattes et eut une dernière éjaculation abondante et dans le vide avant de se détourner de cette compagne éphémère.

Cette scène m'avait intéressée mais fort heureusement pas le moins du monde excitée. Mon père avait raison de me faire découvrir la vie des animaux sur le terrain. Je ressentais cependant une certaine inquiétude face à cet accouplement qui ne revêtait pas une once de sentiments. C'était donc ça, l'amour brut ! Même si j'étais à un âge où la curiosité de tout ce qui touche à la sexualité est très vive, je ne pouvais dissocier l'amour physique de l'amour sentimental. Et c'est sans doute pour cette raison que j'avais été si jalouse de voir cette Proserpine dépuceler mon grand cousin sans manifester à son égard autre chose que du plaisir. Ça me semblait un immense gâchis qui, rétrospectivement, frôlait l'écœurement. Car moi, je l'aimais d'amour, mon John.

Au déjeuner, sous le regard courroucé de maman, mon père et John échangèrent quelques plaisanteries « d'hommes » « entre hommes » pour commenter l'accouplement de la matinée. Moi, qui n'en perdais pas une miette, faisais semblant de ne pas les entendre pour rassurer maman et surtout pour demeurer le témoin privilégié d'autres « cas de figures animales » à venir.

Il faisait un temps magnifique, ce dimanche de septembre. John et papa décidèrent de faire un grand tour en Vaurien. Leur rêve était de se rendre aux Glénan, mais ils avaient un peu peur d'y aller seuls. Mon père avait pris contact à Concarneau avec des responsables du centre nautique et il comptait bien faire la traversée avec eux quand ils viendraient chercher de nouveaux élèves pour leur école de voile.

En attendant ce grand jour, mon père et John avaient décidé aujourd'hui d'aller jusqu'aux Soldats, cette série d'îlots qui se trouvaient au large de Trévignon. Je posai ma candidature pour être équipière de foc mais maman m'en dissuada, arguant que c'était bien loin, qu'un coup de vent pouvait se lever et évoqua d'autres dangers improbables. Je n'insistai pas et passai ainsi pour une petite fille sage, raisonnable et obéissante. J'étais assez heureuse à vrai dire de retrouver ma solitude du début de l'été. J'aimais bien me promener dans la campagne sans but bien défini ou le long de la mer. À marée basse, je sautais de rocher en rocher armée d'un crochet et d'un seau dans l'espoir parfois concrétisé de débusquer un tourteau. Sinon, je me contentais de cueillir des moules à un endroit que je pensais être la seule à connaître et collectais des bigorneaux pour le plus grand bonheur de papa qui adorait ça.

C'est ainsi que, ce jour-là, je me retrouvai sur MA plage, à marée haute cependant. J'avais accompagné père et cousin pour leur embarquement. Je m'étais mise à l'eau avec pour mission pas si évidente que cela à neuf ans de tenir le bateau face au vent pendant que John finissait d'étarquer la grand-voile et le foc. Ils étaient très fiers, l'un et l'autre d'avoir préparé un spi et son tangon, ce qui était un peu superfétatoire pour ce genre de dériveur. « Mais enfin, comme disait ma mère, mi-résignée, mi-enjouée, avec son côté catho de choc, "si ça peut te faire plaisir, Erwan... pendant ce temps-là tu ne dis pas de mal de ton prochain". » Et lui, répondait, sérieux comme un pape : « Si on a un bon coup de vent sur l'arrière, ou au grand largue, tu vas voir, John, avec ce spi, on va le faire déjauger, tu m'entends : DÉJAUGER ! »

Je maintenais donc leur bateau en m'accrochant au tableau arrière pendant que papa installait la dérive et le gouvernail. Il prit le vent.

— Tu peux nous larguer, Sophie, merci !

Mais je m'accrochai au Vaurien et me laissai traîner, torse et jambes parcourus par un sillage fait de caresses aquatiques. J'aurais traversé l'Atlantique ainsi. Seulement mon père ne fut pas d'accord. Quand il s'aperçut que j'étais cramponnée à son bateau et que nous étions au large, il jura et m'injuria. Moi, sans la moindre angoisse, je lâchai le Vaurien et après un petit baiser soufflé sur le creux de ma main en sa direction, je me mis tranquillement sur le dos, faisant la planche, contemplant le ciel et, inclinant légèrement la tête pour voir mon père et John s'éloigner sous leur voile blanche, traçant leur route vers le large.

Comme je l'ai dit plus haut, j'étais heureuse de me retrouver seule. Je nageai vers le rivage dans une brasse coulée qui me faisait bien avancer. Une brasse que je transformai bientôt en crawl (inspirant par la bouche et expirant par le nez, comme me l'avait appris mon entraîneur du Racing, Pierre B). À cent mètres du rivage, je retirai mon costume de bain pour sentir la caresse totale de l'eau s'infiltrer sur et dans mon corps nu. Dieu que c'était bon ! J'avais alors l'impression, qui aujourd'hui est devenue certitude, que je ne sais quel faune marin s'occupait de mon corps avec mille mains. Je nageais tranquillement, doucement, sans forcer, tenant mon maillot entre mes dents serrées. De temps en temps, j'étais prise d'un fou rire et je lâchai mon costume de bain inutile. Je le laissai couler, ne me pressant pas pour le rattraper. Je me lançai des paris de petite fille : si je le récupérais, tant mieux, si je ne le rattrapais pas, tant pis ! Mais en y repensant aujourd'hui j'ai l'impression que j'aurais souhaité l'avoir perdu à jamais. Non pas parce que je n'aimais pas ce « vieux » costume de bain de l'année précédente, mais parce que je me rêvais, telle la Vénus de Botticelli sortant des eaux plus nue que nue. J'aurais couru vers ma serviette pour m'enrouler en elle sous le regard stupéfait des baigneurs assis ou allongés sur le sable. Exhibitionniste, la petite Sophie d'à peine dix ans ? Eh bien un peu, mais seulement pour ceux qui pouvaient me procurer du plaisir. Ainsi, je l'étais devant mon cousin et bien sûr avec ma copine Béa dont je connaissais le corps comme elle connaissait le mien dans ses moindres recoins depuis plusieurs années déjà. Mais j'y reviendrai bientôt car c'est ce dimanche-là que je partageai avec elle une expérience ahurissante et inavouable pour des fillettes bien élevées, apparemment sages et réservées. Ah, si les parents savaient ! Si, comme la plupart des adultes, ils n'occultaient pas leurs souvenirs d'enfance, leurs jeux sexuels. Pourquoi avoir honte de ces découvertes, de ces tripotages entre enfants ? Quand ils sont entre eux et rien qu'entre eux, tout cela me paraît « normal ». Ce n'est d'ailleurs pas pour rien que les enfants se cachent des adultes pour se découvrir. C'est leur aventure à eux, ils le sentent bien, pas celle des grands. Ces étapes dans l'apprentissage de la sexualité font partie de la vie de chaque individu. Quand ça arrive, j'entends de nos jours des « grandes personnes » affirmer que jamais, au grand jamais, elles n'ont « joué au docteur » avec un jeune copain ou une jeune copine, une sœur, un frère, un cousin ou une cousine, je me dis que soit elles mentent, soit elles ont effacé volontairement ce passé-là, soit et cela m'attriste davantage, elles disent la vérité et n'ont donc pas eu de ces distractions attrayantes.

Ce qui est monstrueux, sordide, impardonnable et évidemment condamnable, c'est quand des adultes s'immiscent dans ces jeux, les provoquent parfois, franchissent la frontière de ce territoire qui leur est naturellement interdit. Quand j'entends parler de ces pervers, je suis non seulement choquée mais emplie d'une rage qui se voudrait vengeresse.

Ce fameux dimanche, en sortant de l'eau, je m'aperçus qu'il y avait un peu de monde sur mon territoire. Des promeneurs venant comme moi goûter la douceur des derniers beaux jours d'été. Je saluai quelques familles du coin avant d'apercevoir en bout de plage, non loin de « la grotte aux amours » où mon cousin s'était exhibé à cette Proserpine que je haïssais, cette même Proserpine qui se dorait sur la plage et se tordait en tous sens, prenant des poses impudiques pour aguicher les trois jeunes gens qui l'entouraient. Je les connaissais tous les trois. Il y avait Éric V., un beau type au visage criblé de taches de son et à la chevelure rousse (avec Béa, notre grande question était bien sûr de se demander si sa pilosité avait la même couleur flamboyante partout, ce que nous n'allions pas tarder à savoir d'ailleurs). Je l'avais surnommé « Le prince Éric à la chevelure ardente » depuis que mon père m'avait fait découvrir ses lectures d'enfant qui comportaient entre autres la série des « Signes de Piste ». Dans ces petits livres brochés, de jeunes scouts minces et jolis garçons dessinés par Pierre Joubert me faisaient rêver. J'aimais m'endormir en lisant leurs récits car j'espérais ainsi que ces princes charmants viendraient me rendre visite la nuit dans ma chambre. Quant « à la chevelure ardente », la seconde partie du surnom d'Éric V., je l'avais adaptée d'un autre livre de mon père, bien différent, celui-là, dont le titre était « Ardant le Chevelu », un joli conte de Jean Veber.

Parmi ces trois adolescents qui papillonnaient autour de Proserpine, il y avait aussi Robert G., alias « Bébert », le troisième fils d'un fermier du coin. C'était un costaud, très brun, pas très grand, que Béa avait surnommé

« l'homme aux sourcils de loup » car ceux-ci étaient très fournis et se rejoignaient l'un l'autre au-dessus du nez et protégeaient ses yeux très noirs et de velours qu'il savait rendre langoureux quand il regardait les filles. Les grandes, hélas, seulement les grandes !

Le dernier du trio qui reluquait la belle, je veux dire l'affreuse Proserpine, était un gars de Trégunc, fils d'un commerçant que je ne nommerai pas par peur des représailles. C'était Léon G. que nous appelions « J'aurai ta peau » et écrivions, Béa et moi dans notre langage codé et onomatopéique « Jorétapoléo » que nous avions tiré de la chanson de Jeanne Moreau qu'écoutait nos mères « La peau, Léon » de Barziac et Delerue.

C'était sans doute des trois dragueurs de ce bout de plage, celui qui nous plaisait le plus à ma copine et à moi. Non qu'il était le mieux foutu mais il était d'un naturel rigolard et avait un sourire qui lui fendait le visage jusqu'aux oreilles. Ajoutez à cela des yeux très bleus pétillant de malice et un charme que lui conférait son humour et vous aurez compris que lui non plus ne nous laissait pas indifférentes. Pauvres gamines ! Nous savions combien ces trois lascars nous considéraient Béa et moi pour quantités négligeables, voire des bébés, et cela nous rendait désarmées et furieuses. Pour nous rassurer sur notre potentiel de séduction, nous nous promettions de leur en faire baver le jour venu.

— Ils viendront nous manger dans la main, quand nous aurons des gros seins, me disait Béa.

J'en rajoutai :

— On les snobera, on les traînera plus bas que terre. On fera semblant de ne pas les reconnaître.

Nous oubliions que, lorsque nous serions en âge d'être désirées, c'est-à-dire six ou sept ans plus tard, ils seraient peut-être déjà des vieux-jeunes maris plus occupés par d'autres femmes, des vraies, que par les minettes que nous serions devenues.

Pour l'instant cependant, ces trois adolescents ne demandaient qu'une chose : se taper la Proserpine, cette espèce d'étrangère au pays qui avait débarqué au début de l'été. Vous pensez bien que j'avais pris mes renseignements sur celle qui m'avait volé mon cousin ! Béa et Charlotte, mes deux complices, m'avaient appris tout ce qu'elles avaient pu récolter comme renseignements sur cette malheureuse fille de seize ans, venue s'installer ici pour la nouvelle année scolaire avec ses parents, professeurs de philo l'un et l'autre. Ces derniers, anciens gauchistes, l'avaient toujours laissée libre de son corps comme de son esprit et lui avaient ouvert, sans songer à mal d'ailleurs, les portes de leur bibliothèque ne lui en interdisant nullement l'Enfer. Marie-Ange n'avait pas attendu longtemps avant de passer de l'étude théorique des choses de la chair à leur mise en pratique. Et quelle pratique ! À seize ans, elle aurait pu en remontrer à bien des femmes de quarante qui se vantaient de tout connaître, d'avoir tout essayé et d'être des maîtresses averties. Proserpine, enfin, pour une fois, donnons-lui son vrai prénom, Marie-Ange, m'avait appris Charlotte, était ainsi ce qu'on appelle une fille libérée et très en avance sur son âge que mes copines et moi, jalouses de ses succès, nommions « la salope » ou « la pute ». Son prénom, qui évoquait la chasteté, nous paraissait scandaleux, voire blasphématoire car, nous disions-nous : « Tu parles d'une Vierge Marie, tu parles d'un ange ! »

Il est vrai que la scène dont je fus spectatrice avec mes deux copines cet après-midi-là, était pour le moins édifiante quant à la chasteté, la pureté et la virginité de la Proserpine. C'est plus fort que moi, la rage me fait l'appeler à nouveau par ce surnom qui rime si bien avec pine.

J'étais étendue sur ma serviette de bain et contrôlais ma plage, guettant les départs et les arrivées de ceux-ci ou de ceux-là. C'est alors que je vis notre héroïne, je veux parler de Proserpine, se lever lentement, saisir sa serviette et, en jetant des regards encourageants aux trois garçons, s'éloigner en traînant son drap de bain, marchant d'une allure nonchalante, se déhanchant en roulant des fesses. Comme elle l'avait fait pour aguicher Antoine, elle avait fait entrer le milieu de son slip dans sa raie à la façon d'un string pour les mieux exhiber. Elle fit quelques mètres, se retourna. Après s'être consultés brièvement, les trois adolescents se levèrent et la suivirent à vingt mètres pour ne pas trop attirer l'attention. Afin de donner le change, le prince Éric-à-la-chevelure-ardente fit mine de chercher des porcelaines et d'en trouver. L'homme-aux-sourcils-de-loup faisait un concours de ricochets avec Jorétapoléon. Aucun d'entre eux ne semblait se préoccuper de la fille qui avait pris désormais une bonne centaine de mètres d'avance sur eux. Bientôt, elle disparut derrière le gros bloc de rochers qui fermait la plage. Dix mètres plus loin, se trouvait « la grotte aux amours », là où bien évidemment elle les attirait.

— Salut, Sophie, ça boume, la Marceau ?

« La Boum », le film dont Sophie Marceau avait été l'héroïne à quatorze ans, avait déjà quatre ans et mes amies s'amusaient parfois à m'appeler ainsi.

C'était pour elles comme pour moi devenu un signe de ralliement. De la même manière, j'appelais Charlotte « La Rampling » et Béa, six ans plus tard « La Dalle ». Niaiseries inoffensives de petites filles qui se voulaient branchées.

En les entendant m'interpeller je fis un bond géant. Obnubilée par la manœuvre de Proserpine et des trois garçons, sur la gauche de la plage, je n'avais pas vu venir mes copines Charlotte et Béa qui se pointaient par la droite.

Très vite, je les mis au courant de la situation et non moins vite nous nous retrouvâmes toutes les trois marchant vers le lieu des amours interdites : « la grotte aux

145

amours folles », autre nom de baptême de cet endroit que nous jugions magique et connu de nous seules, de cette chienne de Proserpine et des amants qu'elle entraînait dans son antre. Nous nous persuadions être les premières à avoir découvert et utilisé cet endroit encastré dans les roches pour cacher nos amours et nos découvertes sexuelles ! Il est bien évident que nos parents et grands-parents, nos aïeux et même nos ancêtres néandertaliens avaient dû se réfugier là pour voir s'épanouir leurs amours illicites ou non. Mais enfin, le secret faisait partie de notre univers enfantin et sensuel et renforçait l'émoi qui nous enveloppait quand nous nous savions à l'abri des regards des adultes, nos juges.

Mes jeunes amies eurent vite compris ce que je leur proposais : observer tout à notre aise, grâce à ce tunnel que nous pensions « connu de nous seules », Proserpine dans l'exercice de sa fonction principale : la baise.

Ça m'amuse aujourd'hui de me souvenir que nous trois, gamines de neuf ans, utilisions ce terme « la baise » avec un sérieux qui frôlait le ridicule. Était-ce le grand frère de Béa ou celui de Charlotte qui nous avait glissé ce terme dans l'oreille ? C'était un grand en tout cas.

Nous progressions donc cet après-midi-là dans notre grotte secrète qui allait nous mener aux premières loges de ce théâtre un peu spécial de notre plage enchanteresse. Nous rampions, nous écorchant les coudes et les genoux sans nous apercevoir que nous nous blessions tant notre excitation était grande. Nous, nous bousculions toutes les trois, râpant nos maillots sur le sable et les rochers. Nous, nous nous poussions l'une l'autre, nous pincions, nous donnant des bourrades, nous retenant de pouffer de rire au long de notre crapahutage. Je me demande même aujourd'hui mais ne puis en être sûre, si ce n'est pas lors de cette progression puis face au spectacle que nous allions découvrir, que l'une d'entre nous ou toutes les trois n'avons pas connu pour la première fois la formidable fierté de nous sentir humides.

Il est vrai que ce qui nous attendait au bout de notre tunnel aurait eu de quoi réveiller un ou plusieurs morts.

Lorsque, couchées sur le ventre, mes copines et moi eûmes atteint nos premières loges, nous dûmes ensemble retenir un cri de joie d'avoir la chance d'occuper cette place de choix d'où nous pouvions voir sans être vues. Quelques minutes plus tard ce sont des cris de surprise, le mot est faible, disons plutôt des cris d'effarement que nous allions devoir étouffer. Car, comment des petites filles bien élevées, chastes et sages (enfin, je parle pour mes deux copines), auraient-elles pu imaginer pareil spectacle ?

Les garçons avaient étendu leurs draps de bain autour de celui où se prélassait Marie-Ange/Proserpine. Ces serviettes formaient un patchwork assez joli qui recouvrait la presque totalité de la petite plage.

Notre rivale et aînée avait roulé son slip jusqu'aux premiers poils de son pubis et faisait semblant de ne pas voir ceux qui l'entouraient. Elle avait les yeux clos et prenait des poses de plus en plus lascives. En fait, elle ne cessait de bouger, de tordre son corps, de se passer « innocemment » une main sur le sexe comme pour vérifier qu'il s'émouvait bien de la situation, ou elle glissait deux doigts par-derrière dans son maillot pour le faire entrer encore davantage dans sa raie et en faire un morceau de tissu qui ne lui couvrait plus les fesses. Elle soupirait, roucoulait, se caressait d'une manière obscène. Assis autour d'elle, nos trois gaillards ne la lâchaient pas des yeux tout en contrôlant d'un rapide coup d'œil le développement de leur propre sexe. Et c'est surtout ça qui nous fascinait, mes copines et moi : les membres de ces grands garçons. Nous les regardions gonfler leur maillot et nous nous faisions des petits signes de connivence en les désignant de nos doigts et en secouant la main dans un geste qui signifiait

« Oh là, là ! » Et nos regards voulaient dire « Tu as vu, tu vois ce que je vois ? Qu'est-ce que c'est gros ! » Nous n'avions pourtant encore rien vu. Ce qui allait suivre nous plongea dans un univers insensé et traumatisant pour des petites filles. Ce n'est pas Charlotte qui aurait dit le contraire.

Ce fut l'homme-aux-sourcils-de-loup qui le premier lança l'attaque. Il se mit à genoux à la gauche de la fille, tout contre. Il passa une main dans ses longs cheveux noirs défaits, les lissa avant de les écarter de son visage. Elle le laissait faire, abandonnée, les yeux fermés. Nous voyions parfaitement le sourire de bienvenue qui éclairait sa bouche. L'homme-aux-sourcils-de-loup qui nous faisait face se pencha pour l'embrasser. Elle n'eut pas un moment de surprise, pas un geste de recul. Bien au contraire. Elle attendait cet instant depuis si longtemps ! Elle mit ses bras autour de son cou et l'attira se donnant à lui à bouche que veux-tu. Et elle remuait son corps de telle façon, soulevait son bassin et le tortillait avec tellement de science qu'il eût fallu être idiot pour ne pas comprendre qu'il s'agissait là d'une invite. Or le Prince Éric-à-la-chevelure-ardente et Jorétapoléon n'étaient pas des idiots : ils répondirent tout de suite à l'appel de Proserpine. Jorétapo alla se placer à sa droite, à la hauteur de ses seins, tandis que le Prince, sans la moindre hésitation, lui prit les chevilles, les écarta et s'agenouilla face à son minou sur lequel il posa sa joue droite, si bien que nous le voyions fermer les yeux et sourire d'aise. La fille lui répondit en soulevant le bassin pour l'encourager à aller plus loin. Mais il ne bougea pas, bien décidé à la faire languir. Jorétapo était plus pressé. Il releva le soutien-gorge et Proserpine s'employa elle-même à le dégrafer et à le lancer au loin. Jorétapo commença par regarder ces seins à la brune aréole en laissant échapper un sifflement d'une rare distinction, suivi d'un commentaire admiratif qui ne l'était pas moins.

— Non mais, visez-moi ça un peu, les potes ! Si c'est pas du sérieux ! Putain, t'as des seins superbes, Marie-Ange.

Ses deux complices regardèrent, le Prince en soulevant la tête les contemplait par-dessous, le loup lui, en cessant un instant ses baisers furieux. Il posa une main sur le sein gauche et en titilla la pointe qui, déjà turgescente, durcit encore sous ses doigts.

Jorétapo, lui, se montra plus « scientifique ». Il commença par caresser le ventre de Proserpine au-dessus du nombril puis remonta lentement vers les globes. D'un mouvement très doux de ses mains en coupe, il prit les seins par-dessous, les resserra et enfouit son visage entre eux. Puis, il se releva, lâcha quelques compliments : « Magnifiques, magnifiques ! Je n'ai jamais touché des seins aussi fermes, aussi ronds. » Il les délaissa un instant pour lécher l'aisselle droite parfaitement épilée de la donzelle et rejoignit bientôt sa poitrine à petits coups de langue. Il en embrassa le dessus, là où la peau est si douce puis vint mordiller les tétins. Proserpine, entre deux baisers, commençait à pousser des petits cris de plaisir. Elle emprisonnait les nuques de ses jeunes amants en roucoulant. Elle écartait les jambes et commença à descendre le bas de son maillot, caressant la joue du Prince, le suppliant en fait de la mettre nue. Il ne se le fit pas dire deux fois. Ce qu'il avait pris pour un simple flirt un peu poussé à trois garçons et une très jeune fille, devenait une véritable partie à quatre. Il se redressa, referma les jambes de Marie-Ange, se saisit de son maillot de bain et le tira tout doucement vers lui. Il s'arrêtait en chemin, découvrait la toison drue, bouclée et noire, en flattait les poils du dos de la main, et attendait un peu avant de baisser davantage le slip. Le haut du sexe apparut. Il ne put résister et se pencha sur le bouton qu'il commença à agacer de sa bouche. La fille levait son bassin vers lui et, pour l'offrir davantage elle glissa ses mains sous ses propres fesses pour mieux le soulever. Le Prince comprit et, brusquement cette fois, il descendit la culotte, lui fit passer les genoux et la jeta au loin avant d'approcher son visage de ce con qui luisait de désir. Là-haut, Proserpine avec un bel ensemble faisait jaillir hors de leur maillot de bain, les queues des garçons et embouchait celle du loup, tandis qu'elle branlait frénétiquement Jorétapoléon dont nous voyions les fesses glabres mais bien musclées se contracter au rythme des coups de poignet de Proserpine. Apercevant ses deux potes ainsi découverts, le Prince Éric à la chevelure ardente baissa lui aussi son boxer-short pour nous présenter une toison d'un beau blond vénitien et un pénis long et pointu. Si nous ne pouvions admirer celui de Jorétapo qui nous tournait le dos, en revanche nous voyions parfaitement celui, court et épais du loup, que Proserpine engloutissait, brandissait, contemplait avant de laisser courir sa langue tout du long, jusqu'aux couilles qu'elle léchait elles aussi.

C'est à ce moment de la partie que Charlotte eut un haut-le-cœur. Je la regardai. Elle était blanche comme de la craie. Béa, elle non plus n'en menait pas large. D'un signe de tête, je donnai l'ordre de la retraite. Tant pis pour la suite, me disais-je. Nous avions assez d'images en tête pour cette fois.

Nous nous retrouvâmes les jambes flageolantes sur la plage que tous les estivants avaient quittée. Je voulus prendre Charlotte par la main, mais elle fondit en larmes et s'enfuit en courant. Béa ne disait rien, marchant les yeux baissés. Pour elles deux, le choc avait été trop rude. Pour moi, plutôt intéressant, passionnant même.

Charlotte s'était jetée sur le sable à notre endroit habituel et sanglotait, allongée sur le ventre.

Je m'assis à côté d'elle et lui caressai maladroitement les cheveux. Elle releva son visage inondé de larmes.

— Il faut que j'aille me confesser, c'est trop sale, tout ça ! On n'avait pas le droit de les regarder ! J'vais tout dire à Charles Bronson (c'est ainsi que nous surnommions l'abbé T. à cause d'une vague ressemblance avec l'acteur américain dont nous aimions le regard, les moustaches et les épaules de costaud). Lui il comprendra que je ne voulais pas voir tout ça, que c'est pas de mon âge et surtout pas ma faute...

Je tentai de la calmer.

— Bien sûr que ce n'est pas ta faute. S'il y a une coupable, c'est bien moi. Mas je ne pensais pas que ça te ferait tant de mal.

Elle se remit à pleurer.

— J'ai honte, honte ! Il faut que je me confesse... L'année de ma communion, l'année de ma communion !

Béa ne disait rien et regardait la mer. Elle tressaillit soudain et tendit le bras vers le large.

— Tiens, voilà le Vaurien de ton père.

Charlotte se leva d'un bond, renifla, se moucha dans sa serviette et ayant vérifié la présence du dériveur dans la baie, préféra nous quitter sur une déclaration quelque peu théâtrale.

— Je ne pourrai pas affronter le regard de ton père après une telle horreur. Ni celui de John, d'ailleurs, j'ai honte, honte pour moi, pour lui, pour eux, pour nous !

Elle partit, acceptant cependant nos embrassades et nos mots d'apaisement.

Béa et moi la regardâmes devenir toute petite petite au bout de la plage. Nous la vîmes prendre le chemin juste avant la pointe. Nous eûmes l'impression qu'elle se tournait vers nous avant de disparaître et nous faisait un gentil signe d'adieu. Mais avait-elle fait ce geste d'au revoir ou l'avions-nous imaginé pour nous rassurer sur son sort et surtout sur ce qu'elle pensait de nous, enfin de moi qui l'avais attirée dans un tel guet-apens ?

Pour être sincère, je ne regrettais rien, si ce n'est la terreur et la culpabilité de Charlotte. Béa, elle, avait récupéré et ne pensait comme moi qu'à une chose : commenter ce que nous venions de voir.

Très calmes, je veux dire, les yeux pétillant du spectacle auquel nous venions d'assister, nous pûmes enfin échanger nos impressions. Évidemment, nous nous confiâmes nos préférences sur les trois grands dadais, pas si maladroits que ça, qui s'étaient exposés à nos regards curieux et tombâmes d'accord sur la beauté de leurs corps mais surtout sur l'expérience qu'ils avaient de l'amour. Ils ne s'étaient pas précipités comme de jeunes chiens fous sur la « Proserpine-reine-de-la-pine », à laquelle nous venions de trouver ce nouveau surnom. Ce qui prouvait qu'ils n'étaient pas des débutants dans ce genre d'aventure.

Béa et moi regrettâmes que le malaise ou le mal-être de notre jeune copine nous eût empêchées de voir le deuxième acte et peut-être les actes suivants de la pièce que ces jeunes gens jouaient à l'heure même où nous confrontions nos sensations et nos souvenirs. Mais enfin, nous savions que nous reparlerions de tout ça, de la longueur des verges aperçues et de la terrible douleur que leur assaut pouvait créer en pénétrant dans un ventre de femme pour la première fois, ce qui était évidemment la grande question que nous nous posions sans cesse.

Mon père et John arrivaient. La mer était déjà assez descendue. Je pris un boudin en caoutchouc, tendis l'autre à Béa et nous allâmes, jeunes nymphes apparemment innocentes, à la rencontre du Vaurien qui accostait.

Le vent était tombé. Nos émotions aussi. Restait notre besoin d'aimer avec notre petit cœur que Béa (elle me l'apprit l'été suivant) et moi-même projetions sur mon grand cousin John.

L'avant du bateau était un amas de poissons dont certains frétillaient encore, la bouche ouverte, appelant de toutes leurs branchies l'oxygène répandu dans l'eau dont on les avait privés.

Mon père et John rayonnaient. Ils avaient pris de nouvelles couleurs en mer et leurs yeux brillaient des coups portés aux poissons qu'ils rapportaient.

Papa avait initié son neveu à la chasse sous-marine et lui avait montré comment attendre les bars en surface, caché derrière un rocher. Le cockpit en était plein. Il y avait aussi des mulets, de grosses vieilles multicolores, un congre, une araignée et quelques petits lieus. Une belle chasse !

Comme j'aimais voir mon père ainsi : heureux et fier. John ne l'était pas moins et caressait les poissons, les tournant et les retournant en répétant : « Ils sont trop beaux ! Il faut que je les dessine. » J'ignorais qu'il avait un talent de peintre mais John n'avait pas fini de me surprendre.

Mon père et mon cousin, après avoir disposé les boudins sous la coque montèrent le Vaurien en haut de la plage, avec Béa et moi qui le poussions au cul. Nous étions très fières de participer à cette action surtout quand nous entendîmes mon père et John nous remercier.

— Bravo, les moussaillonnes, vous nous avez donné un sacré coup de main ! Vous nous aidez aussi pour écailler et vider notre chasse miraculeuse ?

Il m'agaçait passablement, papa, quand il utilisait ce genre de phrases. Maman appelait cette façon de s'exprimer son côté « saint-sulpicien » ou encore « Rue de Rennes ». Je ne savais trop ce qu'elle voulait dire par là, mais enfin, je l'aimais, mon père, et étais heureuse de le voir fier de sa chasse et de ses commentaires en désignant l'endroit où la pointe de sa flèche avait atteint tel ou tel poisson.

Nous nous retrouvâmes sur la roche plate baptisée « le rocher aux poissons » et nous écaillâmes et vidâmes leurs prises. Béa suivait mes gestes par-dessous et tentait d'imiter mon savoir-faire.

Alors que nous nous affairions, nous vîmes passer sur le haut de la plage Proserpine encadrée par ses trois amants. John se redressa un instant, un mulet à la main. Il croisa mon regard, moi celui de Béa sans faire de commentaire. Était-il triste, mon grand cousin, d'avoir cessé de fréquenter celle qui l'avait dépucelé ? Je n'en suis pas si sûre. Il devait encore être rongé par la crainte d'avoir chopé une vilaine maladie. Il faut dire que j'avais tout fait pour qu'il en soit persuadé. C'est ainsi qu'en regardant passer sur MA plage Proserpine et les trois garçons, il devait rire sous cape en souhaitant qu'elle les ait contaminés. Pourtant il n'était pas un méchant homme. Seulement un adolescent qui était impatient de confier ses peurs à son frère aîné, tout jeune médecin, pour qu'il lui dise si oui ou non il était contaminé.

Comme on peut être garce à neuf ans ! Je parle de moi qui, par jalousie, avais insufflé le doute en lui.

— Et si Béa venait dîner et dormir chez nous, ce soir ? On va faire les bars au barbecue. Tu aimes le bar, Béa ?

J'aimais aussi mon père pour ces initiatives, ces invitations impromptues. Il savait accueillir nos amis et peut-être avait-il senti que nous avions, mon amie et moi des tas de choses à nous dire ce soir-là.

Je regardai Béa et l'encourageai à accepter.

— On pourrait passer par chez toi, maintenant pour demander la permission à ta mère ?

— C'est ça, les filles, allez-y mais rentrez avant la nuit qui tombe si vite à cette époque. Il commence à faire frais... John et moi remontons directement à la maison avec nos prises. À tout à l'heure.

C'est vrai que nous avions des tas de choses à nous dire et à commenter, ne serait-ce qu'échanger nos impressions sur la scène d'amour brut assez insensée que nous avions surprise. L'une et l'autre étions submergées par les images de ces membres de garçons

154

gonflés de désir. Mais, contrairement à notre amie Charlotte, nous étions plus intriguées que choquées par ce que nous avions vu.

Vingt ans après, je garde dans l'esprit les images très précises de cet après-midi d'été ô combien mémorable. Mais comment ne pas m'en souvenir ? D'autant que la fin de la soirée ne fut pas triste, elle non plus.

Béa et moi, après un détour chez ses parents, n'avions pas pris le temps de nous doucher avant le dîner. Aussi, est-ce après avoir entendu les récits exaltés des deux chasseurs sous-marins tout au long du repas que nous grimpâmes à l'étage pour leur échapper et nous retrouver seules.

La baignoire nous accueillit toute fumante de vapeur : un délice de nous retrouver toutes nues l'une en face de l'autre. Petits corps de nymphettes en liberté. Béa était brune et d'un an mon aînée. Il me semblait bien que ses mamelons avaient grossi depuis l'été dernier, mais je me gardais bien de le lui dire. Seulement, quand, une fois sorties de l'eau, nous nous regardâmes sans la moindre gêne, je me penchai vers son pubis et écarquillai les yeux en apercevant ce qui me semblait bien être un poil. Cette découverte me fit bafouiller.

— Mais qu'est... qu'est-ce que, que c'est que ça, Béa ?

Elle prit une attitude de star en continuant de passer et repasser sur son ventre sa serviette éponge. Elle regarda le point que je lui désignais avant de lâcher sur un ton qu'elle s'efforçait de rendre naturel mais qui ne l'était pas :

— Ça, mais Sophie, c'est un poil, enfin MON poil !
— Veinarde, va ! T'es sûre que t'en as qu'un ?

Elle joua les indifférentes.

— Oh, je crois, mais les autres ne vont pas tarder, regarde ce duvet !

Je me penchai et constatai qu'une infinité de petits,

155

tout petits points noirs émergeaient sur son pubis.
J'éclatai d'un rire quelque peu nerveux.

Ce soir-là, serrées l'une contre l'autre dans mon lit,
nous avons parlé des heures, échangeant nos impressions. Nous tombâmes d'accord sur trois points. Un,
que les trois grands gaillards de dix-huit ans que nous
avions vus à l'œuvre avec Proserpine n'en étaient sûrement pas à leur coup d'essai tant ils avaient gardé leur
calme. Deux, que ce n'étaient pas des voyous qui prenaient les filles à la va-vite. Trois, que dès demain
matin, nous appellerions Charlotte et tenterions de la
calmer et de la raisonner pour qu'elle ne lâche pas le
morceau, ni à son confesseur ni à ses parents.

Nous, ce soir-là, nous nous sommes tourné le dos,
nous donnant un grand coup de cul en déclarant l'une
et l'autre comme nous le faisions quand il nous arrivait
de dormir ensemble :

— Fesses contre fesses, dormons en paix !

CHAPITRE VI

*J'ai écrit jusqu'à deux heures du matin cette nuit-là
ce que vous venez de lire. Antoine, mon amant, mon
compagnon, épuisé par un voyage d'affaires à Madrid,
est parti se coucher avant moi. J'ai hâte de le rejoindre
mais surtout de savoir ce qu'il pensera de ces nouveaux
souvenirs de petite fille curieuse et qui, je le reconnais,
n'avait pas froid aux yeux. Avant de le rejoindre, je
dépose ce cahier dans la cuisine à côté de la cafe-
tière pour qu'il le remarque et l'emporte avec lui
au studio, comme il avait emporté mes précédents chapitres afin de trouver le moyen de les adapter à nos
amours d'adultes.*

*Il est d'une imagination débordante. Que me réser-
vera-t-il cette fois ? Quelle sera la ou les scènes que
j'avais décrites qui l'inspireront et comment nous les
fera-t-il rejouer ?*

*C'est ce que je me demande cette nuit-là en me glis-
sant nue dans notre lit. Il est couché sur le côté droit
et dort comme un enfant, le visage calme et détendu.
Je me couche derrière lui, sur le côté moi aussi. Je
presse mes seins contre son dos, encastre ses fesses
dans mon pubis et passe mon bras gauche au-dessus
de lui, je me saisis délicatement de sa verge et la tiens
ainsi au creux de ma main. Pour marquer ma posses-
sion ? Sans doute, mais aussi pour lui dire que je l'aime*

157

et que je suis reconnaissante de tout l'amour, de toutes les délicates attentions qu'il me prodigue sans cesse. J'aime m'endormir ainsi, collée à son corps musclé dont j'adore le parfum sui generis un peu sucré et qu'il m'est si doux d'embrasser et lécher. Parfois, au beau milieu de la nuit, je sens son membre grandir dans ma paume. Dans mon demi-sommeil, je l'encourage et suis charmée de le faire devenir si long, si ferme et si gros. Je le lâche un instant pour rouler sur le côté et lui présenter mes fesses. Il bascule à son tour contre mon dos, son sexe bien tendu me cherchant. Mais ne vous ai-je pas déjà confié nos petits secrets d'alcôve ? Si, je le crois bien mais j'aime tellement ces instants de tendresse nocturne que je ne me lasse pas de les évoquer tant ils nourrissent aussi mes journées quand nous sommes séparés, loin l'un de l'autre. Ainsi, tant pis si je me répète : lors de ces érections soudaines qui nous rapprochent encore, il ne me fait pas l'amour mais se contente de se ficher en moi, bien au fond, de donner quelques mouvements du bassin pour s'y installer et de ne plus bouger. Et nous nous rendormons ainsi, soudés l'un à l'autre, proches, si proches !

C'est ce qui se passe cette nuit encore. Il me prend dans mon sommeil et ne bouge plus. Il a passé son bras droit au-dessus de moi et m'a emprisonné un sein qu'il ne lâche plus. Cette fois, je ne puis retrouver le sommeil comme à mon habitude. J'ai tant regretté de le voir aller se coucher sans moi, que je ne veux plus le laisser s'échapper. Je commence à remuer doucement les fesses, d'avant en arrière et leur fais exercer un léger mouvement circulaire. Je m'arrête quelques instants pour lancer des messages à sa queue en la serrant à plusieurs reprises de mes muscles vaginaux, ceux que mon Antoine appelle joliment « tes anneaux d'amour ». Lui continue de dormir derrière moi, toujours bien long, bien dur en moi. Comprenant qu'il a besoin de ce sommeil réparateur, je le laisse dormir et autorise *ma main à glisser vers mon ventre pour dire bonjour à mon clitoris qui aussitôt tressaille. Mes doigts entrouvrent mes lèvres, s'y attardent un bon moment avant de vérifier en la caressant que la bite de mon amour amant est toujours là ferme au poste. Je prends dans ma paume ses boules avec précaution. Alors, rassurée par cette présence dans mon dos, je ne bouge plus et m'occupe exclusivement de mon petit bouton d'amour. Comme il s'émeut sous les pressions et les frottements de mon médium ! Je le pince aussi et finis, lorsque je sens l'orgasme venir, par lui imprimer des petites caresses circulaires de plus en plus pesantes, de plus en plus rapides. Et je jouis en étouffant un cri de bonheur. Dans son sommeil, Antoine a-t-il fait un rêve érotique dont je serais exclue ? Voilà qui me chagrinerait et même, disons-le sans fausse modestie, cela m'étonnerait. Cependant, au moment où mon corps arrive à l'apogée de sa jouissance, je l'entends soupirer d'aise et ses lèvres m'embrasser l'épaule en ronronnant.*

Ainsi se passaient ces nuits que nous nommions « nos nuits sages » en regard de « nos folles nuits » qui nous demandaient bien davantage d'imagination et des plaisirs que je trouvais parfois un peu trop compliqués. Pourtant, je n'allais pas regretter ces jeux à deux ou à plusieurs qui me faisaient connaître une exaltation sauvage, débridée, amorale car dépourvue le plus souvent de tendresse hormis celle que je portais à mon Tonio et qu'il me rendait bien. Mais j'aurai sans doute l'occasion de conter nos nouveaux exploits amoureux très bientôt car Antoine, j'en étais sûre, allait faire de son mieux pour mettre en scène une pièce digne de mon passé de gamine à la mer et à la campagne.

*

Cela fait trois jours que je vois Antoine déambuler avec mon cahier sous le bras, l'ouvrir, l'annoter à tout moment, me jetant par-dessous des regards rigolards et sensuels. Qu'est-il donc en train de concocter ? Je repasse dans mon esprit les différentes scènes champêtres ou de plage que j'ai évoquées. Laquelle, lesquelles va-t-il choisir et comment compte-t-il les illustrer ? Je ne vais pas tarder à le savoir car, ce matin, après avoir pris un grand bol de café très noir, il m'a embrassée, m'a caressé les fesses sous mon peignoir et m'a lancé un regard brillant de convoitise et de lubricité. Il me prévient d'ailleurs :

— C'est pour ce soir, c'est pour ce soir, le grand soir ! Ça va être très chaud, crois-moi ! J'espère surtout que tu apprécieras. Nous serons plusieurs, six très exactement. Il y en a deux, un très jeune homme et une très jeune fille que tu ne connais pas et un troisième larron, un nouveau, super viril, tu verras. Et à dire vrai, moi non plus je ne le connais pas. Ils m'ont été « recommandés » par de amis dignes de confiance. Ne t'en fais pas pour le souper, je suis passé chez un traiteur qui nous livrera à partir de dix-huit heures. Tout ce que je te demande, c'est de revêtir, pour le premier acte, un tee-shirt assez lâche pour qu'on puisse voir tes seins libres par le côté, une culotte en cotonnade blanche bien couvrante, une jupe courte en toile de jean bleue sous laquelle tes jambes seront nues et des sandales genre spartiates. Pas le moindre maquillage. Tu seras une petite fille « écrue » qui peut-être se fera manger toute crue !

Il était parti me laissant quelque peu abasourdie avec mes questions sans réponses et le trouble que la surprise créait en moi.

Je passai ma journée à fleurir notre salon boudoir, la salle à manger attenante où je dressai la table, notre immense chambre et la salle de bains.

Sur la commode où je rangeais une partie de mes dessous, je trouvai un premier mot qui, pour une autre, aurait été énigmatique mais qui, pour moi, était d'une limpidité cristalline. Il y était écrit : « Tirer les lits de secours de chaque côté du nôtre et préparer l'ensemble. » Ce qui signifiait que nous allions à un moment donné de la soirée nous ébattre à plusieurs sur cet ensemble moelleux.

Alors que je tirais les sommiers à roulettes et les mettais au niveau du lit central, je sentis un délicieux pincement au sexe. Il faut dire que je n'avais pas fait l'amour depuis quarante-huit heures. Une éternité ! Antoine, avant les grandes fêtes sexuelles qu'il organisait, voulait que nous soyons sevrées d'amour pendant deux jours et deux nuits afin d'être en manque de plaisir le jour venu et voulu.

Sur ma coiffeuse de la salle de bains, je trouvai un autre message : « Prévoir et disposer devant la baignoire le paravent à judas et disposer des chaises face à chacun des orifices, côté chambre. »

Dans plusieurs endroits de notre maison, je découvris des petits papiers m'indiquant les décors à dresser, les tenues à préparer. Dans le gymnase, je vis que, dans le vestiaire, Antoine avait préparé, à l'aide de quelques panneaux, un endroit clos sur la porte duquel était inscrit : « ÉTABLE ». J'y pénétrai. Une cordelette sortait d'un rideau, accrochée vraisemblablement à un anneau fixé sur le mur à un mètre vingt du sol. Je me saisis de ce bout de chanvre et le regardai, intriguée. Au bout libre de la corde, à un mètre environ en arrière, il y avait un grand tub vide à même le sol.

J'avoue que j'étais perplexe. Perplexe mais d'une curiosité qui me rappelait celle de mon enfance quand me tenaillait l'espoir de savoir, de découvrir de nouvelles choses sur la sexualité des animaux, humains ou non...

La journée se passa ainsi à obéir aux ordres écrits d'Antoine, mon metteur en scène, et à préparer notre demeure en conséquence.

Je mis la table selon ses indications : coupes de champagne, couverts à huîtres, rince-doigts, et préparai sur une desserte toutes les assiettes et couverts nécessaires au menu arrangé et commandé par mon maître et seigneur. Antoine comme moi, d'ailleurs, n'aimions pas briser l'ambiance chaleureuse, sensuelle et le climat consensuel (quel joli mot !) d'un repas, par des allées et venues aux cuisines, gênantes pour tous les hôtes. Il est vrai que ce soir, mais je l'ignorais avant qu'Antoine ne me la présentât, il avait engagé une soubrette à tout faire, le service à table, sous la table et sur la table comme nous le verrons bientôt.

À partir de dix-huit heures, les traiteurs déposèrent leurs victuailles, spiritueux et vins de toutes sortes. Je disposai ces nourritures terrestres au mieux en attendant nos invités dans la tenue de petite minette que m'avait conseillé de passer Antoine, l'ordonnateur en chef.

Ils déboulèrent à vingt heures précises dans deux voitures, s'annonçant par de grands coups d'avertisseurs

Ils étaient tous radieux. J'ouvris en grand la porte-fenêtre de la salle à manger qui donnait sur ce bout de jardin de banlieue que nous appelions pompeusement « le parc » et lançai mes bras écartés en V et tendus vers le ciel pour leur dire qu'ils étaient les bienvenus.

Je dois dire que ma surprise fut totale. Je ne m'attendais pas à voir ces connus et inconnus débarquer. Mais les uns et les autres me plurent au premier coup d'œil et à leurs premiers sourires. Et tout d'abord, ma belle, ma si chère Marianne que je n'avais pas revue depuis notre folle nuit avec Antoine où je m'étais retrouvée en haut d'une échelle avant d'entrer moi aussi dans la danse des corps. Elle lâcha ses paquets pour se précipiter dans mes bras et m'embrasser sur les lèvres, sans la moindre retenue. Comme je l'aimais ! et comme Antoine avait eu raison de l'inviter ce soir !

Derrière elle, il y avait un jeune, très jeune couple que je ne connaissais pas. Ils ne semblaient pas avoir plus de dix-huit ans.

Antoine posa une main paternelle sur l'épaule du garçon et me l'offrit.

— Je te présente John...

— Comment ?

— Je répète : je te présente John. Il est américain et suit des cours de théâtre à Paris. Tu peux l'appeler « mon cousin », il est au courant du rôle que je lui ai imparti.

Je commençai à comprendre... Ainsi, ce beau et grand garçon très blond allait prendre la place du grand cousin de mes jeunes années. De celui dont j'étais tombée amoureuse l'été de mes neuf ans.

— Et puis voici son amie américaine Mary-Angel. Elle aussi est comédienne et n'a pas froid aux yeux, ni ailleurs... On peut la surnommer Proserpine, elle n'y verra aucun inconvénient. Elle est prévenue et consentante bien entendu. Elle nous servira aussi de soubrette à tout faire.

Je les regardai tous les deux avec une certaine émotion. Comme ils étaient jeunes ! C'est vrai qu'ils me rappelaient la Proserpine de mon enfance bretonne et mon cousin John qu'elle avait dépucelé sous mes yeux de gamine, vingt ans auparavant. Décidément, mon Antoine avait un talent diabolique. Mais qui était le dernier personnage, ce garçon trapu et puissant qui s'avançait vers moi en me tendant la main ?

Marianne s'approcha de lui en ondulant, posa sans la moindre gêne une main sur la braguette de cet homme de trente-cinq ans. Il avait la chevelure très noire et des sourcils épais dont les arcs se rejoignaient, ne laissant aucun espace de peau glabre entre ses deux yeux. Marianne lui flatta les fesses comme elle l'aurait fait en claquant la croupe d'un étalon et s'adressa à moi tout enjouée :

— *Et voici « L'homme-aux-sourcils-de-loup » ! Mais celui-ci n'est pas un homo homini lupus. Il n'est un loup que pour les femmes. Mais un loup doux comme son regard et vigoureux comme l'est son corps de faune. Ce soir, Sophie, je te le prête. Tu me le rendras ?*

L'homme loup se pencha vers moi, me saisit la main, la baisa et, me fixant avec son regard où férocité et douceur se mêlaient d'une bien étrange façon et me parla d'une voix sourde et feutrée qui me fit frissonner.

— *Vous êtes belle et je vous désire déjà ardemment.*

Mon Dieu, comme cette soirée s'annonçait bien ! D'autant que mon Antoine vint me prendre à la taille et s'extasia sur les décors et la préparation du repas que j'avais agencés. Il nous entraîna tous dans le salon boudoir et nous servit un cocktail redoutable à base de vodka dans lequel il avait râpé du gingembre et dilué, il me l'a avoué au petit matin, des plantes africaines. Un élixir à réveiller les vivants les plus ramollis. Cet « auxiliaires de vît » comme il l'appelait avait sur les femmes, comme sur les hommes, des effets stimulant la libido, ce dont nous n'avions pas besoin à nos âges, mais rendait aussi euphorique. La mixture agit très vite et nous nous retrouvâmes tous dans un état de folle décontraction. On se regardait tous les six comme si nous nous connaissions de longue date. John, le jeune Américain censé jouer le rôle de mon cousin anglais s'était mis à mes genoux et tentait de relever ma jupe de jean très haut sur mes cuisses dans l'espoir d'apercevoir ma minette. Comme il était pressé ! Il avait certes l'excuse de sa jeunesse mais il ne fallait pas qu'il aille trop vite en besogne. Qui plus est en se montrant si audacieux, il ne jouait pas son rôle. Dans le scénario que n'avait pas manqué de lui soumettre Antoine, c'était moi, la petite fille perverse, qui me montrai provocante. Lui devait me repousser et être offusqué par mes assauts. Qu'on se souvienne des retenues pudiques et dignes de mon cousin !

Cela dit, ce soir, il fut vite convenu entre Antoine et moi que je pourrais m'occuper pleinement de ce garçon puisque nous étions adultes et qu'il céderait assez vite à mes injonctions.

L'homme-aux-sourcils-de-loup s'était placé entre Marianne et la toute jeune fille rebaptisée Mary-Angel ou Proserpine. Il buvait et faisait boire à ses voisines coupe sur coupe dans le même temps qu'il les embrassait et les caressait sans retenue.

Antoine, durant ces prémices, était parti je ne sais où, sans doute mettre la dernière main à un plan qui devait constituer le premier acte de notre soirée. Il revint alors que nous commencions sans en être priés une partie qui s'annonçait chaude. Il fut très mécontent ou du moins fit semblant de l'être et éleva la voix en frappant dans ses mains.

— Mais qu'est-ce que je vois là ? Bande de petits salopards ! De quel droit avez-vous commencé sans que je vous en aie donné l'ordre ? Vous ne respectez pas le scénario. Je vais tous vous faire virer par le producteur ! Allez, à l'étable, bande de veaux ! Et que ça saute ! Sans pour autant qu'on se saute avant que je ne crie « moteur » !

En nous retenant de rire nous suivons Antoine, descendons au sous-sol, débouchons dans le gymnase. Les deux jeunes gens et l'homme-aux-sourcils-de-loup qui viennent chez nous pour la première fois écarquillent les yeux. Il est vrai qu'on ne s'attend pas à trouver dans un pavillon tel que le nôtre, assez modeste vu de l'extérieur, une telle installation de cinq mètres de haut sous plafond et en sous-sol.

Antoine, script à la main, joue les metteurs en scène et nous dispose dans l'ordre prévu par son découpage technique. Nous voici donc tenant un bout de corde qui sort de la croupe d'une vache qu'il avait dessinée sur un contreplaqué caché jusque-là par un rideau.

Chacun prend sa place en pouffant sous les ordres de notre patron et je me retrouve la dernière, en bout de corde, avec devant, à trente centimètres, les fesses du jeune Américain dont je vois les muscles bouger et se nouer sous son pantalon de lin blanc. Oui, Antoine a bien fait les choses. Pas besoin de faire un réel effort pour me revoir, vingt ans plus tôt en Bretagne accrochée à une corde comme celle-ci et aidant de mes maigres forces à extirper un veau du ventre de sa mère.

Antoine, reprenant les mots de Bertrand, le valet de ferme de ma jeunesse, nous exhorte à l'effort.

— Tirez, mais tirez donc, on va le sortir de là ce viau, et vivant encore !

Hurlant de rire, nous tirons, conscients du ridicule de la situation. Nous tirons et je fixe les fesses de MON JOHN *que j'ai envie de toucher, de palper, de pincer aussi, de voir surtout. Le John d'aujourd'hui a-t-il les mêmes poils blonds et frisés que ceux de mon jeune cousin ? Je pense que je ne vais pas tarder à le savoir. Pour confirmer ce que je pense, la corde sur laquelle nous tirons, se casse et nous tombons les uns sur les autres en poussant des cris de surprise amusée. Moi qui suis en bout de course et John qui me précède tombons les fesses dans une matière brunâtre qu'Antoine a déversée dans le tub pendant l'apéritif. John et moi en sommes recouverts. Les autres non. Je prends le risque de goûter d'un doigt prudent porté à ma bouche cette pâte curieuse : c'est du chocolat ! Une crème onctueuse et assez agréable, ma foi, au palais. C'était donc ce que contenaient ces grands fûts métalliques destinés sans doute à des cantines : du chocolat qui voudrait évoquer le purin dans lequel nous avions chu, mon grand cousin et moi ! Mon cavalier en chocolat m'aide à me relever. Les autres nous contemplent en se poussant du coude, hilares. Nous sommes les seuls à être tombés dans ce bain au cacao.*

Marianne, en se retenant de ne pas exploser à nouveau de rire, relit son script et prend la voix qui se veut autoritaire d'une mère de famille :

— Sophie et John, allez vite prendre un bain pendant que je prépare le repas ! Et frottez-vous bien l'un l'autre pour retirer cette infâme odeur de purin.

Sans attendre un contre-ordre, j'attrape la main du jeune comédien et l'entraîne vers la salle de bains, suivie de près par tous les autres. Je les sens déjà excités par la scène qu'ils ont lue sur leur découpage et qu'ils vont voir « en vrai ». Je ne suis pas moins troublée. J'ai hâte de me mettre nue devant eux et surtout de découvrir le corps de ce bel adolescent.

Nous nous retrouvons dans notre salle d'eau et je traîne « mon » cousin vers la baignoire dont j'ouvre en grand les robinets. Antoine, lui, dispose nos hôtes derrière le paravent que j'ai disposé. Chacun peut nous voir sans que nous le voyions grâce à son judas.

J'apostrophe le jeune Américain qui, jouant son rôle à la perfection, semble gêné de la situation et tente de m'échapper.

— Alors, on y va, John ? On se dépoile ?

Avec fébrilité j'arrache mon tee-shirt que j'envoie valser au-dessus du paravent et me plante devant lui, les poings sur les hanches, ma poitrine en avant. Un « oh » admiratif et flatteur s'élève derrière la fine cloison de bois du paravent. John, lui, fixe ces seins nouveaux et disponibles, feignant de ne leur accorder aucun intérêt, de ne laisser paraître sur son visage qu'une indifférence teintée de dégoût.

Un coup d'œil à l'énorme bosse de son pantalon révèle sa convoitise, ce qui me rassure. Il a, jusqu'ici, si bien tenu son rôle qu'un instant j'ai douté de mes charmes. Une sensation très désagréable heureusement vite dissipée.

Je m'approche de lui et déboutonne sa chemise, découvrant un torse aux pectoraux développés et aux

167

poils frisés et blonds. Je n'ai qu'une envie : caresser ces épaules larges et ces tétins rose pâle. Mais je n'en ai pas encore le droit. Je dois jouer une petite fille face à un grand garçon emprunté qui se laisse faire bien à contrecœur.

En exposant ce buste, je pense à la petite copine qui, de derrière le panneau, voit une autre femme qu'elle dévêtir son amant. Que peut-elle ressentir ? Elle est si jeune !

Un coup d'œil au grand miroir ovale de ma coiffeuse me rassure sur ce point. Antoine l'a orienté de telle sorte que je puis à mon tour découvrir ce qui se passe derrière le paravent. Et la pièce qui s'y joue n'est pas triste. Les partenaires suivent notre effeuillage et en imitent entre eux les étapes. C'est ainsi que je les découvre tous quatre torse nu. Ce spectacle me fait frémir d'aise et m'incite à ôter ma jupe pour apparaître prise dans une culotte blanche et très couvrante.

Je prends John à la taille, le fais pivoter pour qu'il tourne le dos à mes amis, ce qui me permet de les apercevoir dans le miroir tout en m'occupant de déshabiller mon jeune comparse. Il a quelques réticences quand je défais son ceinturon. Je me mets à genoux devant lui et brûle de voir quelle « tête » a sa bite.

— Allons, John, tu ne vas garder un pantalon aussi sale sur toi ! C'est dégoûtant ! Laisse-moi faire et ne sois pas si timide. Nous sommes en famille, non ?

Je le déboutonne, gênée dans mon déshabillage par cette bosse qui grossit sans cesse et, tout d'un coup, je baisse son pantalon, lui fais passer ses chevilles et l'envoie rejoindre nos vêtements à trois mètres de là.

Je demeure agenouillée devant lui. Sa verge ne se contente plus de gonfler son caleçon, elle semble vouloir le transpercer pour se frayer un passage vers mes lèvres. Cependant, quand je pose mes mains sur ses hanches et saisis son sous-vêtement, il fait un bond en arrière et s'écarte de moi.

— Tu es folle, Sophie ! Tu ne crois pas sérieusement que je vais me mettre nu devant toi ? Tu n'es qu'une *sly little girl* !

— Mais c'est maman qui nous l'a demandé. Tiens, regarde-moi, je te choque ? Ou alors, tu me trouves moche, je ne te plais pas ?

Ce disant, je descends tout doucement ma culotte, la retire et tourne sur moi-même pour lui faire découvrir tantôt ma croupe que je cambre, tantôt ma chatte que je caresse d'une main distraite.

John détourne le regard, passe à côté de moi sans me voir et quitte les lieux d'une démarche décidée tout en s'offusquant.

— Tu me préviendras quand tu auras fini ta toilette et que la place sera libre !

*

Dans mon souvenir, et ma mémoire est bonne, il y eut un moment de répit. Je suivis John des yeux alors qu'il faisait sa sortie de la salle de bains et pris l'air déçu d'une courtisane éconduite.

Peut-être est-ce pour me donner l'occasion de souffler qu'aujourd'hui en évoquant cette folle nuit, j'ai envie de la raconter au passé. Mais qui sait ? quand j'aurai envie et besoin de revivre avec plus d'intensité encore cette action dans le présent, je changerai bientôt de mode.

Cette respiration dans l'acte que nous jouions me permit de me pencher vers l'eau de la baignoire, pour contrôler sa température. Ainsi je présentai mes fesses à mes hôtes et pris soin d'écarter un peu les jambes pour que ces voyeurs puissent bien entrapercevoir mon sexe.

Je me glissai dans le bain et choisis de me mettre face à la porte, ce qui me permettait de découvrir dans le miroir Marianne et Mary-Angel entièrement nues et

169

Antoine et l'autre homme en caleçon. Ils tournaient le dos résolument à ces femmes trop tentantes car ils n'avaient pas le droit de les toucher avant que je ne touche mon John. De loin, Dieu que cette Proserpine semblait avoir un joli cul et que le loup paraissait velu !

Je m'assis dans le bain et me mis à crier, à supplier John de venir me porter secours en prenant la voix d'une petite fille.

— John, je t'en supplie, viens me frotter le dos, j'y arrive pas !

De derrière le paravent, la voix de Marianne s'éleva, innocente mais persuasive.

— Allons, John, je crois que Sophie a besoin de toi, sois chic, donne-lui donc un coup de main !

Mon « cousin » lui répondit d'une voix molle :

— Oui, ma tante, j'y vais.

Il entra dans la salle de bains, portant le même caleçon qui cependant révélait une érection descendante. Je me levai aussitôt, lui présentant mon dos et lui tendis une grosse éponge plus rêche que douce, comme je les aime.

— Tu veux bien me frotter les reins, je n'y réussis pas.

Il se saisit de l'éponge et commença à me frotter le dos entre les omoplates.

— Plus bas, John, plus bas.

Il s'enhardit et me savonna la taille puis le haut des fesses. En regardant légèrement en arrière, je vis que son caleçon était à nouveau tendu, prêt à craquer. Dans le miroir, ces messieurs s'autorisaient à suivre la progression de John en caressant ces dames à cru à l'aide eux aussi d'une éponge. Et comme moi, elles bougeaient du cul, se cambraient et lâchaient des petits soupirs, comme je le faisais désormais.

— Dans la raie, John, dans la raie. Oui là... N'aie pas peur. La grosse bête ne va pas te manger !

Alors que je sentais sa main remplacer l'éponge dans l'intimité de mon périnée, je sus qu'il n'était plus en mesure de résister. Je me retournai brusquement et lui baissai son sous-vêtement. Son sexe arrogant, très long se plaquait avec fermeté sur son ventre, atteignant le nombril. Et c'est en empoignant ce sexe et en le dirigeant que je le fis monter avec moi dans la baignoire où j'entrepris de le laver à mon tour. Mais le débarbouillage du torse et du dos ne dura pas longtemps. Je le fis mettre à genoux devant moi dans l'eau et ne pus résister bien longtemps au bonheur de m'emparer de son sexe et de ses testicules, de les laver avec conscience, de les flatter avec volupté et leur prodiguer la tendresse et l'émotion dont s'accompagnait mon désir. Je n'oubliai certes pas de lui montrer tout le respect et l'intérêt que je portais à ses fesses.

Brusquement, sans crier gare, je n'y tins plus et engloutis avec voracité sa pine de jeune homme. Comme il était beau, comme il était jeune et ferme ! J'ouvris un instant les yeux pour lui rendre son regard car je me répète encore mais je ne dirai et ne redirai jamais assez, pour l'instruction des jeunes générations, qu'une fellation digne de ce nom se fait autant avec les yeux qui guettent les réactions du pompé, qu'avec les lèvres. Du même coup, j'aperçus dans le miroir de ma coiffeuse Marianne suçant joyeusement le pénis très sombre se dressant dans un fouillis de poils noirs du ventre de l'homme loup, alors qu'Antoine, qui s'en étonnerait ? regardait avec ravissement la toute jeune fille lécher avec conscience et apparemment plaisir sa grande et belle verge que j'aimais tant. Il semblait en extase. Pourtant c'est lui qui, s'arrachant courageusement aux lèvres de sa partenaire, frappa à nouveau dans ses mains pour interrompre le déroulement et interdire l'aboutissement explosif de cette scène qui nous plaisait trop.

— *Stop, stop, stop ! Restons sur notre faim avant de passer à table. Le feu d'artifice sera pour plus tard. À défaut de raison, sachons orgasmes garder. Enfilons, pardon, revêtons les tenues indiquées sur le script et retrouvons-nous, dès que possible, à la salle à manger.*

Notre chambre mais aussi le salon boudoir et les douches du sous-sol étaient transformées en vestiaires où chacun pouvait ainsi se préparer avec discrétion et sans révéler à son voisin ou voisine les sous-vêtements, dentelles et falbalas qui allaient pimenter cette nuit.

Nous quittâmes à regret, moi le sexe de John, Marianne celui de son loup, Mary Angel celui de MON *homme et nous égaillâmes dans toutes les directions.*

*

Qu'elle était donc belle, ma Marianne, dans cette robe fourreau en dentelle noire qui lui prenait le corps de telle sorte qu'on pouvait en imaginer les courbes et les contours. Ses seins paraissaient plus forts que dans mon souvenir et sa taille plus fine encore que dans le tailleur très sobre qu'elle portait à la soirée de nos premières amours. Des talons aiguilles donnaient à ses jambes un galbe avantageux et au moindre pas qu'elle faisait, ses fesses bougeaient dures et si pommelées qu'on avait envie d'y porter la main pour vérifier qu'il s'agissait bien de chair et non de je ne sais quelle carapace prothétique mise là en trompe-l'œil. Sa robe était audacieusement échancrée jusqu'au nombril, si bien qu'on pouvait voir et admirer la transparence désirable de sa peau. Ses seins ne semblaient retenus par aucun soutien-gorge ou autre système secret, ce qui sous-entendait, mais je le savais déjà, que sa poitrine « tenait toute seule » comme on le dit parfois un peu vulgairement. Son ventre plat et dur, sa taille que je pouvais, me semblait-il, enserrer de mes mains mises en arcs de cercle, étaient aussi des lieux géographiques de son

172

anatomie si admirables et tentants qu'au premier regard et encore davantage au centième, on avait envie d'en explorer les moindres recoins. De nos doigts, de nos yeux, de nos lèvres. Un seul accroc choquait un peu dans sa tenue, mais cela était sans doute voulu afin qu'on la convoite encore davantage, c'était le léger renflement que formaient ses jarretelles assez haut vers la hanche et que l'on devinait sous le tissu ajouré et serré de la robe collante. Aussitôt, on n'avait qu'une idée en tête et qui devenait obsédante si on la laissait voguer : de quelle couleur étaient donc ses dessous ? Portait-elle une culotte ou sa touffe épaisse, bouclée et noire, était-elle à l'air libre si je puis dire ? Dieu que j'avais envie d'aller en voir et savoir davantage en soulevant jusqu'à ses épaules ce tissu léger qui me cachait tant de peau aimée ! Bien sûr c'est sur son visage que notre regard prenait plaisir à s'attarder puis à le quitter pour mieux y revenir. Car qu'est donc le galbe d'une jambe, la rondeur d'un sein, la chaleur humide et chatoyante d'un sexe féminin ou la fermeté d'une fesse si toutes ces merveilles ne sont pas éclaboussées de lumière par un visage avenant, intelligent « parlant » ? La plastique d'un corps « de déesse », pour reprendre une expression qui sous-entend une perfection divine, est-elle envisageable sans l'âme que lui confèrent des yeux, une bouche, le volume d'une joue ?

Ton visage, ma tendre Marianne, puisque c'est de toi dont je parle, affiche le bonheur. Ton sourire est « intelligent » mais plein de charme aussi. J'aime quand tu froisses ton joli nez et que tes yeux très noirs se ferment à demi. Mais j'ai déjà fait ton portrait lors de nos premières amours. Laisse-moi donc parler de cette jeune comédienne dont je n'ai aperçu la nudité que de loin et à travers un miroir. Je n'ai remarqué que ses fesses pommelées, rebondies et évidemment fermes. Comment ne les aurait-on pas ainsi à dix-huit ans ? Ce que je viens d'affirmer est une stupidité et je m'en excuse. Toutes les filles de cet âge n'ont pas la chance, je dis bien la chance d'avoir un postérieur de mannequin. D'aucunes l'ont gros et flasque, d'autres sans caractère, inexistant et mou. Je les rassure tout de suite, je suis certaine qu'elles suppléent par leurs talents, leurs charmes à ce handicap auquel elles ne peuvent pas grand-chose. Ce n'est cependant pas une raison pour que je décrive une Proserpine au fessier imparfait alors que le sien est un ravissement. Un cul somptueux que je vois onduler, ondoyer entre nous, nu et provocateur sous un tablier blanc de soubrette. On se croirait dans un film cochon tourné il y a bien long-temps quand on ne parlait pas encore de cinéma porno. Ou dans des cartoons soi-disant humoristiques de vieux dessinateurs fatigués.

La soubrette accorte circulait entre nous, portant sur un plateau d'argent des coupes contenant un breu-vage que nous ignorions. Tous et toutes, quand elle passait à côté de nous, flattions d'une petite tape ami-cale ou d'une main qui s'attardait sa croupe de jeune animal. Elle nous répondait par un sourire en nous invitant d'un regard à considérer aussi ses seins qui jaillissaient d'un justaucorps dentelé de noir. Nous y portions la main, elle nous répondait par un sourire canaille. Délicieuse petite Proserpine, où donc avais-tu été élevée ? Qui t'avait appris à te montrer si agui-chante sans être garce, si délurée sans le vouloir, en un mot si désirable ?

Que dire de nos partenaires mâles ? Que dire de leur accoutrement, de leur dégaine et autres déguise-ments ? L'homme-aux-sourcils-de-loup avait gardé la même tenue, costar sombre comme sa peau, chemise blanche ouverte sur la toison drue de son poitrail. Mon Antoine avait mis pour ce repas son smoking des grands soirs avec sa chemise à jabot. Est-ce pour rappeler qu'il portait cette même tenue lors de notre soirée à

174

trois, Marianne, lui et moi ? Est-ce aussi pour rendre hommage à notre amie qu'il avait décidé que j'enfilerai ce soir à même le corps et sans le moindre artifice, la robe noire et fendue jusqu'à la taille que je portais alors ? Il ne m'avait pas interdit de me farder. Aussi y avais-je pris grand soin. Bien sûr, j'avais soigné mon regard de blonde aux yeux marron clair en appliquant un beige pâle sur mes paupières. Je m'étais fait les joues plus rouges qu'elles ne le sont au naturel. J'avais fardé en bleu les aréoles roses de mes seins mais en carmin mes tétins afin de les rendre encore plus provocants. Ce maquillage m'avait d'ailleurs fort excitée et mes seins étaient devenus durs alors que je les fardais ainsi. Mais c'est la décoration de mon sexe et de mon petit trou qui me prit le plus de temps. Antoine avait écrit concernant le premier : « ton sexe, grandes, petites lèvres, clitoris et entrée du vagin seront enduits d'un rouge à lèvres assez gras et vermillon, ton anus sera du même bleu que celui ayant servi pour tes aréoles. N'hésite pas à déborder, je veux dire à faire un cercle plus grand que celui dessiné naturellement par l'ensemble de tes plis et replis. »

Cette opération ne m'avait pas laissée indifférente et j'avais dû m'y reprendre à deux fois car le jus qui m'inondait brouillait les couleurs. C'est dans la salle de bain, un pied sur un tabouret que j'effectuais ces audacieux maquillages. J'aurais bien volontiers fait appel à l'aide de Marianne pour réussir ce travail délicat, mais cela m'était rigoureusement interdit par mon Antoine, le metteur en scène de cette soirée assez spéciale : « Tu ne devras avoir recours à personne, tu m'entends bien, personne pour réaliser ces maquillages. Il faut que la surprise de nos hôtes soit totale quand ils te mettront nue. »

Juchée sur mon tabouret, une jambe en l'air, je me servis donc d'un miroir que je tenais sous moi de la main gauche pendant que la droite barbouillait sexe et *petit trou. Le résultat était spectaculaire. Jamais je ne m'étais sentie aussi provocante : une lionne blonde.*

Une émotion douce et subtile m'envahissait alors que je me promenais ainsi fardée parmi nos invités. Marianne avait-elle été mise au courant par Antoine de la « peinture » de mon intimité ? Non, c'était impossible, il n'avait pu trahir ce secret qui jusqu'alors n'appartenait qu'à nous deux. C'est pourtant la question que je m'étais posée quand Marianne en me voyant entrer dans le salon était venue aussitôt vers moi pour m'embrasser sur les lèvres et me murmurer très vite : « Tu es outrageusement belle, je t'aime Sophie, j'ai envie de t'avoir nue contre moi. » Il est vrai que tous les autres avaient applaudi mon entrée. Une standing ovation en quelque sorte. Je les avais remerciés d'un sourire. Émanait-il de moi une sensualité décuplée par le fard de mes seins, de mon sexe et de son trou voisin ?

Nous passâmes à table. Antoine et moi-même présidions. À ma droite j'avais placé l'homme aux yeux de loup, à ma gauche mon petit John à la grande queue. En face de moi, Antoine avait d'un côté Marianne, de l'autre Mary-Angel, alias Proserpine. Seulement, comme nous le verrons, notre soubrette ne serait pas inamovible. Bien au contraire, elle aurait pour mission de quitter bien souvent sa place pour exécuter les ordres du maître de maison. Curieuse assistante, troublante situation.

Très homme du monde, Antoine porta un toast en mon honneur.

— Nous sommes réunis ce soir, chers amis, pour fêter et reproduire entre adultes, des scènes champêtres ou d'alcôve auxquelles notre hôtesse a assisté et qui l'avaient troublée quand elle était enfant. Elle n'avait que neuf ans alors. Il lui était donc interdit, et heureusement pour elle, de mettre en pratique ce qu'elle imaginait ou rêvait. Aujourd'hui, nous sommes réunis pour

actualiser, vivre et enjoliver entre adultes une partie de ses souvenirs. À ta belle santé, Sophie, mon amour !

Antoine leva sa coupe. J'allai l'embrasser sur et au plus profond de ses lèvres pour le remercier de son speech et de l'organisation de cette fête. Tous nous imitèrent, mêlant dans la bouche du voisin le contenu de leur coupe. C'est ainsi que Marianne chercha et trouva vite les lèvres de John et que, de l'autre côté de la table, en face d'eux, l'homme aux yeux de loup faisait de même avec notre soubrette qui frétillait du cul sur sa chaise, ce qui incita son voisin à y aller fourrer sa main pour une consultation rapide.

Je regagnai ma place, frôlant Marianne qui me caressa les fesses au passage. Le dîner commença par un magnifique plateau de fruits de mer. Antoine, qui n'était jamais à court d'idées, inventa ce qu'il appela « le baiser de l'ostréiculteur » et nous l'expliqua.

— Une huître m'a toujours fait penser à un sexe de femme. Elle en a les mystères. Sans doute est-ce pour ça que j'aime tant les gober. Je vous propose de créer ce soir un jeu que nous appellerons « le baiser de l'ostréiculteur ».

Et de nous montrer comment procéder en se tournant vers Marianne. Il prit une gryphée dans sa bouche, ne l'avala pas, mais écrasa ses lèvres sur celles de mon amie. Ils se firent un curieux baiser ponctué de petits rires. Celui ou celle, si je comprenais bien, qui avalerait le mollusque le premier, alors que l'autre tentait à coups de langue et de dents de l'en empêcher, aurait gagné. Le perdant ou la perdante devrait alors risquer l'une des huîtres que contenait son assiette, soit avec ce même partenaire, soit avec un autre de son choix. C'est ainsi que, pour la première fois, je découvris la saveur et la force de la bouche de l'homme loup. Un vrai carnassier. Ses dents saines et éclatantes, j'allais écrire ses crocs, sa langue dure et longue me firent un effet étrange. J'eus aussitôt envie de lui. D'une

177

manière animale, sans fioritures, sans préliminaires, sans sentiments bien sûr. Il me faisait un peu peur car il était l'image même de la virilité à l'état brut. Mais nous n'avions pas encore le droit de passer à l'acte. Notre grand ordonnateur imaginait déjà un nouveau jeu. Il glissa quelques mots à l'oreille de Proserpine qui dégagea aussitôt le centre de la table des plats et carafons qui l'encombraient et s'y allongea sur le dos. Antoine souleva son petit tablier blanc pour nous faire découvrir sa fourrure épaisse et noire apparemment jamais épilée qui occupait aussi les creux de ses aines et montait très haut vers le nombril. Il écarta ses jambes, se saisit d'une huître et la glissa avec précaution dans son vagin. Il se releva, l'œil brillant de désir.

— Celui ou celle qui la délogera avec sa langue en moins de trente secondes aura le droit de tout, je dis bien tout demander à Mary-Angel. Je chronométrerai. À qui l'honneur de commencer ? Une femme, un homme ?

— Curieux, ce mollusque bivalve composé par une huître dans une moule ! remarqua Marianne en froissant son joli nez et en laissant fuser un petit rire.

L'homme-aux-yeux-de-loup lâcha ma bouche pour tenter l'exploit.

Nous nous retrouvâmes tous debout, entourant la jeune Américaine. Il se pencha vers elle et sortit sa langue immense, aussi rigide qu'un dard et l'enfonça en elle. Au même moment Antoine cria « moteur ! » et lança son chronomètre.

Tous nous étions fascinés par ce spectacle insolite. La jeune fille se trémoussait alors que l'homme tentait par des mouvements circulaires de faire sortir l'huître glissante, difficilement saisissable. Mais fut-ce la force et la longueur de sa langue qui joua en sa défaveur ? Au bout de trente secondes, il avait échoué. Il se redressa, nous permettant de découvrir l'énorme bosse qui gonflait son pantalon et qu'il ne se souciait pas de cacher. J'eus une envie subite de la soupeser et je le fis, prenant son ensemble à pleine main. Il sourit et plongea ses doigts hérissés de poils sous ma jupe. Hélas, Antoine qui avait vu notre manège nous fit « non » de son index tenu à la verticale et oscillant de la droite vers la gauche. Nous nous séparâmes à regret pour mieux nous apprécier plus tard. Déjà John tentait l'aventure. Lui, l'amant en titre de Proserpine, lui qui devait connaître si bien ce sexe luisant de bave et de nectar, saurait peut-être cueillir le mollusque. Il s'approcha, considéra l'ensemble, écarta des deux mains les lèvres, colla sa bouche charnue à l'entrée du vagin et se mit à l'aspirer dans l'espoir de gober l'importune.

Proserpine commençait à trouver fort excitante la situation. Tous ces yeux sur elle et cette langue qui la fouillait, elle allait droit à l'orgasme. Marianne et moi la dépoitraillâmes et partîmes ensemble à l'assaut de ses seins qui aussitôt durcirent. Les yeux clos, elle balançait sa tête de droite à gauche, se mordant les lèvres pour ne pas venir. Sans doute cela lui était-il interdit par le règlement imposé par ce tortionnaire d'Antoine. Après l'insuccès de John, ce fut lui qui présenta sa bouche à l'entrée du sexe. J'eus brusquement un pincement au cœur en voyant mon amant se pencher sur le ventre de cette jeune inconnue. Jalouse ? Peut-être et pourquoi pas ? Ce qui me choquait, je dois l'avouer, c'était de voir l'ai ravi, heureux qui inondait son visage. Je pensais que ce bonheur-là m'était réservé. Malgré toute la science qu'il possédait dans l'exercice du cunnilingus, et Dieu sait qu'elle était grande ! j'étais bien placée pour le savoir, il échoua à son tour.

Marianne me regarda, l'œil interrogateur : voulais-je y aller la première ou me réservais-je pour le final au cas où elle ne réussirait pas ? Je lui fis signe de s'y employer. Je me penchai vers Proserpine et *l'embrassai pour la première fois. Sa bouche était d'une chaleur de fournaise et sa langue happa la mienne et l'aspira, sans doute pour imiter toutes celles qui venaient d'explorer son jardin secret. Comme c'était bon, comme elle était bonne à croquer !*

Antoine murmura quelque chose à l'oreille de la jeune fille offerte. Elle lui répondit par un grand soupir de contentement et se remit à m'embrasser avec fougue. Là-bas, Marianne tentait sa chance. Contrairement aux trois hommes qui l'avaient précédée, elle ne se soucia pas d'aller chercher l'huître au fond du vagin où elle avait dû se nicher, mais s'attaqua, c'est Antoine qui me le dit plus tard, dans une danse effrénée autour de son clitoris. Elle le titillait de la langue, l'enroulait, le mordillait, l'aspirait et finit par le lécher à toute vitesse du même mouvement obsédant et sans interrompre un instant ce rythme fou. Le bassin de Proserpine fut soudain secoué de soubresauts faisant faire des bonds frénétiques à ses fesses qui rebondissaient sur la nappe. Et soudain, elle jouit avec une force, une violence inouïes. J'avais eu la bonne idée de quitter sa bouche avant qu'elle ne me déchire les lèvres de ses dents en un baiser furieux. Elle cria, hurla son orgasme. Tous, debout autour d'elle, nous la regardions, impressionnés. John avec délicatesse lui caressait le visage pour l'apaiser. Et soudain, la jeune fille se détendit, ses muscles se dénouèrent. Son ventre eut un dernier spasme et l'huître sortit toute seule de son ventre, happée aussitôt par la bouche de Marianne qui vint la partager avec moi en mêlant sa bouche à la mienne. Je savourai alors et avalai ce coquillage qui avait séjourné dans cette grotte inconnue. Marianne voulait ainsi s'excuser d'avoir pris ma place dans le tournoi. Aurais-je eu l'idée bien féminine de m'occuper « aussi » du clitoris de la fille et de lui livrer un tel assaut ? Je ne sais aujourd'hui.

Nous couvrîmes Marianne et Proserpine de nos applaudissements. Antoine tendit la main à cette dernière et l'aida à se relever. Il la fit asseoir à son côté et lui tendit un verre. Elle but et nous sourit.

Le foie gras succéda aux crustacés.

Antoine nous raconta les différentes démarches qu'il avait faites pour préparer cette soirée. Certains épisodes nous firent rire. Ainsi il était allé louer à un cirque deux costumes bien étranges. Une peau de taureau et une peau de vache dont s'affublaient les clowns pour certains numéros.

— Il y a en effet un épisode qui frappa notre Sophie, cet été-là, ce fut quand elle assista à la monte d'une vache par le taureau dénommé Basile. Cette saillie l'a quelque peu marquée même si son père était près d'elle et lui répétait combien cet exercice faisait partie de la nature des choses, du moins de la gente animale dans laquelle étaient comprises les hommes comme les femmes. J'ai donc loué ces peaux factices mais au dernier moment, j'ai renoncé à m'en servir. Je les ai rayées de mon scénario, ne voulant pas nous faire sombrer tous dans le ridicule. Déjà la simulation d'un vêlement était limite dans le genre. Nous ne sommes pas zoophiles que je sache !

Marianne intervint, très à l'aise, avec un calme rieur qui m'enchanta et réjouit aussi Antoine.

— Au point où nous en sommes, après l'épisode de ce vêlement que tu rappelles et que tu nous a fait reproduire dans ton gymnase, après la chute de Sophie et de John dans ce purin factice, je ne vois pas pourquoi nous n'irions pas jusqu'au bout de cette comédie et nous ne nous identifierions pas à cette saillie en nous glissant dans la peau de ces animaux. On a toujours tendance à penser que les jeux érotiques doivent être exercés « sérieusement » sans une once de fantaisie et de franche rigolade. Je juge cette attitude totalement ringarde. Pourquoi n'aurait-on pas le droit de *s'amuser, de rire en prenant son pied ? Regardez les comédiens enfin, disons les figurants des films porno auxquels on demande de rester impassibles et de garder du début à la fin ce regard d'idiots qui les caractérise, comme ils sont ennuyeux dans leur gravité ! Je propose qu'Antoine nous montre ses peaux de vache et de taureau et que nous entrions dedans et mimions un accouplement de bovidés. C'est un déguisement comme un autre après tout ! Alors, Antoine, va nous chercher tes pelures qu'on rigole !*

Applaudissements et rires saluèrent cette intervention de Marianne. Dieu que je l'aimais ! Stupéfait mais au fond de lui satisfait, Antoine leva les bras en l'air pour signifier qu'il se rendait aux arguments de celle que nous désirions tous deux.

Il ouvrit un coffre et en tira deux peaux de bêtes qu'il jeta par terre avant de regagner sa place et de soulever une question que nous nous posions tous.

— Qui, mais qui va entrer dans la peau de ces bêtes ?

Je me proposai pour jouer la vache et distribuai les rôles non prévus dans le cénario.

— Je propose donc d'être la femelle, Marianne et Mary-Angel se tiendront chacune de part et d'autre de moi, derrière mon cul et guideront les trois sexes de ces taureaux, mais l'un après l'autre vers ma vulve, qu'en pensez-vous ? Les deux hommes restants soutiendront le taureau pour qu'il ne me brise pas le dos.

Le sourire que m'envoya Antoine du bout de la table me réchauffa le cœur. Son œil pétillait d'allégresse. Ma proposition l'enchantait.

Nous continuâmes notre souper en peaufinant les détails de la scène à venir. Antoine fit exprès de faire tomber une fourchette. Aussitôt, c'était bien sûr un signal convenu entre eux, notre soubrette Proserpine se baissa pour la ramasser. Seulement elle ne se releva pas et passa sous la table à quatre pattes.

Je ne l'avais pas vue disparaître sous la nappe mais, à l'expression que prenait le visage de mon amant, je compris qu'il ressentait un plaisir intense. Je connaissais trop bien cet air enfantin de ravissement pour ne pas imaginer ce qui lui arrivait. Cependant, pour en avoir le cœur net, je laissai tomber moi aussi une fourchette et me baissai pour la ramasser mais surtout pour voir ce qui se passait sous la table. Je fus à peine surprise en découvrant Mary-Angel alias Proserpine en train de sucer mon Tonio avec conscience et je suppose, ou du moins je l'espère, avec volupté. Je remontai à la surface avec ma fourchette et fixai mon amant. Il eut un petit sourire de connivence auquel je répondis aussitôt. J'aimais ce jeu que nombre d'apprentis médecins avaient pratiqué au long de leurs tonus ou de leurs nuits de garde. Une fille, étudiante comme eux, infirmière ou aide-soignante, « portée sur la chose », se glissait sous la table du repas et suçait celui-ci ou celle-là. Le jeu consistait à savoir qui subissait fellation ou cunnilingus. Ce soir, chez nous, Proserpine se lançait dans l'aventure des dessous de table, si je puis dire. Mais qui allait-elle sucer ou lécher après mon Antoine ?

Comme elle était stylée, mais peut-être obéissait-elle à un ordre lancé par mon compagnon, ce fut à moi qu'elle s'attaqua. Je ne m'y attendais pas et cet assaut n'en fut que plus délicieux. Je sentis d'abord une main qui me caressait les chevilles, puis les mollets, puis les genoux... Ma robe remontait au gré de la progression de celle qui me découvrait. Elle la retroussa aussi haut que possible, au-dessus de mon ventre. Comme je l'ai déjà noté, j'étais nue sous ma robe fourreau. Nulle culotte, nul porte-jarretelles ou combinaison. La jeune Américaine n'eut donc aucune difficulté à agacer de ses mains puis de sa bouche mon minou d'amour. Et elle ne se priva pas de le découvrir et de lui donner de la joie. Un instant je fermai les yeux et m'abandonnai à cette bouche nouvelle mais en les rouvrant, je croisai le regard d'Antoine. Un regard amusé et complice. Un instant plus tard, cependant, il me fit signe de repousser celle qui me faisait frissonner d'aise. Je lui obéis en caressant d'une main discrète la tête de Mary-Angel à laquelle je donnai des petites tapes pour l'écarter de moi. Après avoir reçu cette langue en moi, j'eus un peu peur qu'elle n'eût retiré le rouge à lèvres qui ornait mon sexe mais je fus vite rassurée en y portant un doigt et en le ressortant tout humecté de rouge. Il avait tenu. Un instant plus tard, je compris à la mine ébahie de mon voisin de droite, l'homme-au-regard-de-loup, qu'elle venait de s'attaquer à sa queue.

Nous avions tous beaucoup bu et les effets de cette potion aphrodisiaque concoctée par Antoine commençait à porter ses fruits. Nous nous sentions envahis par une gaieté enfantine mais aussi par le désir qui animait nos sens exacerbés. Des rires fusaient sans raison apparente. Nous nous livrions à quelques facéties. Antoine d'ordinaire si maître de lui s'amusait à verser du champagne dans le décolleté de Marianne, sortait l'un de ses seins et le tétait, et le mordillait tandis qu'elle, les deux mains sous la table, branlait de la droite le jeune John et de l'autre mon Antoine. Ce dernier repoussa poliment la main trop habile qui lui flattait le sexe pour nous proposer de passer à l'acte trois de la soirée : la saillie de la vache (moi) par les trois taureaux.

Je ne me le fis pas dire par deux fois : je me mis debout et, me tournant vers Marianne, lui lançai un sourire complice.

— Tu m'aides à me déguiser, ma chérie ?

Marianne échappa aux bouches et mains de ses voisins pour me rejoindre, m'enlacer et presser sa poitrine contre la mienne.

Antoine éteignit toutes les lumières de la salle à manger et alluma un spot très violent qu'il dirigea sur nous.

— Monte sur ta chaise, Sophie, et toi, Marianne retire-lui doucement sa robe.

J'obéis et Marianne monta elle aussi sur une chaise pour pouvoir me déshabiller. Avec volupté elle glissa ses mains sous mon fourreau de soie, me caressa vivement les fesses et fit voir à l'assemblée ma jambe jusqu'à ma hanche. Curieuse sensation, pas désagréable d'ailleurs que de sentir tous ces regards d'hommes et de femmes braqués sur moi.

C'est par le haut que Marianne entreprit de me débarrasser de ma robe, en la descendant tout au long de moi. Elle l'ouvrit dans le dos, ce qui lui permit de libérer mes bras l'un après l'autre. Mes épaules apparurent. La lumière nous aveuglait et pour ce curieux strip-tease, elle était si violente que nous ne pouvions voir les spectateurs restés dans l'ombre.

Avec dévotion, j'allais dire adoration mais ce terme serait trop fort pour une scène païenne, voire impie, mon amie descendit doucement le fin tissu de soie et lui fit franchir d'un coup les collines formées par mes seins. Un murmure admiratif accueillit mes mamelons bleutés et leurs tétins écarlates. Marianne poursuivit son effeuillage, dénuda mon ventre sur lequel en passant elle pressa un instant sa joue et découvrit et présenta aux autres l'éclat écarlate de mon sexe. Cette couleur riche et crue, accentuant encore la blondeur de ma toison, suscita des exclamations extasiées. On m'applaudit. Je descendis de ma chaise, chancelante de bonheur. Antoine me tendit une nouvelle coupe que je bus d'un trait. À mes pieds gisait cette peau et cette tête invraisemblable de vache. Un fou rire inextinguible me secoua tout le corps, des épaules aux genoux. J'allais donc me prêter à cette mascarade ! J'hésitai un instant mais les regards concupiscents de mes hôtes, mâles ou femelles exigeaient que je me glisse dans cet accoutrement. Ma fidèle Marianne m'aida dans cette tâche grotesque en n'oubliant pas de caresser tous les morceaux de peau qui passaient à sa portée. *La belle que j'étais se transforma ainsi sur-le-champ en vache d'opérette ou de cirque. Je pensais bien sûr au film* La Belle et la Bête *de Cocteau interprété par Jean Marais en bête et Josette Day en belle mais surtout à certains dessins fous de Picasso sur la tauromachie, de Salvador Dalí et d'André Masson sur les amours bestiales.*

Ça sentait l'homme dans ce déguisement de clown. Combien avaient-ils été à transpirer sous cette pelure, pour faire rire les petits enfants ? Et moi je devais avoir une sacrée allure dans cette tenue !

Pour m'amuser, je me mis à tourner sur moi-même, en me dandinant et en esquissant quelques pas de danse. Je déclenchai à nouveau l'hilarité mais Antoine ne voulait pas d'une énorme farce.

Sa voix enjouée me parvint, feutrée, entrecoupée des rires de nos amis.

— *Une vache marche à quatre pattes pas sur celles de derrière. Elle a le corps à l'horizontale, rappelle-toi. Étends-toi sur la table et ne bouge plus. Les trois mâles que nous sommes vont te prendre l'un après l'autre selon ton souhait. À charge pour toi de nous reconnaître.*

Je sentis ses mains écarter les pans du vêtement et tous s'exclamer en découvrant mon sexe et mon petit trou si violemment fardés. Une bouche se colla sur mon con mais Antoine intervint.

— *Vous avez déjà vu une femme embrasser la vulve d'une vache ? Tu es perverse ou quoi, Marianne ? Laisse donc la place à la virilité dans toute sa splendeur !*

J'entendis à nouveau des rires quand l'un des trois mâles s'affubla (mais lequel ?) de la peau de taureau mais aussi les « chut, chut » répétés de mon Tonio. Puis, je ne perçus que des murmures qu'il m'était impossible d'attribuer à celui-ci ou à celle-là. Antoine et Marianne me racontèrent ce qui s'était passé der-

rière mon dos. L'homme une fois déguisé caracola autour de la table en donnant de furieux coups de sabots puis vint se placer derrière moi et se dressa d'un coup sur ses pattes de derrière, s'appuyant le ventre sur ma croupe. Les deux hommes se mirent de part et d'autre de lui, faisant mine de soutenir ses pattes de devant. Marianne sortit le pénis de l'homme-taureau et le guida vers ma vulve où il s'enfonça sans le moindre effort tant j'étais inondée de désir. Sans effort mais sans ménagement non plus. À qui pouvait appartenir ce membre si long et ferme qui entrait et sortait de mon jardin fardé ? Ce n'était pas Antoine. Je l'aurais reconnu entre mille. Ce devait donc être John, le jeune Américain, dont j'avais pu estimer le sexe en érection dans ma salle de bains. Oui, c'était lui, à n'en pas douter. Il grognait tout en me mettant au plus profond de mon ventre et, dans cette position, je sentais ses bourses qui, je l'avais remarqué, étaient grosses et pendantes, frapper mon entrefessons à chacun de ses coups de reins de la plus agréable façon.

Pendant ce temps, Marianne et Mary-Angel s'étaient agenouillées devant les deux futurs taureaux et les suçaient avec une telle fureur que les deux hommes devaient mettre le holà afin de se garder pour « la vache ». Par la suite, je sus que, pendant que John me chevauchait, c'était bien lui en effet, je ne m'étais pas trompée, Marianne tétait son homme loup et Mary-Angel mon amant. La prestation du jeune Américain dura plusieurs minutes, avant qu'il n'explose au fond de moi en s'affalant et en poussant un grognement de plaisir. Je n'avais pas encore joui, me retenant pour goûter l'ardeur des deux autres queues qui allaient me transpercer. L'Américain fit aller encore son pénis en moi, mais doucement, précautionneusement cette fois puis se retira.

Je faillis lâcher un meuglement en guise de remerciement, mais je m'en abstins pour que cette scène hautement surréaliste et érotique ne dégénère en grosse farce pour potaches. À dire vrai, à ce moment, je n'avais plus le cœur à rire mais le corps à jouir.

Je restais étendue sur la table, les pattes écartées. J'eus droit à quelques instants de répit. Quelques instants seulement, car je sentis une bouche se coller à mon sexe et des doigts agiles, des doigts de femme tant je les devinais minces se glisser sous moi et remonter vers mon bouton d'amour. C'était sûrement Marianne qui me lançait un petit appel, comme un message de soutien. Mais était-ce de sa part un réconfort qu'elle m'adressait ainsi ou l'envie qu'elle avait d'être à ma place ? Les deux sans doute.

Mais voici qu'un nouveau taureau se présente à mon arrière-train et déloge d'un coup de sabot furieux les mains caressantes et douces qui m'exploraient avec tant de délicatesse.

La bête s'installe sur moi et Marianne, dont c'est une des fonctions, guide cette nouvelle pine vers ma fleur écarlate. Je sens le gland du nouveau mâle s'arrêter à l'entrée de mon puits d'amour. Il semble hésiter, renifler, dirais-je, ce lieu chaud et humide. Est-ce mon amant ou l'homme-au-regard-de-loup ? Deux mains s'emparent de mes fesses pour les écarter. Ce ne sont pas celles de celui qui me monte : il ne possède que des sabots ! Je crois à nouveau reconnaître les doigts de la belle Marianne. Comme c'est bon d'être ainsi vulnérable et offerte à ceux et celles qui me contemplent ! Je rehausse ma croupe pour la montrer encore plus provocante. Après bien des hésitations, le gland non encore identifié force ma porte pourtant déjà bien ouverte et presse, presse dans le conduit pour y entrer tout entier et s'y prélasser. Non, ce n'est pas celui de mon amant, c'est donc celui du loup, d'autant que je ressens sur mes fesses le frottement d'une forêt de poils fournie, épaisse, drue. La queue du leu n'est pas très longue mais sa circonférence, son épaisseur me comblent au sens propre et figuré. Il occupe toute la place, adhère à mes parois, emplit tout. Ah, pourquoi n'est-il pas plus long ? J'aimerais tant qu'il me pénètre plus avant. Il a le pourtour d'un godemiché mais pas la longueur. Dommage ! Cette grosse pine me donne cependant beaucoup de plaisir et je me retiens une fois encore pour ne pas venir. C'est avec mon Antoine et seulement avec lui que je veux jouir pour clore cette séance pour le moins spéciale. Afin de me débarrasser, tout en en profitant, de ce piston si trapu, je lance quelques coups de cul vers lui. Comme il ne bouge pas de lui-même, sans doute se retient-il par peur d'exploser, c'est moi qui joue des reins d'avant en arrière, ravie de sentir ce sexe si épais et si sauvage me pénétrer le con. Je me branle sur cette queue inconnue et le spectacle que j'imagine, tous ces yeux rivés sur mon sexe qu'honore ce mandrin court et rigide me mettent en joie. Je mouille, je ruisselle. Je sens ma gelée glisser sur mes cuisses. Non, je ne veux pas venir encore ! Je veux me réserver pour mon amant unique, l'homme de ma vie : Antoine.

Est-ce Marianne ? Oui c'est bien elle, elle me le confiera plus tard, qui comprenant mon désir de venir, va aider son homme-aux-yeux-de-loup à décharger. Ce sont bien ses doigts que je sens autour de ses couilles qu'elle enserre et tord un peu dans le but inavoué de me frôler le sexe. C'est bien elle encore qui d'un index bientôt suivi du médium vient élargir mon petit trou afin qu'il devienne accessible à celui qui en voudra.

Je sens que le gland qui me pénètre si complètement se met à gonfler mais à gonfler de telle sorte qu'il semblerait capable de me déchirer. Les muscles de mon intimité n'ont plus de réactions possibles, ils n'ont pas la force de se contracter tant ils sont contenus par cet énorme pieu. Et ce pieu se met à tourner sur lui-même, à se retirer jusqu'à l'orée du vagin où il demeure sans bouger quelques secondes avant de replonger avec *violence au fond de moi. C'est là qu'il s'immobilise et gonfle, gonfle avant de lâcher sa semence en criant de plaisir. Je sens ce gros sexe bouger, vibrer, se convulser et se retirer lui aussi, moins fier qu'il n'était en entrant. Il glisse et s'enfuit. Mon état d'excitation est tel que je ne me contrôle plus : je frappe la table de mes sabots. À nouveau, pendant cet entracte où le dernier mâle enfile sa combinaison, je sens des doigts féminins s'emparer de mes fesses et pénétrer dans mon anus dont ils forcent l'orée avec tant de subtilité et de précaution que le voilà qui se relâche et demande davantage.*

Le dernier de mes assaillants se présente enfin. Il plonge d'abord gracieusement dans ma chatte béante et ruisselante, s'en imprègne, l'explore en tournant. Là, j'en suis sûre, c'est bien la bite d'Antoine qui me fait cette danse. Je reconnais sa taille, sa douceur, j'oserais dire son grain de peau mais, contrairement à mon attente voici que sa bite tant aimée me quitte pour forcer mon autre porte qui, préparée à l'assaut, se laisse perforer sans trop de souffrance. Oui, c'est mon Antoine qui me sodomise, attiré sans doute par le fard inhabituel et bleu pastel qui colore ce petit trou si serré d'ordinaire. C'est assez rare que mon amant utilise ce conduit mais sans doute, ce soir, n'a-t-il pas voulu mêler son foutre à celui des autres et a-t-il préféré se réserver cette voie sinon royale, cette porte étroite comme disait André Gide qui savait de quoi il parlait.

Quoi, comment ? Un taureau qui se trompe ! Marianne n'aurait-elle pas su le guider là où il fallait ? J'apprendrai plus tard que, selon le désir d'Antoine, cette sodomie magnifique était programmée et que c'était bien elle qui avait préparé l'orifice en l'élargissant.

Antoine remue donc, doucement d'abord, puis de plus en plus violemment. Je manque m'évanouir tant la douleur et le plaisir se mêlent. À nouveau, je sens les doigts de Marianne s'affoler sur mon clitoris et dans mon vagin resté libre, alors que deux autres mains se glissent sous mon torse et en pincent les tétins à travers cette peau qui désormais me pèse. J'ai envie de me retrouver nue, dégagée de cette carapace étouffante qui emprisonne mon corps. J'ai envie d'être libre, de sentir l'air à nouveau circuler entre mes cuisses, sous mes aisselles et d'étreindre la peau de mon amant et de mes amis. Envie de rejeter cette couverture suante et qui empeste. Antoine et mes amis ont dû comprendre ce désir d'évasion et de dépouillement qui désormais me harcèle. C'est une multitude de mains qui s'emparent maintenant de mon corps à travers cette couverture de faux poils. Sont-ils là tous les cinq à m'étreindre ensemble les fesses, les reins, le clitoris, le vagin, les jambes ? On le dirait. Et lequel ou laquelle me caresse ainsi les jarrets ?

Comprenant ma fatigue, Antoine accélère donc son rythme et s'enfonce jusqu'à la garde faisant de mon petit trou un réceptacle distendu mais consentant. Et enfin il vient, vient, vient comme j'aime : avec tendresse et insistance. Oui, c'est ça, une force tendre qui me fait pleurer de bonheur. Et moi aussi je fais avec volupté et intensité par tous mes trous, par tous mes pores. Je hurle de joie sous ma pelure en remuant mon fessier avec fougue. Oh, c'est que je n'ai plus nulle envie de me mettre à meugler pour amuser la galerie. Oh, que non ! Je n'ai qu'un désir, me débarrasser de ce faux épiderme. Mes amies femmes l'ont compris avant les hommes, perdus dans leur égoïsme de mâles (même si ces trois-là sont des êtres prévenants, délicats, attentionnés, autant dire des exceptions). Marianne et Mary-Angel me dépouillent en vitesse et je jette au loin en pleurant de fatigue cette peau puante et dégoûtante. J'entends la tête de vache heurter le parquet et je tombe dans les bras de Marianne. Antoine s'approche, me tend une coupe et m'embrasse doucement sur la bouche en passant sa main sur mes fesses d'un mouvement tournant que j'apprécie toujours.

— Allons nous laver, ma Sophie. Un bain coule dans notre baignoire circulaire du gymnase. Nous avons tous besoin d'un entracte.

*

Antoine avait raison : nous avions tous besoin de nous détendre après avoir vécu ces moments si forts. En pénétrant nue, enlacée par Marianne dans le gymnase dont toutes les lumières étaient allumées, j'eus une impression de paix et de simple bonheur. Un vrai club de naturistes : les trois hommes étaient nus. Antoine vérifiait la température de l'eau bouillonnante qui emplissait le grand bassin circulaire et y déversait des sels pour obtenir une mousse bariolée ; John et l'homme aux yeux de loup se mesuraient à la corde lisse qu'ils montaient et redescendaient à la seule force de leurs bras, les jambes en équerre sous l'œil amusé de Mary-Angel, nue elle aussi qui s'était assise sur la balançoire qu'elle faisait osciller paisiblement, d'un pied désinvolte s'appuyant sur le tapis de mousse verte qui habillait le sol.

Marianne était la seule à être encore habillée. Je la fis asseoir sur un banc du sauna et commençai par l'embrasser avant de la dévêtir.

— C'est bien toi qui t'occupais de mon clitoris, tout à l'heure, alors que ces messieurs ne pensaient qu'à s'enfoncer en moi ?

Elle me sourit en inclinant la tête sur le côté. Oui, c'était bien elle.

Merveilleuse, tendre et sensuelle Marianne ! Je l'aimais de tout mon corps, mais depuis ce soir aussi de tout mon cœur qu'elle avait pris en partie. Ce qui ne laissait pas de m'inquiéter. Antoine, Marianne ? Antoine ou Marianne ? Antoine et Marianne ? Entre les deux, mon cœur balançait-il ? Pas le moins du monde, je les voulais tous les deux, un point c'est tout. Antoine pour la sécurité, la force de ses bras, la complicité, le creux de son épaule, la fermeté de son sexe. Marianne pour la tendresse envoûtante de ses gestes, la connaissance de mon corps de femme, de ses subtilités, de ses exigences et réactions. Et puis, et puis, je l'aimais aussi pour notre relation épidermique et sentimentale, pour ces plis qui se formaient autour de son si joli petit nez et qui se froissaient quand elle me souriait.

Mais j'y pense au moment où j'écris et y pensais brutalement à notre venue dans le gymnase, depuis qu'elle était arrivée, depuis ce début de soirée, autant que je m'en souvienne, je l'avais vue toujours habillée. Ce n'est pas tout à fait exact : alors que nous jouions notre première comédie dans la salle de bains et que je m'occupais de John dans la baignoire, je l'avais vue nue, derrière le paravent. Oui, mais à travers un miroir. Elle était loin, trop loin de moi pour que je puisse apprécier ses courbes, ses formes. Au repas aussi j'avais entrevu l'un de ses seins quand mon amant s'amusait à l'inonder de champagne avant de le téter. Jolie et si chère Marianne, là, dans la discrétion de ce sauna, j'allais pouvoir redécouvrir ton corps, ce corps que j'aimais tant.

Tu avais envoyé promener tes chaussures et te renversais, les yeux mi-clos sur ce banc de bois vernis sans le moindre confort. Ta tête oscillait doucement, montrant ton abandon et le désir voluptueux de mon effeuillage. Comme tu étais douce et belle ainsi, les jambes légèrement écartées, c'est-à-dire consentante, les bras étendus de part et d'autre de ton corps, étreignant ce siège de vestiaire !

Je m'agenouillai devant toi et glissai les mains sous ta robe. Après tout ce que nous avions connu dans les heures précédentes, nous n'allions pas nous jouer une

193

comédie subtile et haletante. Nos sens, sans être émoussés, avaient besoin sinon de repos, du moins d'une halte entre deux effusions.

Une question m'inquiétait cependant : ma Marianne avait-elle pris son plaisir au cours de nos folies de ce soir ? Avait-elle hurlé comme je l'avais fait sous cette peau de bête ? Je cherchais, cherchais et ne retrouvais pas le moment où cette joie l'aurait envahie. Alors, je mis toute mon affection, tout l'amour qui gonflait mes lèvres à lui faire plaisir, à mordre sa chair si tendre que je faisais apparaître peu à peu en lui ôtant tout ce qui recouvrait sa peau. À commencer par ses bas mauves accrochés si haut à des jarretelles dont j'avais remarqué et noté la boursouflure, presque au niveau de sa hanche.

Je soulevai sa robe fourreau doucement vers ses genoux que j'embrassai à travers la soie légère. Je glissai mes doigts sous le tissu et remontai le long d'elle pour atteindre ses jarretelles que je fis prestement sauter. Je pris bien soin de ne pas remonter davantage sa robe, la laissant recouvrir encore le bas de son pubis. J'enroulai ses bas, leur fis passer les chevilles et entrepris de remonter le courant de ses jambes en en embrassant chaque parcelle. Mais avant, c'est sur ses pieds que je m'attardai. Je ne me souvenais pas qu'ils étaient si longs et si étroits. Il est vrai que, lors de nos premières amours, nous étions si pressées l'une et l'autre, les unes et l'autre, mon Tonio, l'organisateur de la fête, de découvrir l'ensemble de nos corps et plus particulièrement nos bouches, nos seins, nos fesses et nos sexes que nous avions omis d'explorer bien d'autres lieux pourtant ravissants et émouvants. Ainsi ces pieds très soignés aux doigts, me semblait-il, presque aussi mobiles que ceux de la main. Alors que je les enfermais dans mes paumes, que je les détaillais et les embrassais, ses orteils se séparaient, vivaient comme s'ils attendaient que je les prisse dans ma bouche. Ce que je fis en commençant pas les plus petits que je suçai avec application. Quand j'arrivai aux gros orteils, je fermai les yeux et les engloutis l'un après l'autre, comme je l'aurais fait de deux phallus. Je tentai et réussis à les prendre tous les deux ensemble dans ma bouche et je sentis que cela mettait en joie ma si belle Marianne. Je les lâchai bientôt pour amorcer ma montée, m'attardant sur ses si fines chevilles. Je les léchai à petits coups de langue avant de m'en prendre à ses mollets en n'oubliant pas de caresser cet endroit si sensible chez certaines femmes qu'est l'envers du genou où la peau est presque transparente. Mes mains la massaient légèrement et poursuivaient leur route inexorablement vers l'intérieur des cuisses. C'est alors, que relevant la tête, je m'aperçus que Marianne m'avait précédée sur le territoire de son ventre. Voulait-elle me l'interdire mais pourquoi ? Préférait-elle se donner du plaisir seule ? C'est ce que semblaient dire ses doigts qui glissés sous sa culotte masturbaient son abricot si doux, si plein, si mûr.

Ah, me disais-je, elle ne va pas jouir sans que j'aie goûté ce fruit si tentant ! Je retirai doucement sa main et écartai d'autorité sa culotte de soie parme avant d'ouvrir son sexe et d'y plonger les lèvres. J'en reconnaissais l'odeur et la saveur. J'humectai mes lèvres dans le liquide parfumé et abondant qui coulait de sa si belle chatte et allai vivement l'embrasser sur la bouche pour qu'elle se boive elle aussi. Puis je redescendis au bas de son ventre. Pour mieux s'offrir, elle avait écarté ses jambes en grand et c'était déjà un plaisir de voir cette motte grasse mais dont les lèvres étaient dures désormais et ce clitoris charmant auquel je fis redresser la tête en le titillant légèrement du bout de ma langue pointue.

Ses fesses commencèrent à se soulever, à rouler comme un bateau qui prend les lames par le côté. Et pour me dire combien je lui faisais du bien, elle posa une main sur un de ses seins et l'autre sur ma tête, m'encourageant à la lécher plus vite, plus intensément encore.

Avant de mener mon assaut final, je me reculai de vingt centimètres, ouvris de mes deux mains sa vulve pour découvrir les rougeurs attendrissantes et attirantes de son vagin. J'y glissai deux puis trois doigts, en explorai les parois par des caresses circulaires. Elle m'appuya si fort sur la tête, l'attirant vers elle, que je lui obéis et plongeai à nouveau sur son clitoris que je me mis à sucer en prenant bien soin d'accélérer mon baiser sans en modifier la gestuelle.

Marianne lança en avant son bassin et jouit en poussant un hurlement de bête. Je regardai son visage : elle avait les yeux si révulsés que de là où je me trouvais, je ne voyais que des globes blancs. Cela était très impressionnant, mais je n'eus pas à l'observer davantage, déjà ma maîtresse pressa ma tête contre son ventre et referma les cuisses sur elle. Elle eut un nouveau spasme, poussa un autre cri avant de détendre et de desserrer l'étau de ses cuisses. J'étais à demi étouffée mais très émue et fière de l'avoir amenée ainsi au plaisir. Je me relevai et vins m'asseoir à côté d'elle. Elle m'enlaça et m'embrassa sur les lèvres en me murmurant des petits mercis enchanteurs.

Trois minutes plus tard, nous rejoignions toutes deux nues, nous tenant par la taille, nos amis dans l'eau où ils se prélassaient. Ils avaient certainement entendu les hurlements de jouissance de Marianne mais n'en paraissaient ni surpris ni a fortiori réprobateurs. Antoine me tendit la main en souriant et j'allai me couler contre lui dans l'eau chaude et mousseuse.

— Et si nous nous lavions les uns les autres ?

C'était Mary-Angel, notre jeune Américaine qui avait lancé cette amusante proposition.

Aussitôt Antoine acquiesça, mais proposa mieux encore.

— Excellente idée, Mary, mais pour que nous profitions tous de ces savonnages indiscrets ou non, je propose que toi, par exemple, Mary, tu te mettes debout au centre de notre baignoire et que nous procédions tous et en même temps à ta toilette. Qu'en dis-tu ?

Pour toute réponse, la jeune fille jaillit plus qu'elle ne sortit du bain et se dressa et se présenta à nous cinq dans tout l'éclat de ses dix-huit ans. Qu'elle était ravissante ! Si on ne l'avait pas vue à l'œuvre tout à l'heure sous et sur la table, on aurait pu la prendre pour une jeune vierge spontanée et ingénue. Ingénue ? Oui mais libertine.

Ce fut l'homme-aux-yeux-de-loup qui tendit les mains le premier. Muni d'un gant de toilette et d'un savon, il commença à lui savonner le dos et, dans ce dessein, il s'était mis à genoux. Tous, Marianne, John, Antoine et moi-même l'imitâmes bientôt. Pas question de le laisser profiter seul de cette Vénus callipyge sortie de l'eau. Nos dix mains bientôt la possédaient, couraient, voltigeaient sur toute la surface de son corps jeune, vigoureux et d'une fermeté que nous lui enviions tous. Était-elle une reine des stades pour avoir des muscles si durs, me demandais-je en lui savonnant les genoux et les cuisses où je rencontrai les doigts d'Antoine, qui apparemment s'intéressait beaucoup à la propreté de son sexe et de son entre-fessons tandis que le loup et Marianne se partageaient son fessier. John, lui, s'occupait de ses seins, de ses aisselles et se réservait aussi son visage qu'il débarbouillait ente deux baisers.

Nous la faisions tourner sur elle-même, abandonnant un paysage que nous ignorions pour l'échanger contre un autre territoire.

Les joues de notre jeune compagne étaient roses d'émotion, elle se languissait, et commençait à gémir doucement sous certains doigts trop indiscrets.

Antoine interrompit notre étrillage collectif.

— Il ne faut pas aller jusqu'au bout, jusqu'à l'orgasme. Mary-Angel, comme nous tous, a besoin de recharger ses batteries si je puis dire. Notre soirée n'est pas finie. Loin de là !

Avec politesse mais fermeté, il pria l'Américaine de s'asseoir et proposa une autre candidature volontaire.

C'est l'homme-aux-yeux-de-loup qui se dressa devant nous. Dieu qu'il était donc velu ! Des poils partout ! Ainsi entre son torse et son pubis, aucun espace de peau nue et glabre ne pouvait être aperçu tant la couverture pileuse était abondante. Sa nuque, mais aussi ses épaules et son dos étaient recouverts par une toison épaisse et sombre. Seuls ses flancs étaient glabres. Ne parlons pas de ses fesses ! Deux sphères noires de poils bouclés et drus. Tout en le savonnant sans ménagement, j'ouvris son fessier à deux mains mais ne pus distinguer qu'un sillon obscur et une grotte si fournie que l'anus était invisible.

Marianne, excitée de partager son compagnon (mais n'était-ce pas seulement un homme de rencontre ? elle ne m'en avait jamais parlé avant ce soir), semblait très heureuse de l'exhiber ainsi, tel un ours de saltimbanque.

— Il n'est pas beau et viril, mon chimpanzé ? Non mais regardez-moi ça un peu : un fauve, un loup, un ours, je vous dis !

Et elle riait, riait. Lui, souriait, apparemment réjoui de voir ces six mains de femmes prendre ensemble tant de soin de lui. Et pour nous, quelle curieuse et voluptueuse sensation que de savonner et blanchir d'une mousse épaisse ce corps de bête, de perdre nos doigts dans une pilosité si fournie.

Après avoir fait, avec une grande conscience, la toilette de son arrière-train, j'eus envie de considérer son endroit dont Mary-Angel ne pouvait détacher les yeux et les mains. Je saisis donc le loup aux hanches et l'encourageai à faire un demi-tour. Je le fis tourner *pour voir son sexe, ce bâton qui m'avait comblée d'une façon si entière tout à l'heure.*

La jeune Américaine lâcha à regret cette queue que j'avais connue en moi mais pas de visu. Mais c'est qu'elle était bien plus longue que je ne l'avais imaginée lorsqu'elle me pistonnait ! Et quelle épaisseur ! Impossible pour mon pouce et mon index de se rejoindre autour d'elle. Il faut dire qu'elle était dans un bel état d'excitation.

Je la savonnai avec volupté, faisant aller et venir le prépuce avec délicatesse sans oublier les testicules lourds et très gros qui disparaissaient dans un fouillis de poils.

Marianne lui massa les épaules et le dos quelques instants encore mais en voyant l'extrême tension qu'avait prise son pénis sous le jeu de mes doigts, elle l'arracha à moi et le fit asseoir pour le garder d'attaque, suivant ainsi avec obéissance la loi édictée par mon beau Tonio dont le tour était venu de passer à la toilette. Je ne dirai pas le plaisir évident que je vis dans ses yeux et dans ceux de la jeune fille et de Marianne lorsqu'elles massèrent, palpèrent et pincèrent son corps d'athlète aux muscles longs entretenus quotidiennement dans ce gymnase où nous nous trouvions. Sa virilité ne mit pas longtemps à se dresser à travers la mousse dont nous le recouvrions toutes trois sans négliger nos efforts.

Même si notre soirée était scellée, qui ne l'aurait compris ? au sceau des amours collectives et de libre échange, cela me fit tout drôle, je dois le reconnaître, de voir le corps de mon amour d'amant offert à ces deux femmes qui le convoitaient et en faisaient pour cette nuit-là cela s'entend, leur bien, leur objet, leur jouet.

C'est de lui-même avec une maîtrise parfaite des pulsions de son corps qu'Antoine, la verge en bataille, sut s'arracher aux mains des furies.

Quand, après mon homme, ce fut au tour de John de venir s'exhiber au milieu de nous, je guettai sur le visage de sa jeune maîtresse des sentiments semblables aux miens vis-à-vis d'Antoine. Je ne me trompais pas. Même si Mary-Angel était une jeune fille étonnamment libérée pour son âge, elle gardait en elle, et tant mieux ! des réflexes de femme possessive, désireuse de conserver jalousement son amant. C'est pourquoi elle ne semblait pas disposée à céder à Marianne et à moi l'exclusivité de sa queue longue et tout de suite raide comme un manche d'outil. Pourtant, elle me l'avait bien laissée sucer dans l'autre salle de bains et avait assisté au spectacle. Oui, mais voilà, à ce moment précis, elle semblait avoir peur qu'il ne lui échappe en raison de la beauté de Marianne et peut-être de la mienne après tout.

Devinant une très légère réticence chez la jeune fille, Marianne et moi-même n'insistâmes pas et demeurâmes, autant que faire se pouvait, dans un débarbouillage plus tendre qu'enflammé, plus technique que sensuel.

Mais la tendresse de nos mains sur ses fesses blondes et les doigts que nous pressions ici ou là surtout, les explorations discrètes que nous osions au centre de son jeune postérieur et, reconnaissons-le, les attentions que prodiguait à son sexe sa jeune amante le mirent bientôt dans un état qu'il ne pouvait plus contenir. Sa verge commençait à battre fort contre son ventre. Elle allait exploser quand Antoine le rappela et nous rappela à l'ordre.

C'est au moment et à ce moment seulement où John nous quitta pour s'enfuir dans le bain, le sexe brandi, que je m'aperçus qu'aucun de ces messieurs n'était venu nous prêter main-forte, à nous les dames, lorsque nous étrillions l'un des leurs. Cela ne semblait rien leur dire. Nous, en revanche, Marianne, Mary-Angel et moi avions autant de plaisir à nous savonner, nous laver et nous caresser entre femmes que de nous consacrer à nos hommes. Nous ne nous sentions lesbiennes qu'épisodiquement mais en tirions de douces vibrations, de délicieux émois. Cela nous semblait, comment dirais-je, parfaitement « naturel » d'avoir ces relations que d'aucuns qualifient de « contre-nature ». Contre-nature ? Et pourquoi donc ? Quelle foutaise que de juger anormales et donc immorales, des relations si pures, si instinctives, si emplies de tendresse qui nous unissaient entre femmes. Mais nos hommes, eux, ne suivaient pas. Étaient-ils plus coincés dans leurs rapports entre eux que nous, femmes, l'étions entre nous ? Sans doute. Une question de culture, d'impossibilité de connaître entre eux cette simplicité que nous apprécions. Sans vouloir me lancer dans un discours édifiant mais bien ennuyeux sur ce sujet, j'aurais tendance à considérer les femmes, comme plus « complètes », plus épanouies et moins chargées d'interdits, de tabous, de retenues que ces messieurs les hommes.

C'est sans doute pour cette raison que Marianne et moi-même, sans avoir eu besoin de nous consulter, nous retrouvâmes toutes deux au centre du bassin (Mary-Angel était vite partie se nicher dans les bras de son John) et commençâmes à nous savonner de concert. Tiens, comme c'est curieux ! nos quatre amis vinrent aussitôt se greffer à nous et ne manquèrent pas de s'associer à notre toilette intime ou non. Nous leur rendîmes leurs audaces et cet acte nautique de notre soirée se finit en apothéose. Mais une apothéose limitée, selon les instructions de notre chef d'orchestre, au désir qui tenaillait nos seins, nos cons ou nos phallus mais qu'il nous fallait contenir pour réussir la prochaine étape (la dernière ?) du scénario d'Antoine.

*

201

Guidés par Antoine, nous parvenons à son grand studio photo. Il n'a rien modifié depuis le jour anniversaire de mes vingt-neuf ans quand Marianne et lui avaient mimé la scène où mon grand cousin John se faisait masturber pour la première fois par Marie-Ange que, petite fille, j'avais surnommée Proserpine par dérision et jalousie.

Le décor est le même : une langue de sable prise entre des rochers. Décor d'une plage donc, complété par des bruits de mer crachés par des haut-parleurs et la projection sur grand écran d'un film sur un rivage marin. Baisers longs et mouillés des vagues venant et se retirant. Musique de ces allées et venues.

Les blocs de polystyrène simulant les rochers sont toujours en place.

Chacun jette un coup d'œil à son scénario pour connaître son rôle dans la séquence qu'on va jouer. Moi, non. D'abord parce que, pour ménager mes surprises, Antoine m'en a privée mais aussi parce que je m'attends à ce qu'il a décidé : nous faire vivre (pour moi revivre) cette scène où mes petites copines Béa et Charlotte et moi-même avions observé, d'où nous étions cachées, les ébats ou du moins le début des ébats de Proserpine et de ces trois garçons qu'elle avait dragués sur le sable avant de les entraîner sur la « plage d'amour », ce lieu secret des jeunes de l'été.

Cette fois, ce n'est pas Marianne qui se mettra dans la peau de Proserpine mais Mary-Angel, notre jeune amie américaine de dix-huit ans. Quant à nous deux, nous allons jouer les voyeuses.

Avant de prendre place sur ce « plateau », nous revêtons tous des maillots de bain. Celui de Marianne est blanc et d'une pièce, Proserpine a mis un bikini conforme à « l'Histoire » et moi mon éternel costume de bain rose. Les garçons sont en boxer-short sauf Antoine qui est dans un mini-slip rouge.

202

Nous nous regardons en riant puis Antoine nous met en place.

Nous laissons à nos amis le temps de s'installer sur la plage puis je prends Marianne par la main et la mène jusqu'au tunnel simulé. Nous nous mettons à plat ventre et rampons vers « nos premières loges ».

Quand nous parvenons à notre poste d'observation, les trois garçons et Proserpine sont installés conformément à mon souvenir. Quelle exactitude dans le détail ! Il faut croire que mon récit était clair pour qu'Antoine le mette en scène avec tant de fidélité.

Proserpine (Mary-Angel) est donc allongée sur le dos et se tourne et se retourne pour bien mettre en valeur son fessier dans la raie duquel elle a fait entrer le plus possible de son slip (les strings ne se portaient pas alors en public). Ses jeunes seins remplissent un soutien-gorge bien inutile car ils n'ont nul besoin d'être soutenus tant ils sont fermes et ronds. Parfois, d'un geste nonchalant elle se touche le sexe à travers son maillot, s'y attarde, appelle de tout son corps ses voisins de plage qui l'observent médusés.

C'est l'homme-aux-yeux-de-loup qui, comme il y a vingt ans, se décide le premier. Il va s'agenouiller à la gauche de Proserpine et l'embrasse. Elle n'a même pas un geste de surprise, elle l'enlace et répond avec fougue à ses lèvres et à sa langue.

Ce petit manège dure quelques minutes. Le temps pour Antoine (« le prince-à-la-chevelure-ardente ») et à John (Jorétapoléon) de dévorer des yeux la jeune fille qui, désormais, se masturbe ouvertement, une main glissée dans son slip, ce qui a le don d'exciter nos deux gaillards. Et pas seulement eux : je sens une main me masser un instant la nuque et les épaules avant de descendre le long de mon dos et de saisir fermement ma fesse gauche où elle s'immobilise. Combien de temps Marianne restera-t-elle ainsi avant de reprendre son exploration ? Dix secondes ou trente ? La poussant du coude, je lui montre les maillots de bain des trois hommes qui commencent à se gonfler de très visible manière. Elle se met aussitôt à me masser le cul. Je me dandine pour lui dire mon approbation et presse ma hanche contre la sienne pour sentir sa chaleur.

Bientôt, les deux « jeunes gens » décident de passer à l'action.

Jorétapo, nous tournant le dos, va s'agenouiller à la droite de la fille, le Prince, mon prince, va, lui, se prosterner entre ses jambes qu'il prend soin d'écarter pour mieux s'installer. (Ah, le traître !)

Très vite, plus vite que dans la scène initiale inscrite dans ma mémoire, les événements se précipitent : Jorétapo, aidé d'ailleurs par l'intéressée, la débarrasse de son soutien-gorge et s'exclame en découvrant une poitrine si parfaite. Très vite aussi le prince arrache le slip de Proserpine, pose sa joue sur son abondante toison noire et frisée avant de passer à l'assaut de ce sexe juvénile, de ses doigts, de ses lèvres, de sa langue et de ses dents. Son slip ne résiste pas à l'érection de sa bite qui jaillit, gênée cependant par ce bout de tissu. D'un geste rapide, il la libère en baissant son maillot jusque sous les fesses. Très vite encore, Marianne écarte le tissu qui protège ma croupe et enfouit ses doigts vers mon petit trou et ma figue. Ne résistant plus, je fais de même et après lui avoir caressé ses belles fesses rondes, ma main se glisse sous son slip blanc pour la branler de la même manière, telle caresse répondant dans l'instant à la sienne.

Là, tout près, sur la plage aux amours interdites, les choses se précisent. D'un coup de poignet rapide et adroit, Proserpine a libéré les sexes de ses deux partenaires de l'emprisonnement de leur boxer-short et, tandis que l'un continue de l'embrasser fougueusement sur la bouche et que l'autre s'occupe de ses seins, elle les branle vigoureusement.

Une semblable frénésie nous agite, Marianne et moi,
mais brusquement, sur un geste imperceptible, un
signal du prince Antoine, Marianne s'arrache à moi
pour m'inviter à quitter nos premières loges et à sortir
du boyau. J'obéis à regret, le con et le cul en feu. Pour-
quoi ce repli alors que nous étions si bien ? Ah oui,
c'est vrai, nous étions sorties du tunnel à ce moment
crucial, mes copines et moi car Charlotte ne supportait
plus ce spectacle trop violent et elle se sentait profon-
dément coupable de l'avoir observé. Charmante et sen-
sible Charlotte vertueuse et innocente. Heureusement,
l'âge adulte lui retirera tous ses scrupules. Mais j'en
reparlerai une autre fois. Pour l'instant, je n'ai qu'une
envie : savoir ce qui se passe sur la plage artificielle,
là à deux mètres de nous, de l'autre côté de cette cloi-
son. Antoine est-il en train de la pénétrer, faisant un
premier accroc à notre serment de ne pas faire l'amour
en l'absence de l'autre, moi en l'occurrence ? À cette
évocation, je me mords les lèvres de rage et gagne la
salle à manger où je bois coup sur coup trois verres,
sous l'œil interrogateur de Marianne qui, elle, se
contente de tremper ses lèvres dans une coupe.

L'arrivée, presque sur nos talons, des quatre « pla-
gistes » en tenue convenable fait taire mon inquiétude.
Ainsi ils ont interrompu le spectacle juste après que
Marianne et moi avons quitté notre observatoire.
Antoine ne m'a donc pas trahie. Je saute au cou de mon
amant et l'embrasse, les yeux mouillés de larmes de joie
et de reconnaissance. Il est un peu surpris, mais se doute
que je suis à demi saoule sans en cerner la raison.

Nous nous retrouvons tous autour de la table pour
déguster le dessert, une grande tarte aux cerises que
mon Antonin découpe avec sérieux, tandis que
l'homme-aux-yeux-de-loup nous sert et ressert du
champagne.

Nous avons repris les mêmes places qu'au début du
dîner. Seulement nos tenues sont bien différentes. Adieu

le smok' d'Antoine, les costumes stricts, les robes four-
reaux et la tenue de soubrette : nous sommes tous en
maillot de bain. Spectacle insolite, d'autant que nous
ne semblons pas nous en apercevoir. Cette constatation
me fait exploser de rire. Je suffoque, je veux expliquer
la cause de mon hilarité en nous désignant du doigt
l'un après l'autre, mais ne réussis pas à exprimer ma
pensée. Antoine me sourit puis, me regardant fixement,
est pris de gros hoquets. Les autres suivent et bientôt
nous voici tous pouffant, nous étranglant en nous donnant de grandes tapes dans le dos, tels des maquignons
en fin de banquet. Antoine nous offre une très grosse
part de gâteau et c'est John, je crois, qui, le premier,
inaugure un jeu gourmand. Il dépose une cerise entre
les seins de Marianne, sa voisine de gauche et propose
à Antoine d'aller la dénicher avec sa langue et ses
lèvres, ce à quoi ce dernier s'emploie aussitôt. Il poursuit son jeu en déposant dans mon décolleté trois cerises qu'il décide d'aller déloger. Suivant son exemple,
l'homme-aux-yeux-de-loup fait de même avec Mary-
Angel qui est assise entre lui et Antoine. Jeu excitant
et amusant surtout quand Antoine s'empare d'une
bombe de crème Chantilly et en couvre ses voisines
avant de les nettoyer en les léchant. Nous l'imitons et
nous voici nous levant, nous mêlant et nous entremêlant
dans un méli-mélo de seins, de ventres, de fesses, de
visages et de corps blanchis de mousse sucrée que nous
nous employons à nettoyer de nos bouches avec
conscience et une certaine obstination scientifique qui
mène très haut notre désir des uns et des autres. Notre
danse érotique se poursuit quelque temps avant
qu'Antoine annonce ou du moins nous propose de
conclure cette nuit déjà bien remplie par un sommet
un peu spécial.

— Nous avons tous vu à la télé ou ailleurs un film
porno montrant une femme prise par deux hommes à

la fois. Est-ce que l'une d'entre vous, mesdames, a déjà connu cette combinaison des corps ?

Marianne, Mary-Angel et moi nous regardons en secouant négativement la tête.

— Est-ce que l'une d'entre vous serait disposée à connaître une telle expérience, un tel assaut ?

En posant sa question il me fixe avec ce regard que je lui connais fait de tendresse et de désir fou.

C'est notre jeune Américaine qui lève le doigt la première et saute sur place en s'offrant comme volontaire. Son enthousiasme et surtout la priorité qu'elle veut nous imposer à Marianne et à moi m'agace quelque peu et c'est courageusement que je lève la main en signe d'adhésion à ce projet délicat. Mon Tonio acquiesce d'un battement de cils tandis que Marianne hésite, réfléchit et paraît très émue en imaginant ce curieux ballet. La voyant embarrassée, Antoine s'élance à son secours.

— Il est bien évident qu'il n'y a aucune obligation de la part de quiconque, et cela est vrai aussi pour nous, messieurs, à se livrer à cette expérience nouvelle.

Marianne opine de la tête et lui offre un joli sourire de reconnaissance.

— Pour être tout à fait franche, je souhaiterais voir comment ça se passe pour nos deux volontaires avant de me lancer dans la bagarre. J'espère que vous n'allez pas me traiter de dégonflée ?

Elle est si attendrissante et mignonne en s'exprimant avec tant de franchise et en froissant son petit nez, qu'Antoine et moi succombons au même élan : nous courons vers elle, l'embrassons, la cajolant en lui promettant que nous respectons ses réticences et comprenons son appréhension. Nous apprécions aussi le naturel avec lequel elle nous explique ses craintes.

— À dire vrai, je me suis fait très souvent enculer par Francis, un ex, comme je vous l'ai confié, Marianne et Antoine, mais d'avoir deux queues en même temps

en moi me fait un peu peur. Ne vont-elles pas me déchi-
rer, m'éclater ? Ne vais-je pas surtout n'être considé-
rée que comme un simple et seul objet sexuel dont on
se sert avant de le jeter à la poubelle ? Où est l'amour,
où est la tendresse là-dedans ?

Mary-Angel ouvre des yeux en billes de loto en
l'entendant se poser des questions d'ordre psychologi-
que et sentimental. Pour elle, tout ce qui peut donner
de la joie est bon à saisir. Une grande ouverture d'esprit
caractérise cette jeune Américaine qui, débarquée en
Europe, veut tout savoir des perversions latines. Même
ou surtout si, dans ce cas, il s'agit plutôt d'ouvrir son
corps. Cependant, j'avoue que cette grande gamine de
dix-huit ans m'en bouche un coin si toutefois cette
expression convient à la figure, à la gymnastique
d'amour évoquée et programmée.

Antoine reprend la parole pour nous dire qu'il ne
voit rien de mieux pour tenter cette expérience à trois
que de nous retrouver sur l'immense lit de notre cham-
bre agrandi par mes soins selon ses directives. Et c'est
à la queue leu leu et au con leu leu que nous le suivons,
intimidés, excepté Mary-Angel, par ce que nous allons
tenter. Mais qui allait être la première à passer à cette
curieuse casserole à deux queues ? Mary-Angel ou
moi ?

Antoine nous fait tirer à la courte paille. Je sors la
plus longue des allumettes en partie brisées qu'il me
présente. J'ai gagné la première étape et voici que mon
cœur s'emballe. Je le calme en exécutant quelques mou-
vements respiratoires que j'affectionne. Nous nous ins-
tallons tous sur la vaste couche et, sur l'ordre du maître
de céans, nous nous retirons mutuellement les costumes
de bain pour nous retrouver une nouvelle fois entière-
ment nus. Ce n'est en effet pas la première fois de la
soirée que nous sommes « dans ce simple appareil »
mais je m'étonne encore d'avoir tant de plaisir et de
curiosité à détailler, admirer et désirer toujours ceux

de ces corps qui ne me sont pas familiers. Je ne me lasse pas de parcourir du regard et des mains la peau si douce et si jeune surtout de notre jolie Américaine. Au risque de ne pas être comprise, je veux dire tout simplement que je me verrais très bien passer huit jours avec elle, sans témoins, sur une île déserte, un îlot du Pacifique par exemple où nous serions inondées de soleil alors que nous nous écraserions l'une sur l'autre, pubis contre pubis, seins contre seins, nous faisant l'une et l'autre des câlins qui n'en finiraient pas. Je rêve... Oui, je rêve et surtout je suis saoule. Pas assez cependant pour ne pas sentir une main d'homme m'emprisonner un sein alors qu'une autre, féminine celle-là se glisse sous mes fesses. Je suis bien et saoule, saoule et bien... Douce somnolence... Des images, des idées me traversent l'esprit. Je ne sais plus très exactement où j'en suis... C'est flou, tout ça. Pourtant, l'idée de me retrouver avec cette toute jeune fille me poursuit et m'excite violemment. Mais la morale reprend le dessus : ne trahirais-je pas le pacte fait avec mon Tonio ? Oh, là, là ! Où suis-je donc ce soir ? Chez moi, sur un îlot du Pacifique ? Je ne sais plus : je suis grise, vous dis-je... Des phrases incohérentes se présentent à mes lèvres qui pourtant ne les prononcent pas. Ah oui, ce serait répréhensible... Comment me ferais-je pardonner cette incartade ?

Tous ces désirs de fuite loin de l'homme que j'aime sont, qui ne le comprendrait ? une façon de me venger d'Antoine qu'un instant j'avais imaginé chevauchant Marie-Angel en cachette de moi, sur la plage artificielle de son studio. C'est curieux, on se croit une femme libérée, exempte de tout tabou mais le sentiment, la haine, la jalousie nous rattrapent toujours. Est-ce un bien, est-ce un mal ? Est-ce heureux ou malheureux ? Personnellement, je crois que nous avons besoin de sentiments pour aimer tout à fait et être comblés. Il faut que le cœur et le corps battent au même rythme. Mais alors, comment puis-je accepter de me livrer ainsi totalement aux trois inconnus que sont l'homme-aux-yeux-de-loup, et ce jeune couple d'Américains ? Une fée bienfaisante, cousine de la Fée Morale, me souffle la réponse. J'aime ce bouc parce qu'il est le nouvel amant de Marianne et que j'aime Marianne. Bon, on peut admettre cette relation pseudo-sentimentale par amie-maîtresse interposée. Mais ce John et cette Mary-Angel que je ne connaissais pas, il y a seulement quelques heures ? Eh bien voilà : ils m'attendrissent. Leur jeunesse, leur disponibilité et leur douceur à l'un comme à l'autre me vont « aussi » droit au cœur. Je suis ivre, oui je sais... Complètement partie. Les trois verres de potion magique avalés coup sur coup il y a une demi-heure suivis par du champagne ont eu raison de ma volonté et surtout de ma raison justement... Je rêve, je rêve... Suis-je sur cet îlot perdu auquel je rêvais un instant auparavant ? Peut-être. Je ferme les yeux, me détends, m'abandonne, ayant confiance en ceux qui m'entourent. Je sais qu'avec Antoine je ne crains rien. Lui ici, personne ne me fera du mal, ne me voudra du mal. Tout ce qu'on va me faire ne peut être que bon à saisir, à ressentir, à jouir... Je me laisse caresser. Mille mains se posent sur moi. On m'étend au centre du lit. Suis-je sur cette couche chez moi ou plutôt au fond d'un bateau en pleine mer ? Ça se balance dans ma tête, je roule, je tangue. Je vois les visages de mes cinq amis se pencher sur moi. L'un après l'autre, ils m'embrassent sur la bouche et je tends une langue gourmande à la rencontre des leurs. Et ces mains multiples qui s'emparent de ma peau, ici mais aussi là : partout ! Combien de temps se passe en baisers et caresses ? Cinq ou vingt minutes ? Je l'ignore. Ce que je sais, c'est que je me sens sortir tout doucement, sans heurt, de cette agréable torpeur dans laquelle m'avait plongée l'alcool. Le nuage se dissipe. Curieusement, ce sont des odeurs, des parfums qui me font reprendre contact avec le monde réel : il y a du jasmin, du muguet et du lilas, oui du lilas dans l'air. Et puis des odeurs plus viriles de sueur, de musc. Ce retour olfactif se fait en douceur. L'action de l'alcool se dissipe progressivement et me voici à nouveau retombée sur terre ou plus exactement au centre de ce lit immense de notre chambre. Je suis allongée sur le dos. Je ne sais plus si j'ai choisi mes partenaires pour cette expérience d'amour total, une grande première en ce qui me concerne, pour laquelle je me suis portée volontaire. (Antoine plus tard, me dira que si.) Je reconnais mon amant, je suis sûre que c'est lui, je reconnaîtrais son corps entre mille ou davantage tant la texture de sa peau, souple et ferme à la fois et son odeur me sont familières. C'est lui qui, allongé à mon côté, m'embrasse et fait vivre mes seins puis mon sexe qui s'émeut et devient humide sous ses doigts. J'ouvre les yeux pour découvrir son tendre sourire, celui qu'il me réserve. Et ce sourire m'éveille tout à fait. Je suis délicieusement bien et prête à tout pour notre plaisir commun. Nos quatre invités sont agenouillés autour de nous en arc de cercle et nous contemplent, silencieux et affectueux. Antoine me murmure quelques mots à l'oreille. Il m'indique la position que nous allons prendre tous les deux pour commencer notre orgie sexuelle. Je lui rends son sourire et m'assieds à son côté. Est-il prêt au moins à me prendre ? Oh que oui ! La seule pensée de ce qui va suivre lui a procuré une superbe érection. Je me penche vers lui, gobe son gland, juste son gland que je titille de la langue comme il aime, sous ces quatre regards qui nous entourent. Mais je ne m'attarde pas, un autre devoir m'appelle. C'est Antoine qui maintenant est sur le dos, lui que j'entreprends de chevaucher en présentant mes fesses à ses yeux. Un genou de part et d'autre de lui, je m'assieds sur sa belle bite qui pénètre en moi pardevant si je puis dire dans cette acrobatique position. Puis, selon ses indications, je me penche en avant. Je me lève et m'abaisse à un rythme régulier pour la joie de voir, en me penchant encore davantage cette queue que j'aime fichée en moi et mon vagin qui descend et monte le long d'elle. Mais je sais que cela n'est pas le but de notre partie.

Antoine humecte son index droit à la chaleur fluide de mon con puis l'enfonce délicatement, progressivement dans mon petit trou qu'il lui est facile d'atteindre. Pour moi, ce n'est pas une nouveauté, souvent nous nous sommes pris ainsi. Voici que son pouce rejoint bientôt son index à l'orée de mon anus puis s'y enfonce en douceur alors que je me décontracte de plus en plus. La présence muette de nos invités m'encourage à me laisser faire. Je veux leur montrer quelle amante je suis. Lorsqu'il me juge assez dilatée pour l'accueillir, mon Tonio me demande de me soulever pour libérer son membre auquel il donne une autre destination. Par une délicate gymnastique que nous connaissons bien, il me pénètre alors par mon petit trou. Une fois cette intromission réussie avec une délicatesse dont je le remercie, il me fait étendre sur lui, m'emprisonne les seins et m'embrasse dans le cou avec tendresse mais aussi, je le comprends vite, pour me préparer au second assaut que mon corps va subir par-devant cette fois. Je me répète mais tant pis ! Que cela soit clair entre nous : il est lui-même sur le dos, je suis moi-même sur le dos et sur lui par conséquent qui me sodomise sans que j'en éprouve la moindre douleur. Un magicien, mon Antoine ! Un autre magicien se présente au-dessus de nous, la bite en folie. L'homme, très jeune, se penche vers moi, m'embrasse sur la bouche avant d'aller se présenter là-bas au bout de mon ventre. Il s'agenouille entre nos jambes emmêlées et écartées, se penche sur moi, prend appui sur ses bras et me fait le plus charmeur et charmant des sourires. Je le compare aussitôt à un ange blond, au sourire de l'ange de la cathédrale de Reims... Ai-je besoin de me sanctifier pour exorciser cette fête païenne à laquelle je participe ô combien, corps et âme justement ? Cet ange, c'est John, notre jeune homme, qui présente son dard long et doux sur le seuil de mon autre porte. Elle est ouverte, dégoulinante de sève. Extraordinaire sensation et pour moi, mais pour mes deux amants aussi je suppose que cet amour à trois ! Le phallus de John vient flirter avec le sexe de mon Antoine qui se trouve tout près, si près, de l'autre côté de cette frêle membrane. Ils se frottent, se cognent l'un contre l'autre. Mais les connaissant, ce n'est pas ce contact-là qui les enchante, ils ne sont ni l'un ni l'autre attirés par les hommes, c'est de m'offrir ce plaisir total, insoupçonné par celles qui n'ont pas vécu cette combinaison divine. Merci, messieurs ! Comme ces deux queues sont donc bonnes en moi simultanément ! Je n'aurais jamais cru que cela fût possible et si simple et si fastueux. Oui, après l'avoir été d'alcool, je suis à cet instant saoule d'amour et de sexe. Je n'ai jamais été aussi comblée que cette nuit. L'utilisation d'un godemiché en même temps que le sexe d'Antoine ne m'a pas procuré la joie bien vivante de ces peaux qui se touchent, s'entrelacent autour de moi. Mais pour que mon trouble soit plus grand encore, c'est au tour de l'homme au regard de loup d'entrer dans la danse. Il dresse son énorme bite au-dessus de mon visage, Accroupi au-dessus de mes seins, devant John et lui tournant le dos, il dépose, je devrais plutôt dire, il abat sans crier gare sa pine tendue, ronde, et lourde sur mes lèvres. Son contact, sa pesanteur oserais-je dire, me rappelle une phrase écrite par Jean Genet à la fin de Notre-Dame-des-Fleurs : « J'ai vu un mac bandant en écrivant à sa môme, sur son papier sur la table poser sa bite lourde et en tracer les contours. »

Comment des phrases échappées d'un livre peuvent-elles venir vous assaillir dans un tel moment ? C'est comme ça ! Je ne puis m'empêcher de me la répéter alors que cet homme presque inconnu me caresse le visage de sa « bite lourde », en plénitude, qu'il me le fouette d'ailleurs plus qu'il ne me le caresse. Mais bientôt, alors que mon con et mon cul exécutent cette nouvelle danse, un pas en avant, un pas en arrière, mon troisième amant commence à me gifler littéralement le visage avec son membre. Je tente de l'attraper au vol avec ma bouche seule mais n'y réussis pas. Au moment où je me résigne à la saisir d'une main, c'est celle de Marianne qui l'empoigne et d'autorité me la fourre dans la bouche. J'ai au-dessus de mon visage un faune, une bête poilue, velue, un bélier, que sais-je, qui va et vient au même rythme que celui que mes deux autres hommes imposent à mon corps « d'en bas ».

Les mains de Marianne et de la jeune Américaine me caressent le visage pour apaiser ou participer à ma performance, je n'en sais rien. Elles penchent maintenant leurs visages vers le mien, c'est-à-dire vers la queue de celui que je suce. Elles lui embrassent chacune à leur tour la racine du sexe et partant mes lèvres dévoreuses. Je pense qu'on ne peut plus rien me demander. Je me trompe. C'est Mary-Web, la première qui me saisit la main droite et la dirige sans la moindre hésitation vers sa porcelaine de chair et y enfonce mes doigts. Marianne a vu son manège et n'attend guère pour se saisir de ma main gauche et la diriger vers son propre con. La vision de ces deux femmes à genoux de chaque côté de ma tête et de moi littéralement crucifiée fait prendre encore plus de grosseur au sexe qui m'embouche. Je suis dans un tel état de dépendance à la plénitude du plaisir que je commence à gémir, sentant venir l'orgasme. L'orgasme ? Quel drôle de singulier ! Une multitude d'orgasmes, oui ! Je ne sais plus d'où je vais jouir. Du con bien sûr, mais du cul aussi.

Mes trois amants entendent mes gémissements et se mettent tous à feuler, à crier, à pousser pour les uns des « han » de bûcheron. Décidément, en cette nuit de folie me voici littéraire. Je repense au début de Emmène-moi au bout du monde *d'un certain Blaise Cendrars*. Il nous décrit la scène magnifique et sordide d'un légionnaire qui honore une vieille pute et cela est commenté ainsi : « Vérole, disait l'homme en ahanant et il travaillait la femme, vérole ! » Ce « travaillait » me réjouit toujours. C'est vrai qu'on dit « travailler au corps ». Et le texte, quelques lignes plus loin, autant que je m'en souvienne, se poursuit ainsi par une phrase que je crois empruntée à Rabelais : « Femme qui pète n'est pas morte ! » Fonction que je serais bien en mal de remplir, en ce moment, prise comme je le suis de partout et même d'ailleurs. Mes deux amantes, elles émettent des petits cris perçants qui montent dans l'aigu. Rien à voir avec ces hennissements mensongers simulant l'extase de ces malheureuses esclaves des films nocturnes de la télé.

Si une fois encore je m'accroche de toutes les fibres de ma mémoire à ces textes littéraires, c'est bien évidemment pour reculer l'instant de mon plaisir suprême et celui de ceux qui me font tant de bien. « Reculer pour mieux être sautée », pourrait-on dire familièrement. Seulement tout à une fin et, en ce qui nous concerne tous les six, cette fin se nomme jouissance commune. C'est déjà exaltant de venir ensemble à deux, mais à six ! Quel fabuleux cadeau des dieux grecs ou latins ! Merci Dionysos, merci Bacchus ! Merci mes amis tant chéris, désirés et si doués.

C'est donc un véritable concert de mots, d'exclamations de surprise de se retrouver encore vivants après un tel voyage, d'une douleur enfin apaisée, d'une tension assouvie, de grognements de fauve (je pense à l'homme de Cro-Magnon qui gicle sur mon visage) dont nous nous repaissons. Une symphonie aux multiples instruments qui s'éteint en un accord final, qui vibre et s'infiltre en moi, de la nuque à la dernière vertèbre caudale, dans un long frémissement accompagné de spasmes déchirants mais ô combien heureux.

Mon corps qui, jusqu'alors, je pensais, n'appartenait qu'à moi, a été « possédé » au cours de cette liesse, de cette messe d'amour par ces cinq êtres que j'aime et qui viennent de tant me donner.

Je parlais plus haut de symphonie et je n'avais pas tort. C'est une véritable symphonie d'amour que nous venons de jouer ensemble, guidés par la partition que notre chef d'orchestre, mon Antoine, a dirigée à la baguette. Mais quelle baguette de maestro ès jeux d'amour ! Merci Antoine.

Alors que chacun se retire de moi, soit par ici, soit par là, je me mets à chantonner un air que j'aime bien d'Henri Salvador avec des paroles que je déforme un peu, remplaçant le mot « maladie » qui me fait peur par celui de « symphonie » : « Symphonie d'amour, symphonie de la jeunesse... »

Nous nous abattons les uns sur les autres et nous endormons dans un fouillis de mains, de sexes, de jambes, de bras. À qui est ce bout de peau, à qui appartient cette verge, ce sein, cette aisselle, ce fessier ? Nous ne savons pas et ne nous en soucions pas. Cet océan de chair jeune et saine me ravit et je m'endors sous cette montagne de corps que mes doigts parcourent avec une volupté jamais atteinte. Mary-Angel, insatiable, ne demande qu'une chose : prendre ma place et se voir ainsi enfilée par tous les bouts, par tous les trous. Il lui faudra attendre l'heure du café, quand nos hommes auront repris des forces pour connaître cette folie des sens. Mais, pour moi, l'aventure est terminée. Enfin pour cette fois.

*

Une surprise m'attendait à l'heure du départ. Quand nos deux couples d'amis, après les embrassades, se

216

retrouvèrent en bas du perron prêts à monter en voiture, ils entonnèrent un chant que, dans ma famille, on chantait toujours à la fin d'une réception et qui me rappelait mon enfance en Bretagne ou ailleurs. Mais comment Antoine le savait-il ? Comment avait-il eu le temps de le leur apprendre ? Cela tenait du mystère, ce mystère qui fait partie de la vie amoureuse.

Mais écoutons-les chanter :

« Au revoir, belle châtelaine,
Recevez nos tendres adieux,
Soyez sûre et soyez certaine
Que nous reviendrons en ces lieux... »

Et tous de reprendre au refrain :

« Pourquoi faut-il se quitter, quand on est si bien ensem-emble,
Pourquoi faut-il se quitter quand on s'est si bien amusés ? »

C'est simple, j'avais les larmes aux yeux et embrassai mon Antoine qui m'enlaçait, avec ferveur, reconnaissance et chasteté. Oui, chasteté !

Des émotions d'enfant me remuaient le cœur en les entendant chanter cette scie familiale. Je me revoyais toute petite, du moins l'été de mes neuf ans, celui que je viens d'évoquer. En ai-je tourné la page définitivement ? Impossible ! Trop d'émotions ont parcouru mon enfance et mon adolescence. La prochaine fois, dans mon deuxième cahier de souvenirs, c'est de cette période encore plus intense mais si fragile car chargée de sexualité et de peines de cœur et de cul que je vous entretiendrai.

ÉPILOGUE

L'été s'achève. Papa a profité des derniers jours en France de mon grand cousin John pour remonter le Vaurien de la plage à la ferme. Nous l'avons mis sur cales dans une grange inutilisée. Cela n'a cependant pas été une mince affaire. Ne disposant pas de remorque, ils ont eu la bonne idée de poser notre humble dériveur sur de grosses chambres à air placées à même le toit de la voiture. Mon père estimait que ce matelas pneumatique serait plus doux pour son cher bateau que le sommier rigide de sa galerie. Un détail, il avait oublié de laver la carrosserie avant d'y poser ces chambres. Résultat : après le transport, quatre grosses circonférences demeuraient imprégnées dans la peinture de la voiture. Maman a eu beau frotter avec un produit très fort, elle n'a pas pu faire disparaître les traces. Tout au plus, a-t-elle réussi à rayer la carrosserie avec un tampon vert, ce qui a déclenché une terrible colère de papa. Ça le soulageait d'avoir fait sa propre bêtise.

La nuit est descendue chaque jour plus vite. J'allais devoir reprendre le chemin de l'école. Ça m'ennuyait bien sûr un peu mais que de choses croustillantes à raconter à mes copines en souhaitant que mes copains m'entendent !

La veille du départ de John pour l'Angleterre, nous nous sommes retrouvés tous les deux sur la plage à regarder la mer. Nous étions assis sur la même serviette et je me collais un peu à lui. Tout à coup, il a posé sa main gauche sur mon genou, s'est tourné vers moi et m'a embrassée sur le front, puis sur les yeux et enfin très, très près de ma bouche. Et avec sa voix qui semblait venir du fond de son ventre ou du moins qui atteignit le mien, il me dit :

— Je t'aime beaucoup, petite cousine. Je reviendrai un autre été et peut-être alors me donneras-tu d'autres leçons que des leçons de grammaire ? Des leçons d'amour, why not ?

Oui, qui sait ? Comme il m'avait bien devinée !

J'ai serré très fort sa main, ai enfoui ma tête de gamine dans la chaleur de son cou et ai murmuré comme une prière :

— Reviens-moi vite, John, je t'aime.

Ah, si mes seins pouvaient pousser et mon ventre se couvrir de poils avant sa prochaine visite !

Brûlure
Cléa Carmin

B. la rencontre, la séduit, la quitte. Elle reste avec un désir immense, lancinant, qui l'obsède et la ronge. Elle attend un signe de B. Il la surprend, la fascine, la consume d'un plaisir qui n'a jamais le même goût, doux, amer, brûlant, sordide ou éblouissant. B. la torture, mais elle embrasse ses chaînes. Elle ne peut lui résister. Elle l'espère, le désire. Elle est à lui, désespérément à lui...

(Pocket n° 12171)

Les abîmes du désir

Entre ses mains
Marthe Blau

Elle est avocate, elle a trente ans, un petit garçon, et n'a jamais trompé son mari. Pourtant, elle bascule un jour dans la spirale du désir, succombant au charme, puis aux exigences d'un de ses confrères du barreau. Cet homme qu'elle connaît à peine la traite en objet sexuel ; elle obéit à ses ordres et satisfait ses caprices, et la jouissance devient synonyme d'absolue soumission...

(Pocket n° 12043)

Il y a toujours un Pocket à découvrir

www.pocket.fr
Le site qui se lit comme un bon livre
Informer
Toute l'actualité de Pocket, les dernières parutions collection par collection, les auteurs, des articles, des interviews, des exclusivités.
Découvrir
Des 1ers chapitres et extraits à lire.
Choisissez vos livres selon vos envies :
thriller, policier, roman, terroir, science-fiction...
POCKET
Il y a toujours un Pocket à découvrir
sur www.pocket.fr

Achevé d'imprimer sur les presses de

BUSSIÈRE

GROUPE CPI

*à Saint-Amand-Montrond (Cher)
en avril 2005*

POCKET - 12, avenue d'Italie - 75627 Paris Cedex 13
Tél. : 01-44-16-05-00

— N° d'imp. : 51009. —
Dépôt légal : mai 2005.

Imprimé en France